मेरे तूणीर
मेरे बाण

मेरे तूणीर मेरे बाण

अमरेंद्र कुमार

ग्रंथ अकादमी, नई दिल्ली

प्रकाशक : ग्रंथ अकादमी, 1659 पुराना दरियागंज, नई दिल्ली–110002
सर्वाधिकार : सुरक्षित / संस्करण : प्रथम, 2018 / मूल्य : तीन सौ रुपए
मुद्रक : आर–टेक ऑफसेट प्रिंटर्स, दिल्ली ISBN 978-93-86870-14-8

MERE TUNEER, MERE BAAN
satire by Amarendra Kumar ₹ 300.00
Published by Granth Akademi, 1659 Old Darya Ganj, New Delhi-110002

नन्हे प्यारे अच्युत को
जिससे मैंने नित नया प्रयोग करना सीखा

भूमिका

अमेरिका में भारतीय प्रवासी इंजीनियर और मेरे लिए हिंदी लेखक अमरेंद्र कुमार से मेरा परिचय कुछ वर्ष पुराना है, किंतु उनसे हुई घनिष्ठता एवं उनके पवित्र प्रेमपूर्ण तथा सम्मानजनक व्यवहार एवं संपर्क से ऐसा लगता है कि दशकों से मेरा उनसे संबंध है। वे अमेरिका में यांत्रिक अभियंता हैं, लेकिन साहित्य, संगीत, चित्रकला एवं भ्रमण में उनकी रुचि है। साहित्य में उनकी बहुमुखी प्रतिभा के दर्शन होते हैं और उनके दो कहानी-संग्रह, 'चूड़ीवाला और अन्य कहानियाँ' (2007) एवं 'गांधीजी खड़े बाजार में' (2011) तथा कविता-संग्रह 'अनुगूँज' (2012) प्रकाशित हो चुके हैं। अब उनका पहला व्यंग्य-संग्रह 'मेरे तूणीर, मेरे बाण' शीर्षक से प्रकाशित हो रहा है।

हिंदी साहित्य में व्यंग्य एक प्रवृत्ति न होकर विधा बन गई है। इसके मूल में व्यंग्य-आंदोलन, त्यागी-परसाई-जोशी जैसे सशक्त व्यंग्यकारों का आविर्भाव तथा समाज में विपुल व्यंग्य-सामग्री की उपलब्धि रही है। आज समाज में, स्वाधीनता प्राप्ति के बाद से जिस प्रकार विद्रूपता एवं विसंगति का विस्तार हुआ है तथा वह तनावों और विडंबनाओं एवं अमानवीयता के जाल में जिस रूप में फैलती गई है और कोई समाधान उसके सम्मुख नहीं है, तब लेखक व्यंग्य का सहारा लेता है और मनुष्य की मनोवृत्तियों एवं सामाजिक परिस्थितियों की विद्रूपताओं, विसंगतियों, विडंबनाओं को व्यंग्य की तीव्र धारा से उनका उद्घाटन करता है। एक नए व्यंग्यकार के लिए अपने समय की व्यंग्य-रचनाओं से गुजरना आवश्यक है। इससे उसके व्यंग्य-संस्कार पुष्ट होते हैं। अमरेंद्र कुमार में व्यंग्य-हास्य के संस्कार आरंभ से थे, लेकिन जब उन्होंने हरिशंकर परसाई, रवींद्रनाथ त्यागी, शरद जोशी, श्रीलाल

शुक्ल, विनोद शंकर शुक्ल आदि व्यंग्यकारों को पढ़ा और बाद में नरेंद्र कोहली, प्रेम जनमेजय की रचनाओं का आस्वादन किया तो उनकी व्यंग्य-दृष्टि में पुष्टता एवं साहित्य आया। अमरेंद्र मानते भी हैं कि व्यंग्य पढ़ना शारीरिक और मानसिक स्वस्थ्य को प्रभावित करता है। उनका मत है कि व्यंग्य की एक स्वतंत्र सत्ता है और उसके साथ हास्य की उपस्थिति स्वाभाविक है। मैं समझता हूँ कि व्यंग्य की एक स्वतंत्र विधा बन गई है और अब कोई ऐसी साहित्यिक विधा नहीं है, जिसमें व्यंग्य की उपस्थिति न हो। यह भी सच है कि व्यंग्य में हास्य उसे सरस बनाता है और व्यंग्य-बाणों का विषैलापन व्यंग्यानंद में बदल जाता है, लेकिन व्यंग्य में हास्य की अधिकता उसे फूहड़ और सस्ता बनाती है और साहित्यानंद क्षीण हो जाता है।

अमरेंद्र कुमार का यह पहला व्यंग्य-संग्रह 'मेरे तूणीर, मेरे बाण' अब आपके हाथ में है। अमरेंद्र का व्यंग्य से परिचय किशोरावस्था में हुआ, जब 'मेरी कलकतिया यात्रा', 'कहाँ आ गया' और 'प्रोफेसर भीम भंटा राय' जैसे व्यंग्य लेखों-कथाओं को पढ़ने का अवसर मिला। इसके बाद उन्होंने अप्रैल, 1996 में 'प्रश्न चिह्न' शीर्षक से व्यंग्य-लेख लिखा, जो इस पुस्तक में 'राष्ट्रभाषा का प्रश्न' शीर्षक से संकलित है। उन्होंने इसमें हिंदी को मानव पात्र का रूप दिया, उसके वर्तमान को देखा और उसकी नियति पर प्रकाश डाला। यह व्यंग्य के साथ पहला व्यवस्थित प्रयोग था। फिर उन्होंने अमेरिका से 'क्षितिज' नाम की हिंदी पत्रिका निकाली और साहित्य के अन्य रूपों को जानने-समझने का अवसर मिला और अपने लिए किसी उपयुक्त विधा की खोज भी करते रहे। अमरेंद्र की यह खोज चलती रही और उन्होंने 'उम्मीद' एवं 'मुबारकबाद' दो अन्य व्यंग्य-लेख लिखे, जो 'क्षितिज' पत्रिका में ही छपे। इन पर पाठकों की अच्छी प्रतिक्रियाएँ मिलीं तो व्यंग्य-लेखन के प्रति विश्वास बढ़ा और लेखक ने शेष व्यंग्य-लेख सन् 1912 में लिखे। अमरेंद्र ने अपनी व्यंग्य रचना-प्रक्रिया पर लिखा है कि व्यंग्य-लेखन मेरे लिए मेरे चेतन-अवचेतन में व्यक्ति, समाज और परिवेश की विडंबनाओं को उजागर करने के संकल्प की अभिव्यक्ति है। उजागर करने की भावना के पीछे कहीं उसको सही रूप में देखने की उत्कंठा भी विद्यमान हैं। ये विडंबनाएँ हमारे समाज, परिवेश, भाषा, साहित्य तथा हमारे अंतर्मन में हर कहीं विद्यमान है। इस प्रकार व्यंग्यकार भी जीवन के अमंगल

से मंगल की यात्रा करता है तथा साहित्यकार का जो शाश्वत धर्म है, उसका पालन करता है। अमरेंद्र अपने व्यंग्य-कर्म में इसी दायित्व को निभाते हैं तथा समाज और मनुष्य के सामने उनकी विडंबनाओं, विसंगतियों तथा विद्रूपताओं का चित्रण करके उन पर गहरी चोट करते हैं, जिससे पाठक स्वस्थ जीवन जी सके। इस संग्रह के जो व्यंग्य-लेख हैं, वे जीवन के विभिन्न पक्षों-संदर्भों से जुड़े हैं तथा भारत एवं अमेरिकी जीवन की विडंबनाओं पर प्रकाश डालते हैं। अमरेंद्र के व्यंग्य-लेखन की विशेषता है कि उनके पास विषय से संबंधित पर्याप्त सामग्री है और वे अपने व्यंग्य-लेख को पूर्ण बनाने का प्रयत्न करते हैं। वे वस्तु को उद्‌घाटित करते चलते हैं और विडंबना-असंगति को रेखांकित कर उस पर चोट करते हैं और पाठक उनकी व्यंग्य-धार पर तथा तीर के नुकीले आघात पर सिहर उठता है और उस व्यंग्य के संदर्भ में आत्म-निरीक्षण करता है और जीवन के इन सत्य-पक्षों पर वह सोचने लगता है। अमरेंद्र का लक्ष्य भी यही है कि वे अपने व्यंग्य-बाणों से मूर्छित पाठकों और समाज को जगाना चाहते हैं और ध्यान रहे स्वामी दयानंद, स्वामी विवेकानंद, महात्मा गांधी, कथाकार प्रेमचंद तथा विगत युग के राष्ट्र-नायक, साहित्यकार, सुधारक, धार्मिक गुरु आदि इसी राष्ट्र-धर्म का पालन करते आ रहे हैं। अब अमरेंद्र तथा अन्य व्यंग्यकार भी इसी मनोभूमि से व्यंग्य-यात्रा के पथिक हैं। हमारा समाज इतनी गहरी नींद में सोया है और मूर्च्छाग्रस्त है कि दशकों-शताब्दियों तक व्यंग्यकारों को अपना जीवन अर्पित करना होगा।

अमरेंद्र कुमार के इस पहले व्यंग्य-संग्रह 'मेरे तूणीर, मेरे बाण' का मैं स्वागत करता हूँ और मुझे विश्वास है कि वे मुझे शीघ्र ही दूसरे व्यंग्य-संग्रह का स्वागत करने का अवसर देंगे। मेरी शुभकामनाएँ उनके साथ हैं।

—कमल किशोर गोयनका

ए/98, अशोक विहार
फेज प्रथम
दिल्ली-110052

अपनी बात

हास्य-व्यंग्य से मेरा पहला परिचय बालपन (सातवीं-आठवीं कक्षा) में 'मेरी कलकतिया यात्रा', 'कहाँ आ गया' और 'प्रोफेसर भीम भंटा राव' जैसे लेखों-कथाओं से हुआ। तब मैंने इनका आनंद उठाया, कभी इनको गंभीरता से नहीं लिया। मैं गंभीर बालक नहीं था, जैसा कि आज के बहुत बच्चे होते हैं। हम जैसे-जैसे बड़े होते जाते हैं, लोग हमें गंभीर होने की याद दिलाते रहते हैं। इतने बड़े हो गए हो और बचपना नहीं गया तुम्हारा—कितनी बार कहते सुना है अपने से बड़े लोगों को। यही कहते-सुनते, बातों ही बातों में मैं भी बड़ा हो गया और गंभीर भी। कम-से-कम उनके सामने तो जो जन्म-जन्मांतर से गंभीर हैं। ऐसे जन्मजात किस्म के गंभीर लोग हर चीज को गंभीरता से लेते हैं, चाहे वहाँ गंभीरता की लेश मात्र भी आवश्यकता न हो। बहुत बच्चे गंभीर होते हैं और बहुत बड़े भी नहीं। अपना-अपना भाग्य! वैसे गंभीरता भी एक चिंताजनक लक्षण है, जिसका परिणाम बहुत बाद में मिलता है और समय रहते, जिसपर काबू नहीं किया गया, तो इसके फैलने का खतरा कई गुना बढ़ जाता है, लेकिन तब तक बहुत देर हो चुकी होती है। गंभीरता उचित मात्रा से अधिक होने से कई और अन्य गंभीर स्थितियाँ उत्पन्न हो सकती हैं।

फिर हास्य-व्यंग्य का साथ समय के मेले में कहीं छूट गया। मैं इलाहाबाद में इंजीनियरिंग पढ़ने लगा और हास्य-व्यंग्य कहीं दूर पलता-बढ़ता रहा। बहुत सालों बाद 'इंडिया टुडे' के साहित्य वार्षिकी (संभवतः 1991-92,

ठीक स्मरण में नहीं) अंक में हरिशंकर परसाई और श्रीलाल शुक्ल के व्यंग्य लेखों को पढ़ा। लगा कब के बिछड़े हम आज मिले। हास्य को अपनी जेबों में भरे व्यंग्य जवान हो चुका था और पाठक को रिझाने लगा था। बाद के दिनों में हरिशंकर परसाई, श्रीलाल शुक्ल, शरद जोशी, रवींद्रनाथ त्यागी आदि व्यंग्यकारों को चुन-चुनकर पढ़ा। मेरे अंदर का पाठक अगर जो किसी को पसंद कर ले तो उसके समग्र की खैर नहीं। किताबें खोजी गईं दुकानों और पुस्तक मेलों में, पढ़ी और मेरे निजी पुस्तकालय में सजा दी गईं। आज भी उनको यदा-कदा उलट-पलट लेता हूँ, ताकि उनको और अपने को आधुनिक समय की नींद के अधीन ऊँघने से बचा सकूँ। इन विभूतियों की बाद की पीढ़ियों में डॉ. नरेंद्र कोहली और डॉ. प्रेम जनमेजय जैसे व्यंग्यकारों को मूलत: इंटरनेट के माध्यम से ही पढ़ा है। मुझे यह ज्ञात है कि कुछ नाम छोड़कर मैं किसी विवाद अथवा बहस को हवा दे रहा हूँ, लेकिन सच मानिएगा मैं अकेला सब को तो पढ़ नहीं पाऊँगा। पढ़ने के मामले में कोई संगी-साथी नहीं होता। इसलिए जिन गण्यमान्यों का नाम जाने-अनजाने छूट गया हो या तो वे पुस्तकें मेरे पास भिजवा दें (समय के साथ पढ़ लेने की गारंटी दे सकता हूँ) अथवा क्षमा कर दें। क्षमा तो भगवान् भी कर देते हैं, लेकिन उनका तो पता नहीं। कुछ लोगों की अक्षम्य की लिस्ट बड़ी लंबी है। उनके लिए हर अपराध ही अक्षम्य है। ऐसे लोगों से क्षमा माँगना भी एक अपराध ही होगा। खैर, मरजी है आपकी, क्योंकि क्षमा भी है आपकी, मेरा तो सिर झुका है, सो झुका ही रहेगा, आपका हाथ (आशीर्वाद अथवा अभयवाला) उठे-न-उठे।

अप्रैल, 1996 में जब मैं मुजफ्फरपुर में अवकाश पर था, तो हिंदी के अतीत, वर्तमान और भविष्य को टटोलते हुए प्रश्न-चिह्न शीर्षक से मैंने एक रचना की। यही रचना इस संग्रह में 'राष्ट्रभाषा का प्रश्न' शीर्षक से सम्मिलित है। इसमें हिंदी को मानवीय पात्र के रूप में रखते हुए उसकी वर्तमान स्थिति और अंतत: उसकी नियति को पाठकों तक पहुँचाने का प्रयास मैंने किया। यही व्यंग्य के साथ मेरा पहला प्रयोग था। स्वाभाविक ही है कि इस महत्त्वपूर्ण विधा के लिए मेरे मन-मस्तिष्क के सबसे निकट की विषयवस्तु हिंदी भाषा बनी।

कविता के साथ लेखन का प्रारंभ कर मैंने कहानी में अपनी अभिव्यक्ति को परिपक्व होते हुए देखा। इस बीच क्षितिज नाम की हिंदी पत्रिका अमेरिका से निकालकर मैंने संपादन के विभिन्न आयामों पर भी अनुभव अर्जित किया, लेकिन कहीं कुछ ऐसा मेरे मन-मस्तिष्क में चलता रहता, जिसके लिए एक उपयुक्त विधा की खोज में मैं निरंतर लगा रहा। इस बीच लेखों और संपादकीय के माध्यम से मैं अपने विचारों को अभिव्यक्त करता रहा। बाद में मुझे लगा कि व्यंग्य के माध्यम से मैं उन विचारों, दृष्टिकोणों और सूक्ष्म संदेशों को उपयुक्त संप्रेषणीयता के साथ अभिव्यक्त कर पाऊँगा, फिर मैंने उम्मीद और मुबारकबाद नामक शीर्षक से दो अन्य व्यंग्य लेख क्षितिज पत्रिका के लिए लिखे। पाठकों से मिली प्रतिक्रियाओं ने आश्वस्ति प्रदान की। इस संग्रह के बाकी व्यंग्य वर्ष 2012 और 2016 के कुछ महीनों में ही लिखे गए। यह बात और है कि इन व्यंग्यों के प्लॉट पिछले दस-पंद्रह वर्षों में स्फुरित हुए और मैंने उनको कहीं किसी नोट-बुक अथवा कंप्यूटर फाइल में सहेज लिया था। अब जब इस व्यंग्य-संग्रह पर मैंने काम करना शुरू किया, तो एक के बाद एक पुराने प्लॉट खुलते गए और अवचेतन में दबे भाव-विचार व्यंग्य के रूप में अभिव्यक्त होते चले गए।

व्यंग्य-लेखन मेरे लिए मेरे चेतन-अवचेतन में व्यक्ति, समाज और परिवेश की विडंबनाओं को उजागर करने के संकल्प की अभिव्यक्ति है। उजागर करने की भावना के पीछे कहीं उसको सही रूप में देखने की उत्कंठा भी विद्यमान है। ये विडंबनाएँ हमारे समाज, परिवेश, यहाँ तक कि अंतर्मन में हर कहीं विद्यमान हैं— भाषा, साहित्य, मनुष्य और उसका समाज, अर्थतंत्र, बाजार, धर्म, कला, सभ्यता, संस्कृति आदि।

आज हर कोई अपने कंधे अथवा कमर में अथवा दोनों में तूणीर, एक हाथ में धनुष और दूसरे में तीर लिये घूम रहा है। कुछ लोगों के ये शस्त्रास्त्र दीखते हैं, कुछ के नहीं, कुछ आत्मरक्षा के लिए लिये फिरते हैं। कुछ दूसरों पर हेकड़ी जताने के लिए। अब आप भी सोचेंगे कि इक्कसवीं सदी में भी मैं कहाँ तूणीर और तीर की बात लिये बैठ गया। अब तो छुरी-कट्टे का

भी जमाना नहीं रहा। अब तो लोग पिस्तौल,रिवाल्वर और एके सैंतालीस लिये घूमते हैं। सच सोचा आपने, लेकिन आप एक भूल कर बैठे, जो कभी तूणीर-तीर था, आज वही पिस्तौल, रिवाल्वर और एके सैंतालीस है। यह लिस्ट तो मैंने अपनी बुद्धि और निकटदर्शिता से बनाई है। समय के साथ स्वरूप बदलते गए, लेकिन शस्त्रास्त्र बने रहे, कभी आत्मरक्षा के रूप में तो कभी भय दिखाने के लिए। अब तो कुछ देश नाभिकीय हथियारों का भय दिखाते हैं, भले वे उसे प्राप्त करने में प्रकाशपर्व दूर ही क्यों न हों अथवा प्राप्त करते-करते शहीद ही न क्यों हो जाएँ, जैसे मृग पानी को अगर पा भी जाए, तो प्यास बुझाने से पहले ही हर तरह की उसकी प्यास का अंत हो चुका होता है। कुछ देश ऐसे हैं, जिन्हें अपने तीसरे नेत्र से पता लग जाता है कि कौन सा देश किन हथियारों से लैस हो रहा है और वे उन्हें सबक सिखाने चल देते हैं। खैर, मेरे तूणीर में वे बाण हैं, जो भले मदन बाण की तरह आपको गुदगुदाएँ नहीं, लेकिन दूसरे बाणों की तरह आपका अहित भी नहीं करेंगे। ये बाण तो मात्र आप यानी समाज को मूर्छा से जगाने के लिए हैं। मैं तो हर प्रकार के बाण से आपको जगाऊँगा, आगे मरजी है आपकी, क्योंकि मूर्छा है आपकी।

व्यंग्य को अकसर हास्य के साथ जोड़कर देखा जाता है। व्यंग्य को साहित्यिक विधा के रूप में स्थापित करने का श्रेय हरिशंकर परसाई, शरद जोशी और श्रीलाल शुक्ल जैसे साहित्यकारों को जाता है। हालाँकि परसाई जीवन भर व्यंग्य को हास्य से अलग देखे जाने के लिए संघर्षरत रहे। आज भी यह संघर्ष जारी है। इसका एक कारण और भी है कि रस के नौ प्रकारों में व्यंग्य का न होना, इसलिए भी शायद हास्य को व्यंग्य के साथ जोड़कर देखना आसान नजर आता है, लेकिन अगर व्यंग्य की प्रकृति पर गौर करें, तो यह बात स्पष्ट हो जाएगी कि व्यंग्य की अपनी स्वतंत्र सत्ता है। व्यंग्य के साथ-साथ हास्य की उपस्थिति स्वाभाविक है, लेकिन वह अनिवार्य शर्त नहीं। व्यंग्य एक बाण है, जो आपको हँसाना तो दूर पर आहत (बुद्धिजीविता के स्तर पर) जरूर कर सकता है। व्यंग्य में अगर हास्य जोड़ दें, तो वह

और सहज और सुग्राह्य हो जाता है। हास्य के बिना व्यंग्य पैना होता है, जो कई बार असरदार होने के बाद भी सहज स्वीकार्य नहीं होता, लेकिन हास्य की उपस्थिति अथवा अनिवार्यता की विवशता से उत्पन्न स्तरहीन लेखन भी व्यंग्य लेखन और उसकी सत्ता को दुर्बल बनाता है और यह भी स्वीकार्य नहीं होना चाहिए।

हास्य-व्यंग्य वैसे भी कहने-सुनने की शैली का अभिन्न हिस्सा होता है। कुछ लोगों के संवाद में व्यंग्य का पुट स्वाभाविक रूप से रहता है। संवाद को रोचक बनाने के लिए भी इसका प्रयोग होता है। प्रेमचंद और चेखव जैसे कथाकारों ने अपनी कहानियों में व्यंग्य का भरपूर प्रयोग किया है, लेकिन व्यंग्य से भरे लेख लिखने की परंपरा शुरू करने का श्रेय निश्चय ही परसाईजी को जाता है। मेरी भाषा में भी व्यंग्य सहज रूप से प्राय: उपस्थित होता है। मैंने कविता-कहानी-लेख में भी इसका भरपूर उपयोग किया है, लेकिन यही उपयोग अथवा प्रयोग मेरे व्यंग्य लेखों में जाकर अपनी पूर्णावस्था को प्राप्त हो सका है, ऐसा मैं मानता हूँ।

आजकल हास्य की माँग बढ़ती जा रही है। जहाँ-तहाँ हास्य-कवि सम्मेलन आयोजित होते रहते हैं। कविता का हँसमुख होना जरूरी हो गया है। कभी गंभीर अथवा व्यंग्य कवि-सम्मलेन आयोजित होते मैंने नहीं सुने। वैसे भी सम्मेलन की सफलता का संबंध समोसे-चाट से अधिक है। सम्मेलन अब सार्थक होने के बजाय स्वादिष्ट होने लगे हैं। एक कवि सम्मेलन में जाने का मौका मिला। सम्मेलन के शुरू में नाश्ते, मध्य में चाय और अंत में 'डिनर' का प्रबंध था। कवि और श्रोता दोनों ही खाने में ऐसे डूबे कि कविता कहने और सुनने की सुध किसी को भी नहीं रही। बिना कविता ही कवि-सम्मेलन सफल हो गया। टी.वी. न्यूज में सुनने और स्थानीय समाचार-पत्रों में ऐसा ही पढ़ने को मिला।

एक वैधानिक (ताकि आप कानून अपने हाथ में न लें और उसे संविधान, सदन और पुस्तकों में ही सीमित रहने दें), चिकित्सीय (अगर जो आप स्वस्थ हों तो अपने स्वास्थ्य को बनाए रखने के लिए) और वैज्ञानिक (आजकल

हर चीज वैज्ञानिक हो गई है—सोच, समझ, ज्ञान, विज्ञान तो पहले से ही, पढ़ाई-लिखाई और जाने क्या-क्या) सलाह (चेतावनी भी अगर सलाह लेना आपके स्वभावानुकूल नहीं। सलाह देने में तो आपसे बढ़कर कौन है!) व्यंग्य पढ़ना शारीरिक और मानसिक स्वास्थ्य दोनों को प्रभावित करता है।

पढ़ें, परंतु अपने 'रिस्क' (जोखिम) पर। बच्चे पढ़ें, बड़ों की निगरानी में, बड़े बुजुर्गों से सलाह करके और बुजुर्ग पढ़ें अपने पूर्वजों से आशीर्वाद लेकर। हृदय रोगी और उच्च रक्तचाप से प्रभावित लोग इसे पढ़ने से पहले अपने पारिवारिक डॉक्टर से परामर्श ले लें। पंद्रह से नीचे और पचहत्तर वर्ष के ऊपर के लोगों के लिए यह उतना असरकारक नहीं होगा। बाकी स्वस्थ और सामान्य लोग सुबह चाय के साथ और रात को सोने से पहले नियमित रूप से पढ़ें।

व्यंग्य में आए विचारों का संबंध जितना आप (समाज) से है उतना स्वयं लेखक से नहीं। इन विचारों का लेखक के निजी यानी व्यक्तिगत विचारों से तो कोई भी संबंध नहीं है। इससे उठे विवादों का निपटारा कहीं भी और कभी भी संभव नहीं। मतभेद की स्थिति में मन पर काबू रखें और सहज बने रहने का प्रयास करें। याद करें रिस्क पार्ट को। इस संदर्भ में सूचना और प्रसारण के माध्यम यथा पत्राचार, ई-मेल, फोन आदि का प्रयोग निषिद्ध है। इन पर समय और पैसे बरबाद करने से बचें। हालाँकि इन परिस्थितियों में संयम बनाए रखना कठिन होता है।

अस्तु, आनंद (यद्यपि सीमित···) लीजिए!

—अमरेंद्र कुमार

अनुक्रम

उम्मीद

कहते हैं कि उम्मीद पर दुनिया कायम है। यह तो पता नहीं कि उम्मीद किस चिड़िया का नाम है, लेकिन दुनिया तो कायम है, जैसे कि यह धरती शेषनाग के फन पर टिकी है, वैसे ही यह दुनिया भी भूख-बेकारी, आतंक, युद्ध, बीमारी और भ्रष्टाचार पर टिकी है। यह तो मैंने अपना सामर्थ्य और याददाश्त से यह लिस्ट बनाई है; उन खंभों की, जिनके ऊपर इस दुनिया की छत टिकी है, नहीं तो ऐसे खंभों की तादाद बहुत ज्यादा है। विस्तार से क्या फायदा, जो सुख सार में है, वह विस्तार में कहाँ!

हाँ, तो मैं उम्मीद की बात कर रहा था, कल ही की बात है कि मैं ऑफिस में बैठा (जाहिर है बेकार, ऑफिस और बेकार का रिश्ता सार्वभौमिक है—भारत से लेकर अमेरिका तक) इंटरनेट 'ब्राउज' (साइबर की दुनिया में हर चीज का अपना एक नया नाम होता है और लोग बहुत ही श्रद्धाभाव से उस शब्दावली का प्रयोग करते हैं) कर रहा था कि एक समाचार मैंने पढ़ा कि भारत को आजादी के बाद पहली बार 'चाँदी पदक' मिला और वह भी राठौर की बदौलत। राजपूताना घरानों की शान उन्होंने रख ली आखिर में। वैसे भी राजस्थान में जितने वीर उत्पन्न हुए, उतने भारत में कहीं भी नहीं। मैं तो इतना आह्लादित हो उठा कि मुँह से चीख निकल पड़ी (खुशी के मारे)। बगल में बैठे (वे भी बेकार ही थे लगभग) अमेरिकियों ने मेरी तरफ घूर के देखा। देखा तो ऐसे था, जैसे कि मैंने उनके गंभीर कामों में कोई खलल डाल दिया हो। मैंने खुशी के मारे बंद हो रही आवाज को जरा और जोर लगा के

कहा तो शायद वह कुछ ज्यादा ही ऊँची हो गई, क्योंकि उनमें से एक ने तो अपनी उँगलियों को कानों तक ले जाकर पहले से ही तैनात कर दिया था कि स्वर में थोड़ी और उठान महसूस होते ही फौरन वह उन्हें अपने कान में डाल दे। हालाँकि वह खुद भी जब चीखता है, तब उसकी अवाज एहसान करती हुई सुननेवाले की तरफ थोड़ी खिसक लेती है। मैं उसके साथ बात करते हुए उसकी बातों को सुनूँ या न सुनूँ, लेकिन इस बात का ध्यान जरूर रखता हूँ कि मेरे न सुन पाने की स्थिति में उसे अपनी आवाज बिल्कुल ऊँची न करनी पड़े।

ऑफिस में साथ काम करते हुए इतना तो खयाल रखना ही पढ़ता है, लेकिन मैंने स्थिति सँभालते हुए कहा था—भारत को पहला 'चाँदी पदक' मिला है ओलंपिक 2004 में। मेरा कहना था कि उनकी भ्रकुटि थोड़ी वक्र हो उठी, लेकिन उन्होंने उसे फिर जल्दी ही ठीक करके मुसकराते हुए कहा—मुबारक हो! भीतरी हाल का बयान कर देना बेवकूफों का काम है और अमेरिकी ऐसे नहीं। शालीनता वे अपनी जेबों में ठूँसे फिरते हैं। किसी को जरा भी जरूरत क्या पड़ी तो उड़ेल के रख देते हैं। कबीर काका और गालिब चचा अच्छा हुआ भारत में पैदा हुए, नहीं तो उनकी कविताई यहाँ सामाजिक शिष्टाचार के दरवाजे पर ऊँघती रहती और एक दिन चादर तान के सदा के लिए सो जाती। फिर मैंने सोचा कि कहाँ मैं भी छुद्रता कर बैठा। मैं उस देश का वासी हूँ, जिसने त्याग ही किया है हरदम। हम हमेशा सांसारिक चीजों से निर्लिप्त रहे हैं। पदक सोने का हो या चाँदी का, है तो नश्वर ही और बाजार में सोने और चाँदी के उछलने और ढुलकने के बारे मैं कौन भलामानस नहीं जानता। ऐसी छोटी-मोटी सांसारिक उपलब्धियों के पीछे भागना हम ज्ञानियों को शोभा नहीं देता!

उम्मीद आत्मा की तरह अजर-अमर है। वह कभी मरती नहीं। आग इसे जला नहीं सकती, हवा सुखा नहीं सकती और पानी गला नहीं सकता। जीवन के लिए जल आवश्यक है, लेकिन उम्मीद कहीं भी पैदा हो जाती है। कुछ उम्मीद तो पानी भी नहीं माँगतीं। महँगाई आग की तरह फैलती है। जनता की उम्मीद तब भी नहीं जलती, बल्कि तपकर कुंदन हो जाती है, जब

सरकार वादा करती है कि महँगाई 'परसों' कम हो जाएगी। जब कल ही नहीं आता तो परसों कैसे आएगा? नेता ये उम्मीद दिलाते हैं कि अगले तीन साल में तीन लाख नौकरियाँ पैदा की जाएँगी, गोया नौकरियाँ बगल के खेत की फलियाँ हों, जो नजर बचाकर तोड़ लाएँगे। खैर, नौकरी अगर बगल के खेत में खड़ी हो तो कोई चुरा भी लाए, यह तो जीविका का वह मोहिनी रूप है, जिसका दीवाना हर नौजवान है। हो भी क्यों नहीं, सरकार की नौकरियों से भले पेट न भरता हो, लेकिन तोंद तो जरूर निकल आती है। नौकरी के साथ-साथ समाजसेवा इससे बेहतर कहीं होती भी नहीं। एक फाइल आगे बढ़ाकर किरानी अपने ग्राहक को सदा के लिए अपना बना लेता है। बदले में लेता क्या है, सौ-पचास, वह भी यह कहते हुए कि वह उसका अपना आदमी है, नहीं तो हर किसी से ऐसे पैसे लेकर उस फाइल को कभी बढ़ाता भी नहीं। कितनी ही फाइलें उसकी मेंज पर शहीद हो चुकी हैं, जो इस आस में उसके पास आई थी कि कभी वह भी मैनेजर तक पहुँचेंगी, लेकिन उनके मालिक या तो ईमानदार प्राणी रहे होंगे, जो लेते-देते नहीं, असामाजिक होंगे, जिनका अपना-पराया किसी ऑफिस में होता नहीं या फिर जो फाइल के शहीद होने से पहले ही चल बसे हों।

सरकार के पास उम्मीद के खजाने होते हैं। माँगों मत, सिर्फ सोचो और उम्मीद की लाइन लगा देती है वह। एक दिन सुबह उठती है और आँखें मलते हुए कहती है कि कल हर किसी के पास अपना घर होगा। लोग जब पूछते हैं पाँच साल के बाद कि घर कहाँ है, तो दार्शनिक अंदाज में कहती है, सारी दुनिया ही घर है उनका, चारों दिशाएँ चार दीवारें हैं, छत है ऊपर गगन विशाल और धरती ही बिछौना है। इससे बेहतर और बड़े बँगले की तो कल्पना भी नहीं की जा सकती है और उन मंत्री बेचारों के पास हैं भी क्या, एक एंबेसडर (जो चलती है) और दिल्ली के पंडारा रोड पर दो-चार कमरों का दड़बा, लेकिन जनता भी कम बेमुरव्वत नहीं, चुन-चुन कर ऐसे वोट देती है कि सरकार की सारी उम्मीदों पर पानी फिर जाता है। कहाँ तो पिछली सरकार ने अपनी बनियान से भारत को झाड़-पोंछ कर चमका दिया था,

अब उसे ही 'एक्स्पोज' कर दिया जनता ने। बनियान ही रखवा ली। पार्टियाँ हारती जाती है। एक-एक सीट, मत गिनती में पहले हजार से पिछड़कर फिर लाखों से पिछड़ जा रही होती हैं, लेकिन उम्मीद की लँगोट फिर भी कमर से लिपटी रहती है। सभी कहते हैं उनकी जीत निश्चित है। कई बार तो हार कर भी कहते हैं कि जीत उन्हीं की हुई है। उम्मीद का ऐसा जलवा किसी ने देखा न होगा आज तक। खुद उम्मीद कहीं साकार हो उठे तो अपने दीवानों की दीवानगी देख कहीं गश खाकर न गिर पड़े। किसी पार्टी को बहुमत नहीं मिला, लेकिन जनता का 'मैंडेट' (जनादेश) हर किसी को मिल जाता है। अब जनता कोई जीती-जागती प्राणी तो है नहीं कि कोई चलकर पूछ ले कि मैडम आपने अपना जनादेश दिया, तो आखिर किसे? सेवा, समर्पण और त्याग का ऐसा अनूठा उदाहरण उर्मिला के बाद हमारी राजनीतिक पार्टियों के पास ही है। हर कोई जनता की सेवा में तत्पर है, लेकिन जनता है कि किसी से सेवा लेने को तैयार ही नहीं। इसलिए जनता की हालत दिन-ब-दिन नाजुक होती जा रही है। कल सरकार शपथ लेनेवाली है और आज रात तक सहयोगी पार्टियों का पता नहीं। सभी साथ देने को तैयार हैं, लेकिन सबको देश की 'बड़ी सेवा' करने का मौका मिलना चाहिए जैसे, वित्त, रेल, विदेश या खाद्य मंत्रालय। जितना ही बदहाल मंत्रालय, उतनी ही बड़ी सेवा का मौका है। ऐसे मौकों पर कभी-कभी पार्टियों और नेताओं की अंतरात्मा अचानक करवट ले बैठती है और फिर देश में भावनाओं की बाढ़ आ जाती है। अच्छा हुआ दिल्ली के आस-पास बेचारी सूखी यमुना को छोड़ और कोई नदी नहीं, नहीं तो इस बाढ़ से बचना मुश्किल हो जाता। वैसे अब सरकारें भी उम्मीद पर ही बनती हैं। चलती तो उससे भी बड़ी उम्मीद पर। सौ से ऊपर मंत्री इस तरह सेवा में संलग्न रहते हैं कि जरा सी सेवा के अवसर में कमी होते ही गठबंधन से बाहर निकल पड़ते हैं। आखिर सेवा परम कर्तव्य है, वे तो किसी भी सरकार में रहकर सेवा कर सकते हैं। कुछ पार्टियों के पास अब अपने घोषणा-पत्र नहीं होते। वे कहते हैं कि सेवा ही मूल है और जब जैसा सेवा का मौका मिलता है, उस पार्टी से मिलकर वे रणनीति तय कर लेते हैं। अगर

ऐसे भीष्म, कर्ण और अर्जुन होते महाभारत के काल में तो सच कहता हूँ कि महाभारत होता ही नहीं। भीष्म युधिष्ठिर की सरकार में सहयोग करते और मौका पड़ने पर अर्जुन दुर्योधन के साथ हो लेते। हमने इतिहास से बहुत कुछ सीखा है, खासकर हमारे राजनेताओं ने अन्यथा यह मिली-जुली सरकार की संकल्पना आज भी बाकी दुनिया के बस के परे है।

उम्मीद का कारण क्या हो सकता है, यह तो मालूम नहीं, लेकिन कुछ लोग जन्मजात उम्मीदवाले होते हैं, आशावादी किस्म के। वे हरदम उम्मीद से लबालब रहते हैं, चाहे पैर तले की जमीन पूरी खिसक ही क्यों न गई हो। ऐसे में वे उम्मीद से सिर के बल लटके रहते हैं, लेकिन आधार ढूँढ़ने का प्रयत्न नहीं करते। प्रयत्न में परिश्रम है और इस तरह के लोग उम्मीद को सिगरेट के धुओं और हुक्के की गुड़गुड़ी में कल की संभावनाओं के साए को साफ-साफ देखते हैं। ऐसी अंतर्दृष्टि अगर किसी के पास हो तो कुछ करने की जरूरत ही नहीं रह जाती। परिश्रम तो कम अक्ल लोग किया करते हैं।

उम्मीद एक मजबूरी भी होती है। बेटा जब विदेश जाता है, तो माँ से कह जाता है कि लौटते हवाई जहाज से वह लौट आएगा। वह लौटता नहीं तो माँ यह मान लेती है कि जहाज छूट गया होगा, अगले (जहाज) से लौट आएगा, लेकिन, वह लौटता नहीं। माँ फिर भी उम्मीद लगाए बैठी रहती है। महीने, साल, दशक गुजर जाते हैं और आज भी वह उम्मीद में है कि बेटा 'एक' दिन लौटेगा, लेकिन वह तब भी नहीं लौटता। माँ अब साँस लेती है, तो बस इसलिए कि बेटे को देखकर आँख बंद कर लेगी, लेकिन बेटे का कहीं पता नहीं। अम्मीद अभी भी बुझती नजर, हारे शरीर और डूबती आस में साँस ले रही है।

कुछ लेखक होते हैं, जिन्हें पूरी उम्मीद होती है कि पढ़नेवाले उन्हें समझ लेते हैं और वे इस उम्मीद में पूरी जिंदगी लिखते रहते हैं कि उन्हें समझनेवाले बहुत हैं और कुछ ऐसे भी होते हैं, जिन्हें कभी उम्मीद नहीं होती कि लोग उन्हें समझ पाएँगे। वे लोगों की बातें लोगों की समझ के परे लिखते हैं। वे सोते बीसवीं सदी में, करवट इक्कीसवीं, सपने अतीत में देखते

और जागते कालातीत में हैं। रही बात लोगों की, तो उन्होंने भी बाल धूप में तो सफेद किए नहीं, वे भी समय-समय पर बता देते हैं कि उन्होंने भी सभी लिखनेवालों से बहुत उम्मीद नहीं लगा रखी है। वैसे तो आपूर्ति-माँग का जैसा बेढंगा रूप लेखन में दिखाई पड़ता है, वैसा सृष्टि में कहीं भी नहीं। एक भीख माँगनेवाला भी उसी चौराहे पर बैठता है, जहाँ से कुछ लोग रुपए न ही तो चवन्नी तो जेब में लेकर चलते ही हों और बल्कि जरूरत पड़ने पर डाल देने की हिम्मत भी रखते हों। एक किसान भी वही उपजाता है, जिसकी उसे जरूरत हो और जिसे वह बेचकर अपना काम चला सके, लेकिन लिखनेवाले तीसरे लोक के प्राणी होते हैं। उन्हें यह सब सोचना तुच्छ लगता है और वे सबकुछ लिखते जाते हैं, जिन्हें कोई पलट के देखता भी नहीं। तब वे गाने लगते हैं…वह सुबह कभी तो आएगी, वह सुबह कभी तो आएगी…वह सुबह तो आएगी ही, जब घर में सब्जी नहीं होगी, स्कूल से बच्चे का नाम कट जाएगा, लोकल ट्रेन के टिकट के लिए पैसे न होंगे और बीवी घर छोड़ के मायके प्रवास पर होगी और आप चौराहे पर सुबह से शाम तक खड़े, आनेवाले कल की प्रतीक्षा करते दिखाई देंगे और आपको हिकारत भरी नजर से देखता हुआ एक भिखारी अपने दिन भर की कमाई को गिन रहा होगा, लेकिन उम्मीद अभी भी बची है इनके सीने में…

खैर, उम्मीद पर दुनिया टिकी है। हाँ, खत्म करने से पहले मैं ये बता दूँ कि जो लोग यहाँ तक पढ़ते हुए (कई लोग पूरा नहीं पढ़ते, सिर्फ नजर मारते हैं, उनकी बात नहीं कर रहा) आ पहुँचे हैं, उनके बारे में मैं यही कह सकता हूँ कि फिर तो वे कुछ भी पढ़ सकते हैं। इसलिए हम जैसे लेखकों को उम्मीद रखनी चाहिए और सतत लिखते रहना चाहिए। इसका तो मतलब यही हुआ कि हर किस्म के लेखक को पाठक मिल ही जाता है!

□

मुबारकबाद

सारे बादों, जैसे जिंदाबाद, मुर्दाबाद, बरबाद, आबाद, हैदराबाद, इलाहाबाद आदि में मुबारकबाद अनोखा है। इसमें दार्शनिकों का चिंतन, स्वयंसेवियों की निष्ठा, नेताओं की कर्मठता (कुछ अच्छाइयाँ भी होती हैं इस नाम के प्राणी में!) और कट्टरपंथियों का जंगी ऐलान नहीं होता, लेकिन यह भ्रम भी हो सकता है। इस विषय पर व्यंग्य शिरोमणि श्री हरिशंकर परसाई ने पहले भी लिखा है, लेकिन भूल से इसका सर्वाधिकार अपने पास रखना भूल गए। अब कॉपीराइट के लिए चीजों का मौलिक होना जरूरी नहीं है, जिसने अपना हाथ पहले मार लिया, वही शेर है। वैसे भी परसाईजी ने जो लिखा है, अब वह 'आउटडेटेड' हो गया होगा। वैसे भी उनके ही जमाने में उन्हें 'सीरियसली' यानी गंभीरतापूर्वक बहुत ही कम लोगों ने लिया था। ज्यादातर उनके प्रशंसक उन्हें 'फन्नी' यानी मजाकिया लेखक कहकर आदर देते थे। वैसे भी लेखक का अधिकार लिखने में है, अपनी 'इमेज' यानी पहचान स्थापित करने में नहीं। गीता का ज्ञान अगर उसे परिवार से घुट्टी में न मिला हो तो एक 'इवनिंग क्रैश कोर्स' की उसे सख्त जरूरत है, जिसमें उसे यह बता दिया जाना चाहिए कि जगत् मिथ्या है, वह क्या लेकर आया है और क्या लेकर जाएगा, उसने नया क्या लिख दिया, जो पहले न लिखा गया था और वह जो लिख रहा है, वह सब पहले से लिखित रूप में विद्यमान है, वह तो निमित्त मात्र है। लिखने के इस 'टाइप' का ज्ञान बहुत जरूरी है। वैसे अमेरिका में और दुनिया के अन्य देशों में योगाभ्यास और ध्यान को लेकर

धड़ल्ले से स्कूल खोले जा रहे हैं और लोग सेवा के बदले पैसे पीट रहे हैं। कल योग और ध्यान के भी 'पेटेंट' इन्हीं के पास होंगे और भारत से लोग इस विषय पर पढ़ने और शोध करने के उद्देश्य से यहाँ आएँगे।

मुबारकबाद देने का कोई मौसम नहीं होता। जब आपके जी में आए, आप मुबारकबाद दे सकते हैं। कोई ज्यादा-से-ज्यादा क्या कर लेगा, आपकी शुभकामना पर ध्यान नहीं देगा। वैसे ध्यान कितना भी दे कोई, हर पल कोई-न-कोई नया मुबारकबाद आ जाता है। वैसे इसमें अपना कोई खर्च भी तो नहीं होता। पहले लोग पंद्रह पैसे के पोस्टकार्ड पर शुभकामनाएँ भेजते थे, तब का जमाना वैसे और ही था। हर समय जमाना 'कुछ और' ही रहता है। मैंने आज तक किसी को अपने जमाने को कोई 'ऐसा-वैसा' मान लेते हुए नहीं देखा है। सबको अपना जमाना या गुजरा जमाना 'स्पेशल' लगता है। कुछ लोग पहले शुभकामनाओं के तार भेजते थे, मैंने डाकखाने में हर अवसर के लिए उपयुक्त बधाई संदेशों का पूरा चार फीट चौड़ा और पंद्रह फीट लंबा बोर्ड देखा है। उस पर हिंदी और अंग्रेजी; दोनों में बधाई संदेशों के नमूने ब्याफ्ता किसी पेंटर के सधे हाथों से लिखे देखे हैं। अंग्रेजी तो हमारी रगों में ऐसी घुल गई है कि जब हम साँस भी लेते हैं वह भी अंग्रेजी में सुनाई देती है लोगों को। एक लड़की ने तो इस बात पर अपनी सगाई तोड़ दी कि उसका होनेवाला पति अंग्रेजी बोलते हुए घबराता था। अगर अंग्रेजी से इतनी घबराहट थी, तो शादी करने की किस शरीफ ने उसे सलाह दी थी? भाषा तो बड़ी मृदु वस्तु है, शादी के उपरांत जितनी पीड़ाओं, शोषण और यातनाओं से उसे गुजरना होगा, उसे इसकी तनिक भी भनक नहीं शायद। शहजादा सलीम किस्मत का धनी था कि अनारकली को अंग्रेजी का तब अता-पता नहीं था। वैसे भी अकबर तो अनपढ़ था, शायद इसलिए वह अनारकली के खिलाफ रहा होगा।

इतिहासकारों को नए सिरे से इस पर शोध करना चाहिए। बधाई के नमूने देखकर मैं हैरत में पड़ गया, बिना उसे पढ़े मुझे लगता है कि कोई अपनी भावना को व्यक्त ही नहीं कर सकता। अगर व्यक्त कर भी ले तो वह भावना महँगी हो सकती है, क्योंकि शब्दों को अगर खास जगह पर खास

तरह से न रखा जाए तो तार की फीस ज्यादा हो सकती है, लेकिन लोग भी कम थोड़े ही हैं। आज जहाँ कारखानों, कार्यालयों और शिक्षण संस्थानों के खर्चों में कटौती की बाढ़ आई है, उसका मुबारकबाद जैसे मानवीय सत्कर्मों पर भी बुरा असर पड़ा है। मैंने तो एक कंपनी को किसी खास व्यक्ति को सिर्फ इसलिए बहाल करते देखा कि उसने 'खर्चे में कटौती' में पी-एच.डी. कर रखी थी। जाहिर है कि उसे तनख्वाह बहुत देनी पड़ेगी, लेकिन कंपनी को उम्मीद है कि वह ऐसा कुछ जरूर कर दिखाएगा, जिससे कंपनी का सलाना खर्चा बहुत नीचे आ जाएगा। खर्चा नीचे आए, न आए, इन साहब को ऊँची तनख्वाह दे-देकर कंपनी जरूर नीचे आ जाएगी। जल्दी ही खर्च कटौती पदाधिकारियों की बहाली बढ़ जाएगी। इन कंपनियों को शायद पता नहीं है कि इन्हें साहूकारों से कितना कुछ सीखने को मिल सकता है। इन साहूकारों के बैंक में उतने ही लाख जमा होते हैं, जितना कि इनकी गँजी और कुर्ते में सुराख। एक-एक सुराख के साथ, बैंक बैलेंस उठता जाता है। खैर, तो मूल है कि लोगों ने अब पोस्टकार्ड और तार जैसे महँगे माध्यमों का प्रयोग शुभकामनाएँ भेजने जैसे मामले में बंद कर दिया है। ज्यादातर लोग आमने-सामने लेना-देना ज्यादा पसंद करते हैं। पीछे भेजने पर किसे पता कि वह पढ़ पाया भी कि नहीं। डाक व्यवस्था ने अगर पहुँचा भी दिया हो तो जनाब के पास समय की कमी हो। अब भला कोई मुँह पर मुबारकबाद दे तो कोई लेने से मना भी कैसे कर सकता है ? वैसे देनेवाले भी थोक में दिया करते हैं, तो उन्हें इसकी बहुत परवाह नहीं रहती कि दो-चार अगर स्वीकार न भी करें। कर्म में अधिकार है, कर्म फल में नहीं। भारत में इतने पर्व, त्यौहार और इतने किस्म के चलन हैं कि मुबारकबाद का बाजार साल भर गरम रहता है। वैसे कुछ लोग होते हैं कि बस बहाना ढूँढ़ लेते हैं, मुबारकबाद देने का। मुबारकबाद की बरसात आजादी के महीने से शुरू होकर नए साल पर अपने चरम पर होती है। आजादी मुबारक कब, किसे और कितनी हुई, यह तो पिछले पचास साल में ज्यादा जाहिर हो पाया, लेकिन आज भी इसके परचों, झंडों और नारों में पुल के नीचे बैठे सैकड़ों भिखारी इसका आनंद उठाते हैं।

आज किसी को जो मुबारक है, कल उसे भी हो सकता है, कल न सही, अगले जन्म में ही सही।

पुनर्जन्म का आविष्कार हमने ऐसे ही थोड़े किया था। जन्म जन्मांतर का हिसाब रखा जाता है। इस जन्म में नेताओं और अफसरों को आजादी मुबारक है, तो अगले जन्म में भिखारियों, किरानियों, मजदूरों और बेरोजगारों को मुबारक होगी। ऊपरवाले का न्याय बहुत सुंदर है। वे भी क्या करें, उनके यहाँ मुबारक का कोटा खत्म हो चला है, अब सबको एक साथ मुबारकबाद उपलब्ध नहीं करा सकते, लेकिन इसमें में भी एक शर्त है, कर्मों का 'क्लॉज' यानी नियम/विधान बहुत महत्त्वपूर्ण है, जो जैसा करेगा, वैसा भरेगा। इसलिए पिछड़ों को हर कीमत पर संयम से काम लेना होगा इस जन्म में। ऊपरवाले को हिंसा बिल्कुल पसंद नहीं है। खैर, पुल के नीचे, सड़क के किनारे, झोपड़ों में, टूटे घरों में-चप्पलों में, चूती छत और फटे छातों के नीचे सिर उठाए वे अगले जनम की प्रतीक्षा कर रहे हैं।

एक मुबारक, जो बेमौसम हो सकता है, वह है 'जन्मदिन मुबारक'। एक तो जन्म हुआ, उस पर लोगों ने मुबारक कहा, उसके बाद हर साल उसे मुबारक कहते रहे। जन्म के बाद उनके माता-पिता को क्या हासिल हो गया था, उन्हें लोग मुबारकबाद दे गए थे। वे तो वे जाने, लेकिन उसके बाद हर साल जिन अभावों में, तंगेहाली और फाकाकशी में दिन गुजारने पड़े कि लोग, जब मुबारकबाद देते हैं (और याद करके देते हैं, खासकर आपके करीबी लोग) तो लगता है कि किसी जनम का बदला चुका रहे हों। एक तो वे भूल जाते हैं कि हर साल जिस क्षण वे मुबारकबाद दे रहे होते हैं, वे मृत्यु की तरफ खिसक रहे होते हैं। वैसे, उस अर्थ में यह ज्यादा अर्थपूर्ण हो सकता है, क्योंकि मृत्यु मुक्ति का प्रतीक है। एक रात गए एक मित्र का फोन आ गया। वह इतना भावुक हो रहा था कि कुछ मिनटों में वह सिर्फ अपना नाम ही बता पाया। जब वह थोड़ा संयत हुआ, तो कहने लगा कि आज उसके जीवन में ऐसा पहली बार हुआ। मैं भी रोमांचित हुए बिना न रह सका, जब उसने बताया कि वह भी मेरी वजह से। मैं इसके पहले सोचूँ कि मैंने ऐसा

क्या उपकार कर दिया कि वह भर्राते हुए स्वर में फूट पड़ा—आज जीवन में किसी ने पहली बार उसके जन्मदिन का मुबारकबाद भेजा और वह भी मैंने। मैंने अपनी घबराहट पर काबू पाते हुए पूछा—कब मिला? मैं तब तक सोच रहा था कि यह मुबारकबाद कब मेरे हाथ से खिसक गया। उसने बताया कि वह ई-मेल देखना लगभग भूल ही गया था, पिछले कुछ दिनों से, लेकिन आज क्या जी में आया, चला गया कैफे में और देखा तो मेरा ई-मेल उसे मिला था—जन्मदिन मुबारक! बहुत जोर देने पर खयाल आया कि कुछ ई-मेलवाले यह सुविधा देते हैं कि वे आपके मित्रों, रिश्ते-नातों को उनके जन्मदिन की बधाई अपने आप भेज देते हैं। कौन कहता है कि तकनीक लोगों को शुष्क बना रही है।

मैंने तो अब मुबारकबाद देना और लेना लगभग बंद ही कर दिया था, लेकिन इस घटना ने मेरी चेतना को जाग्रत कर दिया, मेरी आँखें खोल दीं, मेरी ऊँघती आत्मा को झकझोर दिया। मैंने अपने को सँभालते हुए उसे फिर से मुबारकबाद दे दिया, लेकिन वह था कि उसने कृतज्ञता की रजाई ही ओढ़ ली थी, फोन रखता ही नहीं था। मैंने उसे बताया नहीं कि मुझे उसका जन्मदिन याद भी नहीं था, लेकिन उसकी हालत को देखते हुए मुझे लगा कि एक छोटा सा झूठ उसके जीवन का संबल बना रहेगा। मैंने वैसे देखा है कि झूठ हमेशा सच से बड़ा, ताकतवर और असरदार होता है। सच से किसी का भला होता हुआ मैंने नहीं देखा। सत्यवादी हरिश्चंद्र की कहानी पढ़ने के बाद मुझे लगता है कि लोगों का भ्रम दूर हो जाना चाहिए था, लेकिन लोग भ्रम में पड़े रहना चाहते हैं। भ्रम में रहने के भी बड़े फायदे हैं। एक उम्मीद जीवन भर बनी रहती है कि भ्रम अगर सच हो जाए तो! यहाँ हर आदमी एक जुआरी है, फर्क सिर्फ इतना है कि सबका अपना अलग-अलग जुआ है।

लोग शादी होने पर भी मुबारकबाद दे देते हैं। प्यार होने पर कोई नहीं देता। तब लोगों की भ्रकुटियाँ तनती हैं और उँगलियाँ ही उठती हैं। वैसे ठीक भी है, क्योंकि अधिकांश प्यार शादी में बदल नहीं पाते और अधिकांश शादियाँ प्यार में। शादी और प्यार दो अलग-अलग अवस्थाएँ हैं। दोनों साथ-साथ विरले पाए

जाते हैं। आशिकों-शायरों को यह रहस्य पता है। एक तो वे शादी नहीं करते और अगर कर भी लें तो प्यार की खोज में लगे रहते हैं। वैसे शादी मुबारक कहते हुए ज्यादातर शादीशुदा लोग ही पाए गए हैं। मुबारकबाद देने के बाद पति की आँखों में जहाँ वेदना झलक जाती है, वहीं पत्नी की आँखों में ओज उमड़ आता है।

'होली मुबारक' कहते हुए लोग सालों से सड़ रहे कीचड़ में लोगों को उठाकर पटक देते हैं। यही नहीं कि कोई निकल न पाए और उसकी होली मुबारक हो जाए। इसके लिए लोग उसे दबाए भी रहते हैं, जब तक कि वह पट्ठा खुद ही मुबारकबाद मान न लें। प्यार से अबीर लगाती और शरमाकर रंग डालती हुईं रमणियाँ 'होली मुबारक' नहीं चिल्लातीं, लेकिन जींस में होली खेलती हुई यहीं लड़कियाँ लड़कों को हुल्लड़बाजी में पीछे छोड़ जाती हैं। हर तरफ वैसे लड़कियों ने लड़कों को पीछे छोड़ दिया है। लिस्ट लंबी है और नाजुक भी, इसलिए उसका जिक्र नहीं करूँगा।

मुबारकबाद की यात्रा संक्रांति से शुरू होकर होली, बकरीद, गरमी की छुट्टियों, दीवाली, ईद, क्रिसमस से होती हुई नए साल की तरफ बढ़ती है, तो अपने उन्माद पर होती है। हर कोई धड़ल्ले से मुबारकबाद बाँटता चलता है, अपना-पराया, दोस्त-दुश्मन, अमीर-गरीब, छोटा-बड़ा, देश-विदेश सबका भेद मिट जाता है। क्या समाजवाद, क्या पूँजीवाद, क्या राजतंत्र, क्या प्रजातंत्र, यत्र-तत्र और सर्वत्र मुबारकबाद ही मुबारकबाद। वैसे मनुष्य की सभ्यता इतनी सहनशील है कि हम बड़ी-से-बड़ी त्रासदियों को मिनटों में भुला देते हैं और नए साल के स्वागत में हाथ जोड़े खड़े रहते हैं। पिछले साल इमारतें गिरा दी गईं, देश जला दिए गए, बाजार ऊँघता रहा, यहाँ तक कि कई बार खर्राटें भी भरने लगा, लोगों की नौकरियाँ जाती रहीं, लेकिन नए साल के स्वागत की तैयारियाँ जारी हैं। वैसे भी अतीत के मूल्यांकन में समय बरबाद करना कहाँ की बुद्धिमानी है! इसमें बहुराष्ट्रीय कंपनियाँ भी दिल खोलकर खर्च करती हैं। ये वहीं कंपनियाँ होती हैं, जिन्होंने पिछले साल खर्चे की कटौती के तहत लाखों कर्मचारियों की हमेशा के लिए छुट्टी कर दी थीं। वैसे भी नए साल में पुराने कर्मचारियों की जरूरत भी क्या है! और कंपनियाँ सिर्फ कर्मचारियों

के भरोसे तो चलती नहीं, सरकार का वरदहस्त न हो, संरक्षण न हो तो नए कॉन्ट्रेक्ट कहाँ से आएँगे! खैर, आम जनता का भी उत्साह चरम पर होता है। गलियों में, सड़कों पर, पुल पर, नालों के आस-पास, खेतों में, मैदानों में, मुंबई के जुहू तट पर, मैनहट्टन की स्ट्रीट पर, दिल्ली के लालकिले के पास, आधी रात को लोग नाचते-गाते, पीते-पिलाते और गिरते-पड़ते नए साल का स्वागत करते दिखाई पड़ते हैं। आतंकवादियों को उस दिन भी छुट्टी नहीं मिलती, उनकी योजनाओं पर पानी फेरने के लिए सुरक्षा व्यवस्था बढ़ा दी जाती है, लेकिन लोग जान की परवाह किए बगैर उमड़ पड़ते हैं और जान भी क्या चीज है, नया साल बार-बार थोड़े आता है!

अमेरिका में लोग तकरीबन हर चीज के लिए मुबारकबाद देते हैं। वैसे उनके लिए यह बेहतर भी है। सुबह दिन शुरू करने के लिए, दोपहर को लंच के लिए, शाम को रात के लिए और शुक्रवार को वीकएंड के लिए। वे काम करते हुए (अगर मौका मिले तो और कोई चारा न दिखे तो) उनकी नजर वीकएंड पर ही टिकी होती है। सोमवार को हर कोई थका-हारा और जीवन से विरक्त नजर आता है। जैसे-जैसे दिन निकलते हैं, ऑफिस में उत्सवी माहौल छाने लगता है। शुक्रवार को तो लोग इतने प्रसन्न होते हैं कि काम लगभग बंद ही कर देते हैं। देर से आना, पूरे समय 'हैप्पी फ्राइडे' कहते हुए चहकना, दो घंटे के लंच के साथ शुक्रवार ऐसे बीतता है कि पता भी नहीं चलता। कुछ लोग तो आधे समय के बाद ऐसे भी निकल लेते हैं, लेकिन जाते हुए सप्ताहांत की बधाई देना नहीं भूलते। जब काम के दिन ऐसे बीतें तो सप्ताहांत तो मजे में गुजर ही जाएगा। जब रात है ऐसी मतवाली फिर सुबह का आलम क्या होगा!

मैं तो इस लेख को लिखते हुए अभी से इतना रोमांचित हुआ जा रहा हूँ कि जब लोग इसे पढ़ेंगे तो मुझे ढेरों मुबारकबाद भेजेंगे। मैं ऐसे सज्जनों को अभी से शुक्रिया अदा कर देता हूँ और उनको तहे दिल से मुबारकबाद देता हूँ कि उन्हें इस लेख को पढ़ने का सुअवसर मिला। सदियों में कभी एक-आध बार ऐसा होता है!

□

प्रदूषण पुराण

अठारह पुराणों में प्रदूषण पुराण भले सम्मिलित नहीं हो अथवा अन्य पुराणों से भी इसके लक्षण मिलते न हों, तब भी प्रदूषण पुराण की महत्ता उससे कम नहीं हो जाती। विद्वानों के बीच मतैक्य तो उन पुराणों को लेकर भी नहीं है। मतभेद है तो विद्वत्ता है। प्रदूषण का इतिहास भी सृष्टि से लेकर प्रलय तक फैला हुआ है। अलग-अलग काल खंड में प्रदूषण को अलग-अलग नामों से पुकारा गया। ऐसे प्रतापी प्रदूषण पुराण एक अंश भी आप तक मैं पहुँचा पाया तो यह ऐतिहासिक बात होगी। अस्तु, अब आप ध्यानपूर्वक इसका श्रवण-मनन करें।

धरती पर जब जीव आए होंगे तो कितना अच्छा रहा होगा। कहीं विचर लो, कहीं से कुछ खा लो, किसी नदी किनारे पानी पी लो (इच्छा हो तो डुबकी भी लगा लो), कहीं चाहो, लेट जाओ। कोई रोक-टोक नहीं, कोई किराया-भाड़ा नहीं, कोई टैक्स नहीं। सभ्यता ने कुछ दिया हो या नहीं, लेकिन लोगों को हथियाना सिखला दिया। जमीन हथिया ली, कोयला हथिया लिया, जंगल काट दिया, पहाड़ को मिट्टी में मिला दिया और सागर पर मिट्टी डाल टापू बना दिया। कितना गिनाया जाए, जितनी मनुष्य की बुद्धि, उतने ही उसके कारनामें। अपराध तब और संगीन हो जाता है, जब इन कारनामों को विकास का नाम दिया जाता है। अब आदमी बंदर से ही तो विकसित हुआ है, लेकिन बंदर बंदर ही रहे और आदमी बंदर से कितना आगे निकल गया। बंदर आज भी जंगलों में रहता है और उसकी देख-रेख भी करता है। ऐसा

नहीं कि जंगल को उजाड़ दिया। जिस डाल पर बैठे हो, उसको काटने की बुद्धिमानी सिर्फ आदमी ही लेकर इस धरती पर आया है। धरती भी कभी अकेले में सोचती होगी कि जाने इस आदमी की जाति का क्या होगा। फिर उस सोच में आकाश, वायु, जल, अग्नि, वनस्पति सब शनैः शनैः सम्मिलित हो जाते होंगे। एक समय था, जब इसी मनुष्य ने वेदों में इन्हीं सबकी शांति के लिए प्रार्थना की थी। आज स्थिति ऐसी है कि ये सब मिलकर भी मनुष्य की उद्‌दंडता को अधिकार में अथवा शांत नहीं कर पा रहे हैं। आज जितना खुल्लम-खुल्ला नाच हर तरफ मचा हुआ है उसकी संकल्पना, अवधारणा और परिपालन इसी मनुष्य ने ही तो किया है।

प्रदूषण सिर्फ भौतिक अथवा सांसारिक वस्तुओं तक ही सीमित नहीं है। अगर चर्चा उस स्तर तक ले जाएँ, तो आदमी के ताज में कितने नगीने जड़ते चले जाएँगे कि यह हमारी और आपकी बुद्धि के तो परे है ही, भले उनकी नहीं, जिन्होंने दुनिया के एकछत्र साम्राज्य का ताज अपने सिर पर अपने आप धारण कर रखा है। वह जमाना और था, जब किसी का राजतिलक होता था, तो लोग सिर झुकाकर मुकुट को धारण करते थे और जीवनपर्यंत कर्तव्य निर्वाह की शपथ लेते थे। बाद के दिनों में ताज को लेकर ऐसी छीना झपटी मची है, जैसे वॉलीबॉल के खेल में गेंद को लेकर होती है। वैसी भी अब समय ऐसा है कि कोई आपको ताज 'ऑफर' भी नहीं करेगा अगर जो आप थोड़े संकोची, विनम्र और मानवतावादी निकल तो। एक अनार, अरब बीमार। औरंगजेब जैसों को यह हुनर प्राप्त था कि समय से पहले ही ताज को अपना लो, नहीं तो ताज किसी और को अपना लेगा। इतिहास बताता है कि बिना समय गँवाए सबकुछ कैसे हो गया और सबके दिलों के चहेते ताज को बनानेवाला बिना ताज के दाने-दाने को मोहताज हो गया था। आज तो ऐसे औरंगजेब, गली-गली, शहर-शहर, विधा-दर-विधा, कला-दर-कला, क्षेत्र-दर-क्षेत्र में भरे पड़े हैं। देखिए कहीं आपके अंदर भी तो कोई छुपा बैठा नहीं है?

जल कितना महत्त्वपूर्ण है। इसका प्रतिपादन मनुष्य ने ही किया। शरीर के

लिए, खेती के लिए, धरती के लिए, कल-कारखानों के लिए, यहाँ तक कि जल बिना मुक्ति भी नहीं मिलती, लेकिन अंततः हुआ क्या, वही, जो आदमी करता है। जहाँ-जहाँ तक उसकी पहुँच थी। पीनेवाले ही ने पानी को प्रदूषित कर दिया और बड़े गर्व के साथ उसका नाम दिया जल प्रदूषण। इतिहास कहता है कि सभ्यता का विकास नदी के किनारे ही हुआ। अब सभ्यता के विकास का फल तो नदी को मिलना ही था। लेन-देन के नैसर्गिक नियम से कोई भी बचा नहीं। मनुष्य ने नदी में नहाकर खुद का पाप धोया (अभी तक पाप को धोने का डिटर्जेंट किसी कंपनी ने बना लेने का दावा वैसे किया नहीं है) और नदी को गंदला कर दिया। नहाते तो नहाते, साबुन भी रगड़-रगड़ के लगाया, यही नहीं, कपड़े भी धो लिये और उससे भी जी नहीं भरा तो घर से लेकर मुहल्ला, शहर भर की गंदगियाँ सब नदी में बहा दीं। नदी राष्ट्रीय सफाई कर्मचारी है ही, सबका कचरा अपने कंधे पर उठा ले जाएगी। कोई-कोई नदी तो अंतरराष्ट्रीय भी है। वहाँ तो स्थिति और भी दिलचस्प है। नदी के धाराप्रवाह की दिशा में पहले पड़नेवाला राष्ट्र पानी को रोक देता है। जब अगला राष्ट्र शिकायत करता है, तो कह देता है, घर में छोटे बच्चे ने बंद कर दिया होगा, लेकिन उतने समय के लिए तो दूसरा जल से वंचित रहा ही। कई बार तो साफ-साफ पानी देने से मना कर देता है। यह नदी हमारी है। जाओ कहीं और से पानी का इंतजाम कर लो। दूसरा गुहार लगाता रहता है, यहाँ तक कि अंतरराष्ट्रीय मंच जैसे संयुक्त राष्ट्र संघ में ऐसी दहाड़ मारकर रोता है कि लोग तंग आकर पहले देश को धमकी देते हैं कि जल को जाने दो नहीं तो तुम्हारी अर्थ-व्यवस्था का हम बहिष्कार कर देंगे अथवा उसपर आर्थिक प्रतिबंध लगा देंगे। भय के बाद प्रीति बढ़ जाती है और वह मुसकरा कर कहता है मैं तो बस दिल्लगी कर रहा था। चाहो तो पूरी नदी तुम्हीं ले लो। अब दूसरा मन-ही-मन सोचता है कि काश नदी झोले में आ जाती, तो सदा के लिए अपनी रसोई में रख लेता। खैर, नदी का जल फिर बहने लगता है, लेकिन पहला भी कम उस्ताद नहीं, अपने देश की सफाई कर तमाम कचरे को नदी में डाल देता है, दाल में तड़के की तरह। ले लो स्वाद जल

का, जितना लेना है। नदी दूसरे देश में बहती है, जैसा भी जल है, दे देती है और बदले में सारा कचरा जमाकर लेती है। एक दिन समुद्र को जाकर सब उड़ेल देती है और कहती है यह लो, आदमी ने भेंट में अपना सारा कचरा भेजा है। समुद्र निहाल हो जाता है। एक तो समुद्र के किनारे बसनेवालों की कृपा और कल-कारखानों की सौगात अलग और ऊपर नदी नामक कूरियर का कजरारा पैकेज। समुद्र सब समा लेता है। पानी का रंग गहरा-मटमैला-गंदला हो जाता है। मछलियाँ कचरों के साथ-साथ प्लास्टिक की बोतल और पौलीथिन को खा-खाकर बेहाल हो जाती हैं। कुछ को शीघ्र मुक्ति मिल जाती है। जो बचती हैं उन्हें मछुआरे पकड़-पकड़कर ले जाते हैं, बेचते, कमाते और खाते हैं, खुद बीमार होते और औरों को बीमारी बाँटते हैं। अब तक तो जल प्रदूषण की उत्पत्ति, विकास और महिमा का पता आपको लग ही गया होगा। अब एक दृष्टि जरा इनको रोकनेवालों पर भी डालें।

आदमी ने ऐसा कुछ भी गलत आज तक नहीं किया, जिसको बाद में उसने सुधारा नहीं हो। सुधरेंगे अथवा सुधारेंगे, लेकिन बाद में। पहले जरा कुछ गलत हो जाने दो, एक हसीन जुर्म करने दो की तर्ज पर। पहले पानी को गंदा किया, फिर स्वच्छ करके बेचना शुरू कर दिया। पानी इतना गंदा हो जाए कि उसको स्वच्छ करना जरूरी हो जाए, इस बात का हर तरीके से ध्यान रखा जाता है। अब कोई भी पनघट पर नंदलाल छेड़ने नहीं आते, गोपियाँ अब प्रदूषित पनघट से पानी लाती ही नहीं। अब कोई गगरी फोड़ी नहीं जाती, क्योंकि पानी रखने के प्लास्टिक के बड़े-बड़े डिब्बे को कंकड़ फोड़ नहीं पाता। अलबत्ता अब कोई डिब्बों पर गोली ही न चला दे तो बात अलग है। जल प्रदूषण ने रोजगार और विकास के नए अवसर प्रदान किए। कंपनियाँ खुल गईं, लोग काम पर लग गए। जगह-जगह से पानी उठाया जा रहा है, साफ कर बेचा जा रहा है। लोग बोतल में स्वच्छ जल को देखकर अपनी आत्मा को याद कर लेते हैं। आत्मा अब याद की वस्तु ही है। उसको बिछड़े हुए कितने कल्प बीत गए।

अब सरकार हर काम तो कर सकती नहीं। जो करती है, वह सब कमाल

के करती है। इसलिए जल को प्रदूषणमुक्त करने की जिम्मेदारी अलाभकारी अथवा गैर–सरकारी संस्थाओं ने ली। समय के साथ बिना लाभ के लिए काम करनेवालों की बाढ़ आ गई। गली–गली, शहर–शहर, देश–विदेश में हर किस्म के अलाभकारी अथवा गैर–सरकारी संस्थान भरे पड़े हैं। मनुष्य की सभ्यता ने एक बार फिर करवट बदली और निज स्वार्थ को ताक पर रखकर सृष्टि को बचाने का संकल्प लिया है। लोग तन, मन और धन से जुटे हैं। कभी–कभार अलाभ के पीछे भी 'कुछ–कुछ' हो जाता है। अब आम लोग सरेआम करते हैं, तो अगर ये पीछे–पीछे कर लें तो क्या हानि है। अब लोग जहाँ हैं और वे भी आदमी तो कब तक अपने आपको काबू में रख पाएँगे। खैर, सेवा का सदाव्रत चल रहा है। लोग नदियों, नालों, पोखरों, जलाशयों और समुद्रों को प्रदूषणमुक्त करने में लगे हैं। जन–जागरण फैल रहा है। गंदगी अब बहुत हो गई, सफाई का दौर आ गया, साथी हाथ बढ़ाना…

आदमी ने जब पानी को गंदा करना शुरू किया तो यह बात पानी तक ही सीमित नहीं रही। गंदगी वैसे भी तेजी से फैलती है और अगर जो आदमी, जिसका सूत्रधार, उसका कहना ही क्या। आदमी ने विकास के लिए जहाँ जल चुराया, वहीं जंगल काट–काटकर अपना मंगल मनाया। जंगल के जानवर भी सोचते रहे यह आदमी ही हो सकता है, जो अपनी सीमा के पार दूसरों का सबकुछ हड़पने के लिए बेचैन रहता है। जंगल कटते रहे, जानवर सिमटते गए, यहाँ तक कि लुप्त हो गए। फिर जैसे आदमी ने जल को शुद्ध किया, वैसे ही जानवरों के लिए अभयारण्य बनाए, लुप्त जानवरों की तसवीरें उतारीं, इतिहास के पन्नों में उनको सजाया और तरह–तरह के कानून बनाकर अपनी भूल को भुला दूसरों को फँसाना शुरू कर दिया। बस चलता तो आरती ही उतार लेते। आदमी बर्बरता और श्रद्धा के मामले में नंबर वन है। सीमा के परे चले जाना इनके 'जीन' में ही है।

यही नहीं, कल–कारखाने बनाए, अपने लिए सबकुछ बनाया, पर आकाश और वायु को जहरीली गैस पिलाई। गाड़ियाँ बनाईं और धूम चलाईं। सबने मिलकर हवा की बाट लगाई, लेकिन आदमी है वही, जो अपनी

गलती सुधारे। जब वायु प्रदूषण परवान चढ़ा, फिर आदमी को होश आये। जगह-जगह पेड़ लगाए, तरह-तरह के कानून बनाए, लेकिन प्रदूषण का प्रताप इतना ही है कि कोशिश के बाद भी वह काबू में नहीं आ रहा। पानी की आपूर्ति जैसे की जा रही है, उसी तर्ज पर अब अगली बारी हवा की है, जब जगह-जगह साँस लेने की हवा के पंप लगे होंगे। पैसे दो और गिनती की साँस लो। बैग अथवा डिब्बे में भी उपलब्ध होगी हवा। सुविधानुसार घर के पिछवाड़े में भी हवा को स्वच्छ करने की मशीन लगाई जा सकेगी। लोगों के मिलने मिलाने का समय भी उपलब्ध हवा की मात्रा से तय हो पाएगा। किसी को भी आमंत्रित करने से पहले सोचना होगा कि कितनी स्वच्छ वायु की आवश्यकता पड़ेगी। खाना खिलाना और चाय के चलन में पिछली सदी में जिस तरह से ह्रास आया है, उसको देखकर लगता है कि लोग अब किसी के आने पर चाय अथवा नाश्ता से पहले स्वच्छ वायु पेश करेंगे। कभी-कभी यह भी लिखा होगा, निमंत्रण में—अपने साथ स्वच्छ वायु लेते आएँ अथवा वायु सप्लाई की कोई 'गारंटी' नहीं है। भोजन-पानी के साथ-साथ वायु का भी खर्च आतिथेय का एक भाग होगा। रेस्तराँ में स्वच्छ वायु उपलब्ध होगी, परंतु अगर आपको 'हाई स्टैंडर्ड' की वायु चाहिए, तो वह ऊँची कीमतों पर उपलब्ध कराई जा सकेगी, जैसे कि आज पानी की बोतल आपको मिलती है।

सरकार वायु प्रदूषण की रोकथाम के लिए काम करेगी, लेकिन इसकी शुरुआत वायु के संपूर्ण प्रदूषित हो जाने के बाद ही होगी। इसके पहले तक सरकार और विपक्ष के बीच वार्त्ता जारी रहेगी। सदन में उठा-पटक, मार-पीट, गाली-गलौज, आरोप-प्रत्यारोप के बाद वायु के प्रदूषित हो जाने के बाद इसकी रोकथाम से संबंधित 'बिल' पास होगा, जिसे सरकार और विपक्ष दोनों अपनी-अपनी विजय कहते फिरेंगे। वैसे भी चुनाव हो जाने के बाद भारत तो क्या, किसी भी देश में नेताओं की तो 'जय हो' ही होती है। हारने में जनता सबसे आगे है, लेकिन जनता अगले चुनाव में सरकार को लँगड़ी लगाकर, जब पटक देती है, तो उसका फायदा विपक्ष को मिल जाता है। जनता हरा तो आप सिर्फ एक को ही सकती है।

आज जैसे अमेरिका में लोग कान में 'ट्रांजिस्टर' अथवा 'आईफोन' लगाए घूमते हैं, वैसे ही लोग आनेवाले दिनों में नाक में 'मास्क' लगाकर घूमेंगे। अगर हवा जहरीली हो जाएगी, तो पूरे चेहरेवाला 'मास्क' लगाना होगा। बच्चे को जन्मने के साथ-साथ 'मास्क' पहना दिया जाएगा। स्कूल से आते-जाते बच्चे 'मास्क' ले जाना-लाना नहीं भूलेंगे। सभी सार्वजनिक स्थान बंद और वातानुकूलित ('एयर कंडीशनर' की तर्ज पर) होंगे, जैसे—स्कूल-कॉलेज, दफ्तर, बाजार, सिनेमा आदि। खुले में लोग आ-जा सकेंगे, लेकिन अपने 'रिस्क' पर और वह भी 'मास्क' पहन कर ही। सुबह या तो 'जिम' की शरण लेंगे अथवा 'मास्क' पहने पार्क की सैर कर रहे होंगे। तब लोग बाहर निकलने को 'हवाखोरी' का नाम नहीं दे पाएँगे। योगासन जैसे खुले में किए जानेवाली चीज या तो बंद कमरों में लोग करेंगे अथवा 'मास्क' पहनकर मैदान में या छत पर। प्राणायाम का अस्तित्व 'मास्क' तक सीमित हो जाएगा। लोग गले मिलने से पहले अपने 'मास्क' की 'पोजीशन' देख लिया करेंगे।

अब दूषित तो हर कुछ ही है, इसलिए सबकी चर्चा तो संभव नहीं, लेकिन इतना अवश्य है कि प्रदूषण का भविष्य उज्ज्वल है। एक की रोकथाम पूरी हुई नहीं कि दूसरा शुरू हो जाएगा। एक समय आएगा, जब यूनिवर्सिटी में प्रदूषण एक महत्त्वपूर्ण विषय होगा और लोग शोध करते हुए नज़र आएँगे। ऐसा तो वैसे हर क्षेत्र में ही होता है।

□

संकटशास्त्र

जहाँ तक संकटों का प्रश्न है, तो उसकी कभी कमी रही नहीं इस सृष्टि में। कल्प के आदि से लेकर अंत तक यह सृष्टि संकटों में लिपटी रही है। सृष्टि का संकट से नाता पुराना···अगर जो 'सृष्टि और संकट' नाम की कोई हिंदी फिल्म बनतीं तो शायद यह 'टाइटल सांग' (शीर्षक गीत) होता। भगवान् भी तभी आते हैं, जब संकट बहुत गहरा हो जाता है। संस्कृति का संकट, भाषा का संकट, राजनीतिक संकट, राष्ट्रीय संकट, अंतरराष्ट्रीय संकट, आर्थिक संकट, धार्मिक संकट, सामाजिक संकट, पर्यावरण का संकट आदि-आदि। संकटों के कितने नाम लेंगे और लेने की आवश्यकता भी क्या है, जो बिना बुलाए अथवा आह्वान के आ जाए।

हर किसी का अपना-अपना संकट है, जो मेरा संकट है, वह मेरे पड़ोसी का नहीं। बिहार का संकट यू.पी. के संकट से अलग है। महाराष्ट्र और केरल का तो बिल्कुल ही अलग। संकट के संवेदनशील मामले में विभिन्न देशों के संकट भी अलग-अलग हैं। अब अमेरिका का संकट भारत से कितना अलग है। भारत में लोग दुबले हुए जा रहे हैं और अमेरिका मोटापे के संकट से जूझ रहा है। भारत में 'स्वाइन फ्लू' का टीका नहीं बन पाया और अमेरिका जैसे कई देशों में टीके बरबाद हो गए। एशिया में जब चीन अपना प्रभुत्त्व बढ़ा रहा है, तो अमेरिका को चिंता हो रही है। भारत तो पहले से ही पाकिस्तान और चीन से चिंतित रहा है, लेकिन अमेरिका को संकट का आभास अब हो रहा है। खैर, पौ फटने से पहले नहीं जगे तो दोपहर तक तो जग ही लें। संकट

उत्पन्न करने और पालने में हम में से हर कोई उतना ही रचनात्मक है। हम में से हर कोई अपनी अभिरुचि, सामर्थ्य, श्रद्धा, बुद्धि, देश और काल के हिसाब से कोई-न-कोई संकट पैदा कर लेता है। कभी संकट पैदा कहीं होता है, पाला कहीं और जाता है। संकट के प्रति यह वात्सल्य भाव माँ यशोदा की याद दिलाता है। कुछ संकट स्वयंभू होते हैं, कुछ संकट पैदा किए जाते हैं। कुछ संकट अन्य संकटों के साथ चले आते हैं, साथ निभाने के लिए। कुछ संकट रक्तबीज की तरह होते हैं। कभी-कभी एक संकट का समाधान (समाप्त) होते ही उससे सैकड़ों-हजारों संकट पैदा हो जाते हैं।

संकट का उत्पन्न होना जितना सहज है उसका समाधान उतना ही कठिन। संकट का समाधान हम कई बार चाहते भी नहीं। कभी, जो सभी संकटों का निदान भूल से हो गया, तो सृष्टि में उथल-पुथल हो जाएगी। कितने लोग तो संकट के सहारे जी रहे हैं। वे तो जीते-जी ही मर जाएँगे। वैसे तसल्ली की बात तो यही है कि ऐसा न कभी हुआ है और ऐसा कभी होगा भी नहीं—न भूतो, न भविष्यति की तर्ज पर। जब तक माया का जाल फैला हुआ है, संकट अजर-अमर है।

कुछ लोगों के लिए संकट का बादल हमेशा घिरा रहता है। कभी-कभी गरज-बरस भी पड़ता है—'उमड़-घुमर कर आ रे बदरवा' की धुन पर। ऐसे लोगों की कई पीढ़ियाँ संकटों के साथ जन्मतीं, पलतीं और बढ़तीं समाप्त हो जाती हैं। ऐसे लोग हमेशा आक्रांत दिखाई देते हैं। लगता है कि बस आज का दिन निकल जाए, तो ही जान में जान आएगी। कुछ लोगों के लिए संकट उनका अपना उतना नहीं जितना कि दूसरों के लिए होता है। ऐसे लोग भी आक्रांत दिखते हैं, लेकिन सिर्फ दूसरों के लिए। ऐसे लोग सार्वजनिक मंच पर संकट से अचानक घिर जाते हैं, जैसे—टेलीविजन, सेमिनार, सम्मेलन, व्याख्यान आदि के अवसर पर। उसके बाद घर, रेस्तराँ अथवा पार्क में समोसे-चाट का आनंद उठाते हुए संकट का विचार त्याग देते हैं।

मेरा एक मित्र है बचपन का। बचपन से उसको संकट का आभास हो गया था। आभास तो क्या, मुझे लगता है उसे सिद्धि प्राप्त थी अथवा उसे

विरासत में मिली थी संकट की पहचान। गिल्ली-डंडा अथवा मोहल्ले की गली में क्रिकेट खेलते हुए वह अचानक खड़ा हो अथवा रुक जाया करता था, जैसे—संकट की अदृश्य तरंगों ने उसे छू लिया हो। कहने लगता कि अगर कल से लकड़ी का संकट हो गया, तो गिल्ली-डंडा कैसे बनाएँगे। कभी कहने लगता कि वह गली, जिसमें हम खेलते आए थे अगर बंद हो गई अथवा नाले में तब्दील हो गई तो क्रिकेट खेलने कहाँ जाएँगे, आदि-आदि। तब संकट बहुत छोटे-छोटे होते थे। वे बचपन के दिन थे, फिर भी संकट तो संकट ही थे, जैसे-जैसे वह बड़ा होता गया, उसके संकट भी बड़े होते गए। हाई-स्कूल का संकट, कॉलेज का संकट, रोजगार तलाश का संकट, विवाह के संकटों को पार करता हुआ—वह आज पूरी तरह संकटमय अथवा संकटाधीन हो चुका है। आज जब भी मिलता हूँ उससे (वह मिलने नहीं आता, संकटों से फुरसत जो नहीं···) तो वह लगभग बदहवास सा यही कहकर बात शुरू करता है—आज का सबसे बड़ा संकट···

हर बार नए संकट की बात करता है। मुझे कई बार ग्लानि होती है कि आज तक एक भी संकट मैं उसे गिना नहीं पाया और उसने संकट की झड़ी लगा दी है। हालाँकि हर चीज में मैं बचपन से उससे अव्वल ही रहा, लेकिन यहाँ उसने मुझे मात दे दी। मुझे तो उसने मात ही दी, बाकी को तो वह पटखनी देता रहता है।

खैर, मैंने एक बार उसको अपने संकट गिनाने की कोशिश की, लेकिन उसने उनपर कोई ध्यान नहीं दिया। बार-बार अपने संकटों की बात करता रहा। हारकर मैंने अपना संकट प्रकट करने का विचार छोड़ दिया। मैंने पलटवार करते हुए उससे पूछा—तुम्हारे बड़े-बड़े, हृदय से भी प्यारे, आँखों के तारे इन संकटों का समाधान भला क्या है ? वह शून्य आँखों से मुझे देखता रहा। इतना खालीपन मैंने जीवित लोगों में कभी देखा नहीं और कहीं सुना भी नहीं। मुझे लगा या तो वह मुझे गायब कर देगा अथवा स्वयं अंतर्ध्यान हो जाएगा, जैसे—कठिन प्रश्न का उत्तर दिए बिना अध्यापक चला जाता है अथवा वरदान देकर, लेकिन बिना दुविधा सुने देवता चले जाते हैं, लेकिन

दोनों में से कुछ भी नहीं हुआ। जब अपने संकटों का दैनिक कोटा पूरा कर चुका तो वह बोला—संकट का समाधान होता थोड़े ही है। संकट तो बने ही रहते हैं, चाहे आप जितने भी और जितनों का भी समाधान ढूँढ़ें। मैंने वह दर्शन स्वीकार कर लिया। संकट के बिना संसार भला कैसा होगा!

सभी प्रकार के संकटों पर दृष्टि तो नहीं डाल सकते। अगर ऐसा जो किया तो वह संकट पुराण, संकटशास्त्र अथवा संकट का 'एन्साइक्लोपीडिया' कहलाएगा। वैसे, जिस तरह आजकल लोग हर चीज के पीछे पड़े हैं, कोई-न-कोई ऐसा कर ही डालेगा।

फिलहाल कुछ संकटों पर विचार करें, तो राजनीतिक संकट का स्मरण मुझे सबसे पहले आता है। मैं कोई राजनीतिज्ञ अथवा नेता नहीं हूँ, लेकिन इस महान् कर्म की प्रेरणाओं से मैं हमेशा ही ओत-प्रोत रहता हूँ। राजनीति शब्द दो शब्दों से मिलकर बना है—राज और नीति। राज और राजा को तो हमने आधुनिक युग में पहला कदम रखते ही अपदस्थ कर दिया था, फिर उनकी जगह जो आए, उनकी नीतियों ने हमें यानी आप और हम जैसे आम लोगों को अपदस्थ ही नहीं किया वरन् अप्रासंगिक भी बना दिया, लेकिन फिर भी हम राजनीति से जुड़े रहते हैं। आम आदमी को आम भी तो इसलिए कहा जाता है। वह जुड़े रहना चाहता है, उनसे भी, जो उन्हें अस्पृश्य ही क्यों न मानते हों।

राजनीति संकटों का अखाड़ा है। दरअसल संकट राजनीति का ताज है। अगर संकट नहीं तो राजनीति का कोई मूल्य नहीं। एक प्रकार का राजनीतिक संकट वह है, जब किसी देश का राष्ट्राध्यक्ष अचानक चल बसता है, हालाँकि उनके रहते भले ही देश संकटों से लदा रहा हो, लेकिन उनके गुजरते ही राजनीतिक संकट देश में गहरा जाता है, हालाँकि उनके जैसे कर्मठ और त्यागी नेताओं की कमी नहीं होती, जो अपनी सेवा अर्पण करने के लिए एड़ी-चोटी का प्रयास कर रहे होते हैं। ऐसे अवसर पर वे मन की प्रसन्नता को दबाए जनता और अपने राजनीतिक दल को संकट से उबरने के लिए, संयम बरतने के लिए प्रार्थना सभा कर रहे होते हैं।

एक-दूसरे प्रकार का राजनीतिक संकट तब आता है, जब चुनाव में किसी भी दल को बहुमत प्राप्त नहीं हो। ऐसा तब होता है, जब जनता जान-बूझकर सभी दलों और नेताओं को देश की सेवा करने का सामान अवसर देना चाहती है। सभी दल कहते हैं कि देश पर राजनीतिक संकट आन पड़ा है, लेकिन उसके लिए जनता को दोष नहीं देते, बल्कि यह कहते फिरते हैं कि देश की सेवा करने का 'मैनडेट' (जनादेश) उन्हीं के पास है, हालाँकि संविधान के पितामहों ने दूरदर्शिता से काम लेते हुए ऐसी परिस्थितियों में संख्या और शक्ति प्रदर्शन का प्रावधान कर रखा है, जिस कारण लाख गाल बजाने के बाद भी राजनीतिक दलों को एक साझी सरकार की छतरी तले एकजुट होने का अभिनय करना पड़ता है। अगर जो ऐसा न हो तो फिर चुनाव का सामना करना पड़े और मिला हुआ जनता का 'मैनडेट' हाथ से फिसल सकता है। वैसे भी, जो उनके सबसे कर्त्तव्यनिष्ठ नेता होते हैं, उम्र, छल-कपट, कूटनीति, दोबोलेपन आदि के वरीयताक्रम में, उनको अच्छे-अच्छे अवसर वाले 'पोर्टफोलियो' (विभाग) वितरित कर दिए जाते हैं, जिनको मिला वे खुश और जिनको नहीं मिला, वे आस्तीन के साँप की तरह साथ-साथ रहते हैं, ताकि मौका मिलते ही मित्रता प्रकट कर दें (डस लें)। जनता की दुविधा दूर हो जाती है, यह देखकर कि किस तरह देश के राजसेवकों ने निजी स्वार्थ त्यागकर लूली-लँगड़ी ही सही, पर एक साझा सरकार का निर्माण कर लिया है और जगह-जगह ऐलान कर रहे हैं कि देश का वर्तमान राजनीतिक संकट टल गया है। ऐसे बहुत से संकट राजनीति में आते रहते हैं, जिन सबकी चर्चा यहाँ संभव नहीं। इतना कहकर लेखनी को विराम दूँगा कि राजनीति में, चाहे जितने ही संकट आएँ, राजनीतिज्ञ उनका समाधान अवश्य ढूँढ़ लेते हैं। वे संकटप्रूफ हैं। संकटों से घिरकर भी संकट से निर्लिप्त रह सकते हैं। वैसे संकट पैदा करनेवालों में उनका नाम सदा से अग्रणी रहा है और आगे भी उनका स्थान कोई नहीं ले पाएगा। अस्तु, सभी प्रकार के राजनीतक संकटों को सामूहिक अभिवादन···

एक संकट आजकल बहुत फैशन में है और वह है संस्कृति का संकट।

अब संस्कृति चीज ऐसी, जिसकी न कोई आकृति, नाक-आँख-कान, जिसे कोई सीधे-सीधे पहचान सके, न ही कोई घर-परिवार, माता-पिता, चाचा-मौसा, भाई-बहन, जिनसे पूछा जाए कि कहीं यह संस्कृति बचपन के किसी मेले-ठेले में खो गई हो। दूर-दराज में चचेरा-मौसेरा-फुफेरा; यहाँ तक कि कोई संगी-साथी भी नहीं। ऐसी बेबस, अकेली भटकती लड़की के बारे में किसको क्या पता? इसलिए मनचले तो क्या अच्छे-अच्छे घर-परिवारवाले लोग हाथ धोकर पीछे पड़े रहते हैं। अब ऐसे में संस्कृति का संकट स्वाभाविक ही है। सबकी अपनी-अपनी परिभाषाएँ और अपने-अपने संकट। सारे संस्कृतिकविद् एकमत भी नहीं हैं। अब तो मूर्ख एक होकर नहीं रहते हैं। विद्वानों की तो बात ही निराली है। एक संस्कृतिवाले दूसरी संस्कृतिवाले को पसंद नहीं करते। सबको अपनी संस्कृति सबसे प्यारी लगती है। सारी संस्कृतियाँ गुड़ियाएँ हैं और संस्कृतिप्रेमी बालाओं की तरह अपनी-अपनी संस्कृति के बाल बनाने, काजल लगाने और कुंडल-बाला पहनाने में लगे हैं।

सभी कहते हैं कि संस्कृतियाँ आज अवनति की ओर तेजी से बढ़ रही हैं। इतिहास के पन्नों से संस्कृति के विकास के पन्ने गायब हैं। जब से होश सँभाले हैं, अपसंस्कृति की ही बात सुनता रहा हूँ। मेरे होने के बहुत पहले ही संस्कृति का संकट गहरा गया होगा। आज तो इतना गहरा है कि संस्कृति कहीं दिखाई ही नहीं देती। हर तरफ संकट-ही-संकट और उनको गानेवाले लोग ही नजर आते हैं, दो नदियों के मिलन को संगम कहते हैं और उस स्थान पर तीर्थ बन जाता है। पर दो संस्कृतियों के मिलने से बनी नई संस्कृति सदैव दूषित ही कहलाती है। उनका हाल न घर का, न घाट का वाला हो जाता है। भारत से आए अमेरिका और अन्यान्य देशों में बसे लोगों और उनकी संतति की संस्कृति के बारे में भी लोग ऐसा ही सोचते हैं। संस्कृति का संकट एक बार फिर गहरा हो जाता है। आशा है संकट का बादल कभी तो छँटेगा और हम संस्कृति का दर्शन कर पाएँगे एक दिन, तब तक के लिए इतना ही…

संकटों में भाषा और साहित्य का संकट सबसे बड़ा है। ऐसा भाषा और साहित्यवाले कहते हैं, दूसरे नहीं, ऐसा इसलिए भी है कि भाषा और

साहित्यवाले त्रिकालदर्शी हैं। दूसरे क्षेत्रवाले अगर संकट देखते और समझते भी हैं (कभी-कभार गाते भी···) तो मात्र एक काल यानी वर्तमान को ही देख पाते हैं। उनमें से भी तो बहुत चश्मे के सहारे···बेचारे···

साहित्यकारों में भी कवि कोमल हृदय होने के कारण संभाव्य संकट से समय से पहले ही आहत हो जाता है। एक कवि के काव्य-संग्रह की लंबी (20-25 पृष्ठों के ऊपर) भूमिका में भाषा, संस्कृति, साहित्य और वर्तमान समय के तमाम संकटों का ऐसा विकट और विस्तृत (जीवंत भी) विवरण पढ़कर मैं हत्बुद्धि रह गया। लगा प्रलय आँख के सामने नाच रहा है। अब कुछ भी नहीं बचा हमारे पास। (कवि के पास कविता अंतिम आसारा थी···) । मेरे हाथ-पाँव सुन्न हो गए। आँखें अपने आप मुँद गईं। धीरे-धीरे जब चेतना लौटी, तो हृदय थाम कविताओं पर दृष्टि डाली, संकट ही संकट···मैंने घबराकर किताब बंद कर दी। घर से बाहर निकलकर छाती भर साँस ली। देखा बच्चे खेल रहे थे, बकरी और गाय पास के मैदान में घास चर रही थीं। बगल में एक भैस भी आराम से जुगाली कर रही थी। लोग सड़क पर सामान्य दिनों की तरह आ-जा रहे थे। आसमान नीला ही था, बादल भी सफेद और चिड़ियाँ अन्य दिनों की तरह आसमान में और हरे-भरे पेड़ों की डालियों के आस-पास फुदक ही नहीं, चहचहा भी रही थीं। मुझे संतोष हुआ की सृष्टि अभी तक कायम है।

साहित्य की बात चली है, तो एक दृष्टांत और भी देख लें। एक नए नवेले कवि ने बड़े अरमान से रखा है कदम···की धुन पर बचपन से वर्तमान तक की लिखी कविताओं की पांडुलिपि को प्रकाशक के यहाँ प्रकाशन के प्रस्ताव स्वरूप भेजा। प्रकाशक ने वापिस लिखा (बहुत लिखते भी नहीं···) कविता की बिक्री का संकट बहुत बड़ा है। ऐसे में अगर कविता की पुस्तक की बिक्री दो सौ भी नहीं होती, तो पुस्तक (कविता की अन्यथा पंचतंत्र के विष्णु शर्मा और प्रेमचंद को बिना रायल्टी दिए) छापने का साहस टूट जाता है। एक नए संकट से साक्षात्कार हुआ। कविता, कवि और समय के साथ संकट के बारे में अफवाहें सुनी थीं, लेकिन इस संकट के बारे में जानकर

संकट के प्रति अनुराग और भी गहरा हो गया। संकट ने अपने पैर कहाँ-कहाँ जमा रखे हैं। यह तो समय भी नहीं बता पाएगा। खैर, कवि ने प्रकाशक को लिख भेजा—आप चिंता न करें। अगर बाजार में चाय-समोसा, सिगरेट-शराब-हुक्का-पानी बिक जाते हैं (और बड़ी आसानी से कुछ तो ग्राहकों की लत और कुछ सरकारी/व्यावसायिक प्रोत्साहन से) तो मैं कविता भी बेच लूँगा। बिकाऊ चीजों की लिस्ट में कविता सबसे नीचे नहीं रह सकती। कवि ने लोकल मुद्रक की मदद से किताब खुद ही छाप ली। अपने संबंधियों, शुभचिंतकों और मित्रों (इन त्रियक को अलग-अलग इसलिए लिखा, क्योंकि ये विरले ही एक साथ पाए जाते हैं) के सौहार्द से पुस्तक वितरित भी कर ली। इस तरह से इस होनहार (चिकने पातवाले भी) कवि ने वर्तमान कविता को बिक्री के संकट से उबार लिया, साथ ही प्रकाशक का साहस भी टूटने से रह गया…

आर्थिक संकट संकटों में सबसे ऊपर रह सकता था, लेकिन साहित्यवालों के चिल्लपों के बीच यह दूसरे पायदान पर आ गिरा। वैसे भी, जो बोले, उसी का बोलबाला/जो चीखे उसी का चोला। अगर अर्थ लुप्त हो जाए, तो अनर्थ ही तो होगा। पूरी दुनिया हमेशा की तरह चलती रहती है। कुछ भी बदला नजर आता नहीं है, लेकिन आर्थिक संकट के आराधक टेलीविजन, किताब, पत्र-पत्रिकाओं के माध्यम से आर्थिक संकट के आह्वान में लगे रहते हैं। विकास की दर के चोटी पर पहुँचने से पहले ही लोग उसकी पूँछ पकड़ कर खींचने लगते हैं। आखिर वह है ही कितनी दूर, एक दिन अचानक प्रगट हो जाता है। सरकारें और कंपनियाँ ऐलान कर देती हैं कि आज आर्थिक संकट की दूसरी सालगिरह है। लीजिए आर्थिक संकट हमारे घर दो साल से मेहमान बना है और मेजबान को खबर ही नहीं, फिर त्राहिमाम मच जाता है। सब अपने-अपने तरीके से आर्थिक संकट के स्वागत की तैयारियाँ करने लग जाते हैं। कोई घर बेच रहा है, पर बिक नहीं रहा। कोई कंपनी बंद करना चाहता है, लेकिन कर्मचारी बंद करने नहीं दे रहे। कोई सबका वेतन घटा रहा है (अपने को छोड़कर)। कंपनियाँ कर्मचारी को निकाल रही हैं और

प्रतिक्रियास्वरूप बाजार में उनके शेयर उछल रहे हैं। यह जानते हुए भी कि यह आर्थिक संकट कोई पहली बार नहीं आ रहा, लेकिन सभी नए उत्साह के साथ स्वागत करने में लगे हैं। ऐसा भव्य स्वागत अभूतपूर्व है।

ऐसा आदर-सत्कार पाकर आर्थिक संकट भी आसान जमाकर बैठ जाता है। एक-दो-तीन; देखते-देखते कितने साल गुजर जाते हैं, आर्थिक संकट मुँह ढाँके लेट जाता है। सरकारें गिर जाती हैं, लोग पहले सड़कों पर आते हैं, प्रदर्शन करते हैं, फिर आग लगा देते हैं। हाय-हाय, ठाँय-ठाँय, बाय-बाय के बीच आर्थिक संकट अपने पैर जमा लेता है। आर्थिक संकटरूपी अंगद के पाँव को हिलाने में सारे अर्थशास्त्री (नोबेल पुरस्कार विजेता भी) लगे हैं, लेकिन वह गदा लिये विजयी मुसकान के साथ खड़ा है। अब इन अर्थशास्त्रियों को नोबेल पुरस्कार देते हुए यह अनुबंध तो कराया नहीं गया था कि जब-जब विश्व में आर्थिक संकट आएगा, तब-तब ही उन्हें कोई समाधान देना होगा। वैसे भी पुरस्कार और सम्मान का संबंध साधन और समाधान से कितना रह गया है। अगर जो इन व्यावहारिक कसौटियों पर पुरस्कार के लिए लोगों को तौलने लगें, तो पता लगा पुरस्कार देनेवाली संस्थाएँ पुरस्कार के उचित अधिकारियों के अभाव में बंद होने लगीं। इसलिए उचित यही होगा कि पुरस्कार बँटते रहें और लोग पुरस्कृत होते रहें, चाहे समाधान निकलें, न निकलें। विश्वास कीजिए अर्थशास्त्रियों के प्रताप से भले नहीं पर समय के आदेशानुसार वह भी वापस चला जाएगा। इसके साथ ही संकट का यह सर्ग भी समाप्त करने की आज्ञा चाहता हूँ।

अंत में एक नोट— संकटशास्त्र के प्रेस में जाते ही अपनी प्रतियाँ बुक करा लें नहीं, तो आपको तो पता ही है कि संकटप्रेमी ऐसी चीजों को हाथोहाथ ले लेते हैं···और आप पुस्तक की अनुपलब्धता के संकट में न पड़ जाए···

□

आज का आलोचक

बाकी का तो पता नहीं, लेकिन हिंदी का आधुनिक आलोचक आज बहुत ही सक्रिय, चिंतित और संकटग्रस्त है। हिंदी की मानद डिग्रियाँ उनके कदमों में न्यौछावर की गई हैं। उन्होंने ली नहीं, कॉलेजों, विश्वविद्यालयों ने बुला-बुलाकर उन्हें समर्पित की हैं। ऐसा वे कहते हैं। कुछ जासूस किस्म के पत्रकार, जो उनके उन दिनों के बारे में पता कर छाप देते हैं कि किस तरह से डॉक्टरेट के दौरान उन्हें सताया गया था और उनके गाइड (शिक्षा ही नहीं, हर क्षेत्र के गाइड अब ऐसे ही हैं—धर्म, चिकित्सा, विज्ञान, राजनीति, साहित्य, कॉर्पोरेट आदि···) ने उनका शोषण किया था, तो वे हँस कर टाल देते हैं। अब हँसने को बहुत लोग बहुत तरीके से लेते हैं और वे इसका लाभ उठाते हैं। अब साहित्य में हैं, इसका मतलब यह थोड़े ही है कि हर तरह के लाभ से अपने आप को वंचित रखें। हँसकर टालने का एक कारण यह भी है कि वे अपने गाइड के साथ के संबंध को मधुर बनाए रखने में ही अपना पहले और साहित्य का बाद में भला जानते हैं। उन्हें यह तो पता है कि शोषक तो शोषक है, जब चाहे, जहाँ चाहे, शोषण कर ही सकता है। पुरानी बातों को, खासकर कड़वी बातों को भुला देना ही बुद्धिमानी है।

इस प्रक्रिया से गुजरकर अथवा तपकर जब वे लोहे से हथौड़े (कुंदन बनने के लिए सोना तो होना पड़ेगा···) बनते हैं, तो आप अनुमान कर सकते हैं। उनकी एक-एक चोट झेलनेवालों को कितनी मर्मांतक पीड़ा होती होगी। सच तो यही है, लेकिन वे इस प्रक्रिया अथवा आलोचना को अपना धर्म,

कर्तव्य आदि उपमा से अलंकृत करते हैं। अपने तथाकथित कर्तव्य के प्रारंभ में अपने शहर के शीर्ष साहित्यकार-आचार्य के आशीष से शुरू कर पूरे भारत के साहित्याचार्यों की परिक्रमा कर आते हैं, जनसामान्य को निकट से समझने के लिए जैसा कि कभी स्वामी विवेकानंद अथवा गांधीजी ने किया था। इससे दो लाभ होते हैं—उन्हें अपने मित्रों, शत्रुओं और तटस्थों की पहचान हो जाती है कि किनके साथ आगे कैसा निभाना है और दूसरों को अपना मोहनी रूप भी दिखा आते हैं कि कल को लोग देख-समझ कर धोखा खा सकें।

लोकल कार्यकर्ता, विधायक या फिर अपने शोषक गाइड की अनुशंसा पाकर अपने ही शहर के किसी कॉलेज के हिंदी विभाग की शोभा बढ़ाने लगते हैं। घर के बैठकखाने से चौकी हटाकर चार-छह कुरसियाँ लगा देते हैं। पीछे की दीवार पर पढ़ी-अनपढ़ी पुस्तकों को सजाकर एक 'इंटेलेक्चुअल लुक' दे देते हैं। मोहल्ले के सारे खिलंदर और नौनिहालों को जमाकर और उनकी 'वानर सेना' बनाकर उसके नायक बन जाते हैं। ये वे लोग हैं, जो पान खाने-खिलाने से लेकर लाठी चलाने का काम बड़ी कुशलता से करते हैं। ये लोग ही सम्मेलनों के समय साहित्यकारों को रेलवे स्टेशन से लेकर आने, टिकाने, फूल-माला लाने और विदाई कराने का काम भी करते हैं। आलोचना के इतिहास में ऐसे मूक कार्यकर्ताओं के लिए कोई स्थान नहीं मिला आज तक। आशा है कि आनेवाले समय में या तो ये स्वयं अधिकारों के लिए संघर्ष करेंगे और नहीं तो आजकल माँगें पूरी कराने के लिए आंदोलन करनेवालों की माँग बढ़ने लगी ही है।

सबकुछ जमा चुकाने के बाद आलोचक महोदय बहुत ही व्यस्त दिखाई देते हैं। व्यस्त दिखने और होने का संबंध वैसे भी पुराना हो चुका है। प्रकाशकों, संस्थानों, लेखकों, मित्रों अथवा सगे-संबंधियों के यहाँ से पुस्तकें थोक में उनके पास आ रही हैं। हो सिर्फ इतना रहा है कि पुस्तकें बंडल से निकलकर मेज पर ढेर हो रही हैं। आलोचक महोदय को देखने का अवकाश नहीं है। लोगों के फोन पर फोन आ रहे हैं। आलोचक महोदय आधे समय फोन उठाते नहीं, इसलिए नहीं कि वे व्यस्त हैं, परंतु इसलिए कि उनका

एक अपना नियम है कि किसी जगह से जब तक तीन-चार फोन नहीं आ जाएँ, वे उठाते नहीं। इसका एक कारण और है कि इससे फोन करनेवाले को विश्वास हो जाता है कि आलोचक महोदय वास्तव में बहुत व्यस्त हैं और जब फोन उठाते हैं, तो उनके ऊपर गंभीरता छा जाती है—स्वर से लेकर मुद्रा तक। एक-एक शब्द लगता है किसी आदम गुफा से निकल रहा है, धीरे-धीरे सँभल-सँभलकर। फोन करनेवाला ही कृतज्ञ है कि आलोचक महोदय से आज बात हो गई। इस कृतज्ञता के बोझ से ढका-लदा पहले फोन में लेखक इतना ही कह-सुन पाता है कि पुस्तक उन तक पहुँची या नहीं। ये भेजनेवाले के पूर्व जन्म का सत्कर्म या डाक विभाग की कार्य प्रणाली का काया-कल्प है, जो पुस्तक पहली बार में आलोचक तक पहुँच जाए। अगर पहुँच भी गई हो तो आलोचक महोदय को देखने का अवसर नहीं मिला और अगली बार फोन करके 'कन्फर्म' (पक्का) करने का परामर्श दे फोन रख दिया जाता है। फोन करनेवाला इसके पहले कि कुछ और पूछे, अपने हाथ को फोन से हटा मसलने लगता है। इस बीच हफ्ते-महीने आराम से निकल जाते हैं, कभी-कभी तो साल भी। इस बीच कुछ असफल प्रयास होते हैं फोन के और पता लगता है कि साहब बाहर गए हैं, बाहर से आए नहीं हैं, आ तो गए हैं, लेकिन इस समय घर पर नहीं हैं, घर पर तो हैं, लेकिन भोजन कर रहे हैं, भोजन तो कर लिया है, लेकिन अभी टेलीविजन देख रहे हैं, टेलीविजन तो देख लिया है, लेकिन अभी दूसरे फोन पर हैं, दूसरे फोन पर तो कल थे, लेकिन अभी सो रहे हैं, सो तो कल रहे थे, लेकिन आज जागने के बाद थोड़ा अच्छा 'फील' नहीं कर रहे हैं, आदि-आदि। इतना कुछ कहने-सुनने के बाद भी फोन करनेवाले का धैर्य बना रहता है। दैवसंयोग से आलोचक महोदय एक दिन फोन पर मिल जाते हैं। परिचय का पूरा इतिहास दोहराने का दायित्व फोन करनेवाले का होता है। बात जब पुस्तक पर आती है, तो पता लगता है कि आलोचक महोदय ने देखी नहीं और साथ में असमर्थता प्रगट करते हैं कि ढेर में पता नहीं कहाँ दबी पड़ी होगी। यह भी बता देते हैं कि उनके यहाँ प्रतिदिन पचासों डाक आते हैं। आते हफ्ते में वैसे दो-चार ही हैं, लेकिन कोई

खोज करने तो आ नहीं रहा, बताने में इतना कोई हर्ज नहीं, वैसे भी अगर एक से ऊपर हो तो हिंदी के व्याकरण के मुताबिक बहुवचन ही हुआ और उसमें पाँच कहो या पचास, वैयाकरणिक अथवा तकनीकी रूप से गलत नहीं। वैसे भी डाक के उनके यहाँ आने की जहाँ तक बात है संख्या बताने का अधिकार उनका है और वे चाहे जो भी बताएँ। खैर, वे निस्संग भाव से कहते हैं कि पुस्तक दुबारा भेज दें तो उन्हें आसानी होगी, साथ ही शर्त यह रखते हैं कि अगर 'स्पीड पोस्ट' से भेजें तो उन्हें 2–3 दिनों में मिल जाएँ अन्यथा वे यात्रा पर निकलनेवाले हैं और अगर उनके जाने के बाद पुस्तक आई, तो उसका वही हश्र होगा, जो पहलीवाली का हुआ। फोन करनेवाला कसमसाता हुआ भी संयम बरतने में सफल रहता है। अब पुस्तक फिर से भेज दी गई है और नाटक का पिछला सर्ग (ऊपर वर्णित) पुनरावृत्ति में है। दस–ग्यारह महीने बाद, जब आलोचक फोन पर मिलते हैं, तब तक लिफाफा खुला चुका था और पुस्तक उनके कर–कमल का स्पर्श पाकर धन्य हो चुकी थी। फोन करनेवाले ने धड़कते दिल से पूछा कि पुस्तक कैसी लगी, तो आलोचक महोदय ने हिमालयीय गंभीरता के साथ कहा कि अभी तो बस देखी है, पढ़ने के बाद बता पाऊँगा कि कैसी है। यहाँ लेखक अथवा कवि लड़की का पिता और आलोचक ठेठ लड़केवाले (कोई भी, वैसे लड़के के पिता की तो बात ही बहुत ऊँची है) की भूमिका में नजर आते हैं। फोन करनेवाले के पास अब प्रार्थना करने के सिवा कोई चारा नहीं, लेकिन आलोचक महोदय सच्चे सुनार अथवा साहूकार की तरह सोने को पीतल के भाव से ऊपर आँकने को तैयार नहीं। उन्होंने कहा कि देखिए मेरे पास सैकड़ों (बस चलता तो हजारों या लाखों कह देते) पुस्तकें लाइन में लगी हैं, आपको कम–से–कम दो–तीन साल तक प्रतीक्षा करनी पड़ेगी। फोन करनेवाला हतप्रभ है, लेकिन 'जी–जी' के सिवा कुछ बोल नहीं पा रहा है। हिंदी फिल्म (वैसे ऐसे दृश्यों के फिल्मांकन में मैं हॉलीवुडवाले भी पीछे नहीं···) होती तो आसमान में बादल फट पड़ते, बिजलियाँ कड़क उठतीं, टेलीफोन बूथ के बाहर मूसलाधार बारिश के बीच आकाशवाणी होती—लेखक, तू जिस आलोचक के मोह में पड़ा है। वह तेरी

पुस्तक की आलोचना कभी नहीं करेगा। उसका मन ऊँचे-ऊँचे लेखकों की स्तुतियाँ लिखने में भटक गया है। अपना हित चाहता है, तो इसका विचार छोड़ दे। अगर जो आलोचना चाहता ही है, तो जा किसी 'लोकल' आलोचक की शरण में जा। उसकी कृपा हुई, तो मनचाही आलोचना पा जाएगा···

लेकिन ऐसा कुछ हुआ नहीं और फोन करनेवाले ने प्रभु कभी तो दर्शन देंगे अथवा कृपा करेंगे, का विचार और फोन पर ही साष्टांग कर संवाद को विराम दे दिया।

फोन करनेवाले उस लेखक की पुस्तक की आलोचना इस आलोचक ने लिखी या नहीं, यह तो शोध का प्रश्न ही बना रहा, लेकिन हमारे आलोचक वास्तव में व्यस्त हैं। दरअसल वे जिस साहित्य-कॉलोनी (कुछ लोग टोली, मठ, मंडली, माफिया, विचारधारा आदि कहते हैं) के निवासी हैं, वहाँ से दर्जनों पुस्तकें उनके पास समीक्षार्थ आई हैं। कुछ डाक से चलकर, कुछ दरवाजे पर उनके सृजनहारे के कर-कमलों से भेंट-स्वरूप तो आलोचक के कुछ आकाओं के आदेश-स्वरूप। आलोचक संकट में पड़ गए हैं। कुछ पुस्तक स्तरीय भी नहीं हैं, लेकिन अगर जो उनके मित्र-संबंधी अथवा समान विचारधारावालों का है, तो उन्हें आलोचना लिखनी ही होगी और वह भी अच्छी। अगर जो पुस्तक थोड़ी ठीक हुई, तो प्रशंसाओं के पहले के सारे कीर्तिमान टूट जाते हैं। उनकी कॉलोनी के जो भीष्म-पितामाहों ने उन्हें पुस्तक देते हुए आशीर्वाद के साथ-साथ आदेश भी दिया कि उनकी पुस्तकों की आलोचना लिखकर उन्हें लाभ होगा—उत्तम कृति को समझने का अवसर और आलोचनकला में निखार। यह जानते हुए कि यह सब पूरी तरह से सच नहीं, आलोचक फिर संकट में है। अगर जो किसी दूसरी कॉलोनी से किसी अच्छे लेखक की कोई अच्छी कृति आई है, तो भी आलोचक संकट में है। अगर अच्छी आलोचना की तो अपनों का रोष सहना होगा, यहाँ तक कि सदस्यता से भी हाथ धोना पड़ सकता और अगर जो मामला गंभीर साबित हो गया, तो कॉलोनी से हमेशा के लिए निष्कासित भी किए जा सकते हैं। अगर जो आलोचना सही नहीं हुई, तो अंतरात्मा कचोटेगी। ये आलोचक अभी सतह

से उतने उठे नहीं कि अंतरात्मा की आवाज उन तक नहीं पहुँचे, हालाँकि बहुत आलोचक सही-गलत, उचित-अनुचित, आचार-विचार से इतने ऊपर उठ चुके होते हैं कि वे इन सब बातों के परे हो चुके होते हैं।

समय के साथ हमारे आलोचक आज 'स्टार वैल्यू' को प्राप्त हो चुके हैं। यहाँ तक पहुँचने के लिए उन्हें बहुत करना-सहना पड़ा है। जहाँ, जो करना था, वह किया, जहाँ जो सहना था, सो सहा, लेकिन अर्जुन की तरह चिड़िया की आँख को जो लक्ष्य बनाया, उसे इसी जीवन में प्राप्त कर लिया। शुरू-शुरू में रात-रात भर जागकर अपने गुरुजनों की स्तुति, समर्थकों की संस्तुति और विरोधियों की भर्त्सना की। धीरे-धीरे जब आलोचकों की पुरानी और विद्वान् पीढ़ी समय के साथ सिधार गई, तो वे ही बचे रह गए। आज स्थिति यह है कि उनके जमाने का कोई भी बचा नहीं रहा, सो, जो वे कहें सभी सत्य जान सीने से लगा लेते हैं। बरसों से उन्होंने अब लिखना भी छोड़ दिया है। अब वे सिर्फ बोलकर अथवा वक्तव्य देकर ही जीवन चला रहे हैं। सुबह उठते ही चाय के बाद टी.वी. चैनलों के स्टूडियो का रास्ता लेते हैं। वेशभूषा ऐसी बना रखी कि हर दिन उसी में दिखें तो नई अथवा पुरानी का पता करना कठिन हो जाए। बरसों से उसी कुर्ते-धोती में दिखाई देते हैं। बहुत मन हुआ, तो धोती की जगह पायजामा पहन लिया। कभी-कभार आँखों में अंजन भी डाल लेते हैं। बाल भी ऐसे कि जिन्हें कंघी करने की आवश्यकता न हो, यहाँ तक कि मुँह में जो पान है, वह भी लगता है पिछले कई सालों से वही पीक उड़ेल रहा है। संयम इतना कि होंठ के नीचे एक पतली सी कत्थई रंग की रेखा, जिसकी मोटाई एक मिलीमीटर से दो नहीं हुई कभी। आँखों पर मोटे फ्रेम का काला चश्मा दशकों से शोभायमान है, जिसका काँच समय के साथ धुँधला तो हुआ, लेकिन उसके पीछे की शिकारी आँखों का तेज समय के साथ तीव्र से तीव्रतर होता चला गया। यह अनुभव अथवा अंजन का प्रताप हो सकता है।

सुबह को टी.वी. पर एक वक्तव्य दे दिया—दोपहर को संगोष्ठी, शाम से पहले एक संभाषण, शाम को लोकार्पण, रात को व्याख्यान और देर रात

को रेडियो अथवा टी.वी. पर फिर से एक बयान अथवा साक्षात्कार। कुल जमा इनकी व्यस्तता को देखकर समय सकुचा रहा है। दिन कहता है दो घंटे और मिल जाए तो रात लंबी होना चाहती है। आज कोई ऐसा समारोह नहीं, लोकार्पण नहीं, संगोष्ठी नहीं, संस्था नहीं, सरकार नहीं, जहाँ इनका साथ नहीं, इनकी उपस्थिति नहीं। लोग इन्हें घर से उठा लाते हैं। ये ना-ना करते भी चले जाते हैं, न चाहते हुए भी कह जाते हैं, सत्य इनके मुख से बिन प्रयास निकल सार्थक हो उठता है।

आज उनका एक-एक कथन ब्रह्म वाक्य की तरह लिया जाता है। सिर्फ उनके भक्तों में ही नहीं, उनके विरोधियों में भी। वैसी भी यह कहा जाता है आज के दौर में आपकी लोकप्रियता का पता आपके प्रशंसकों से नहीं, बल्कि विरोधियों की संख्या से अधिक लगता है।

आज जब वे कुछ कहते हैं, तो वह कथन एक चिंगारी की तरह होता है। देखते-देखते पूरी-की-पूरी साहित्यिक बस्ती में आग लग जाती है। सबकुछ धू-धू करके जलने लगता है। फिर वे जब सफाई की एक बाल्टी पानी उड़ेल देते हैं, तब आग की ज्वाला कम होकर तापने लायक हो जाती है, फिर वे दोनों हाथों को सेंकते हुए अगली चिंगारी के बारे में सोचने लगते हैं। देखो कहीं आग बुझने न पाए, कोई बस्ती झुलसे बिना रहने न पाए, वे गुनगुनाने लगते हैं।

एक बार उन्होंने कह दिया कि प्रेमचंद हिंदी के लेखक नहीं थे, फिर क्या था सारी बस्तीवाले हाय-हाय करने लगे, यहाँ तक कि जिनका प्रेमचंद से पहले कोई वास्ता भी नहीं था उन्होंने भी इस विरोध के सुर से सुर मिला दिया। आज न छोड़ेंगे हमजोली...विरोधियों को विरोध करने का बस बहाना चाहिए। आलोचक भी कच्चे खिलाड़ी नहीं थे। उन्होंने भी आग को फैल जाने दिया—विद्रोह की लपटें जब आसमान छूने लगीं, तो एक जगह सफाई दे दी; प्रेमचंद के हिंदी के लेखक नहीं होनेवाली बात का ठीक अर्थ नहीं लगाया गया। मेरा ऐसा कहने का तात्पर्य था कि वे हिंदी के ही नहीं, दुनिया की समस्त भाषाओं के लेखक थे। उनके जैसा लेखक एक भाषा में सिमटकर

नहीं रह सकता। बस सारे विरोधी हाथ मलते रह गए। उन्होंने तय किया कि अगली बार उनके किसी कथन के आगे-पीछे पूरा विचार कर ही विरोध करेंगे। आज भी उनके और विरोधियों के बीच साँप-सीढ़ी अथवा तू डाल-डाल, मैं पात-पात का खेल जारी है।

आज अपने समर्थकों के बल पर वे जीते-जी लेजेंड (किंवदंती) का दरजा पा चुके हैं। कभी इन्होंने किन्हीं लोगों के चरण पखारे थे, तो आज इनके चरण भी पखारे जा रहे हैं। न चाहते हुए भी अपनी धोती थोड़ी ऊँची कर वे अपने चरण दे देते हैं पखारने के लिए। उनके समर्थक निषाद राज की तरह उनके चरण पखारकर अपनी मंडली में उत्सव मना रहे हैं। कोई उन्हें सम्मानित कर रहा है, कोई उन्हें मानद डाक्टरेट दे रहा है, कोई उनके वक्तव्यों का संग्रह बना रहा है, तो कोई उनकी आलोचना की आलोचना (प्रशंसा) कर रहा है।

हर महान् व्यक्ति की तरह अपने समर्थकों के दबाव में आकर वे पिछले एक दशक से अपनी आत्मकथा लिख रहे हैं। वैसे भी, जब एक लेखक आत्मकथा लिखने लगे तो लोग यही समझते हैं कि उसके जीवनचरित का अंतिम सर्ग आ पहुँचा है। पटाक्षेप कभी भी हो सकता है। अब उनकी अवस्था को देखकर उनके उत्तराधिकारी की खोज भी शुरू हो चुकी है। उन्होंने हालाँकि अपने उत्तराधिकारी की घोषणा विधिवत की नहीं है, लेकिन किसी हलके में लोग उनके उत्तराधिकारी को जानने, पहचानने और मानने भी लगे हैं। सभी की कामना है कि आलोचना का यह स्वर्णिम अध्याय ऐसे ही चलता रहे और अगर यह अध्याय न चाहते हुए समाप्त हो भी जाए, तो नए अध्याय का नेतृत्त्व सँभालनेवाले के स्वागत में सभी हाथ जोड़े खड़े हैं।

□

राष्ट्रभाषा का प्रश्न

(1)

उसका जन्म कब, कहाँ और कैसे हुआ, यह तो सवाल इतिहासकारों की माथा-पच्ची का रहा। आखिर, उनका यह रोग पुराना, जो ठहरा; जब तक विवाद खड़ा नहीं करेंगे, ऐतिहासिक तथ्यों को सामने लाने का मूल्य ही क्या होगा? पर, उसके नाक-नक्श और लक्षण जरूर ही संस्कृत से मिलते-जुलते जान पड़ते थे। खैर, मेरा तो उस समय होने का सवाल ही पैदा नहीं होता, लेकिन बुजुर्गों को आपस में कई बार कानाफूसी करते सुना है—बेचारी डेंगा-डेंगी भी नहीं भरती थी, तभी उसकी माँ ने लोगों के ताने और बेरुखी से तंग आकर आत्महत्या कर ली।

फिर तो बेचारी की स्थिति दयनीय हो गई। कोई देखनेवाला नहीं था। तभी दूर के रिश्ते के काका (आचार्य द्विवेदी) को दया आ गई। बेचारे बिन माँ की बच्ची को सीने से लगाए घूमते रहते। उसकी आँखों से जागते और उसकी आँखों से सोते थे। रुई के फाहे में दूध डालकर उसे पिलाते और उसमें साँस भरते रहे। आखिर उनके सिवा उस नवजात का था ही कौन? वे न होते तो वह कब की काल-कवलित हो गई होती। आखिर काका के पाँव भी तो कब्र में लटके थे ही और बेचारे सिधार गए दिल में साध लिये कि अपने जीते जी उसके हाथ तो पीले करवा देते। वैसे दुनिया में सभी उतने सौभाग्यशाली तो होते नहीं कि हर इच्छा पूरी हो जाए और साहित्यकार तो जनम से ही बदनसीब होते हैं। सच कहता हूँ कि वे दिन दूर नहीं कि जिस

दिन अगर किसी ने साहित्य के क्षेत्र में जाने का फैसला कर लिया, तो घर में रोना-धोना मच जाएगा। माँ-बाप बेटे के मर जाने पर संतोष कर लेते हैं, लेकिन अपनी नजरों से कुपथ पर चलते हुए बरबाद होना नहीं। एक बार एक मेधावी छात्र ने साहित्य-सेवा की चर्चा घर में कर दी और अपनी इच्छा जताई कि वह साहित्य-सेवा करना चाहता है। बस क्या था, घर में कोहराम मच गया। उसकी नई नवेली दुल्हन सात दिनों तक कोप भवन से बाहर नहीं निकली, बिस्तर पर पड़ी रही। चूल्हा-चौका बंद हो गया। बूढ़े पिता ने कहा—कहाँ मैंने कपूत को जनम दिया। सारे जीवन की साध मिट्टी में मिला दी। सोचा था अफसर बनेगा, तो दिन अपने भी फिरेंगे, लेकिन अपनी किस्मत कहाँ। बूढ़ी माँ ने तो एक ओझा को झाड़ने के लिए बुला लिया। पता नहीं, कहीं बेटे पर कोई भूत-वूत तो नहीं सवार हो गया। ग्यारह दिनों तक पंडित ने मंत्रों का जाप किया। आखिर उस नौजवान का नया-नया जोश था, कुछ दिनों में वापस हो लेना ही मुनासिब समझा।

(2)

बात उन दिनों की है, जब देश में आजादी के आंदोलनों का बाजार गरम हो रहा था और उसी समय हमारी हिंदी बचपन को छोड़ यौवन की दहलीज पर कदम रख रही थी। गरीबी की मार कुछ प्राकृतिक तथ्यों को भी झूठला देती है, क्योंकि हिंदी की दशा तब भी जर्जर हो रही थी, लेकिन राजनेताओं का ध्यान तब तक हिंदी पर आने लगा था। कहीं दबी जबान से, कभी कानाफूसी में तो कभी किसी उत्साही नौजवान की ऊँची आवाज में हिंदी को राष्ट्रभाषा बनाए जाने का समर्थन और विरोध एक साथ होने लगा। भोली हिंदी को मालूम नहीं था राजनैतिक दाव-पेच के बारे में। बेचारी कोने में अकेली पड़ी रहती। दूसरी तरफ तेज—तर्रार, फैशनेबल, यूरोप में पली-बढ़ी, नाजों-अदाओं और नखरों से भरी हिंदी की दूर के रिश्ते की बहन अंग्रेजी थी। पढ़े-लिखे तो उसके दीवाने थे ही, अनपढ़ों पर भी रौब जमाने का यह अच्छा तरीका था। बेचारे गरीब अवाक् रह जाते, जब कोई नौसिखुआ अंग्रेजी का एक अपभ्रंश

बोलकर उनके अल्पज्ञ होने का आभास दिला देता। उस समय (और शायद आज भी) अंग्रेजी का पूरी दुनिया में राज चलता था।

एक बार अंग्रेजी ने मटकते हुए हिंदी से कहा, "ओ स्वीटहार्ट, आई फील सो पिटी ऑफ यू। टुम अपना अटायर देखो, कितना डस्ट भरा। टुम चलो मैं तुम्हे योरोप की सैर करा लाऊँ। मेरी तरह, स्मार्ट हो जाओगी।"

हिंदी ने नजरें नीची करके धीरे से कहा, "मेरी हालत पर तरस खाने की तुम्हें कोई जरूरत नहीं। मेरा भला-बुरा समझनेवाले हैं इसी देश में और हाँ, जहाँ तक मेरे धूल भरे वस्त्रों का प्रश्न है, तो ये वस्त्र मेरे देश में मेरे देशवासियों ने बनाए हैं और धूल भी इसी देश का है, जिनसे मुझे बेहद प्यार है।"

ये तो जवाब था हमारी सुशील, सहनशील, विवेकी और गुणवती हिंदी का। कोई दूसरा होता तो पलटकर जवाब देता, "अरे जा¨, एक जगह से तेरा मन नहीं भरता तो देश-देश में मुँह मारे फिरती है। शरीफ घर की लड़कियों के तेरे तो लच्छन ही नहीं है। आँखों में शील न कोई लज्जा और तेरी क्या है सामर्थ्य। हड्डियाँ (लिपि) तो तेरी है रोम की। टाँग, हाथ, आँख, नाक आदि तो तुझे मिले अरब, फ्रांस, रूस, डेनमार्क, अमेरिका और जर्मनी से। तेरे शरीर में जो रक्त बहता है वह मिला भारत से, जिसने दुनिया को पहले पहल पढ़ना-लिखना सिखलाया। रही बात हालत की मेरी तो हिंदुस्तानियों को गुलाम रहने की आदत पड़ गई है और इनको शह दी है हमारे इतिहासकारों ने, जो कहते फिरते हैं कि भारत ने दुनिया की संस्कृति को अपने में समाया है। मुट्ठी भर लोग, जो तेरे दीवाने हैं, उनसे तू रानी नहीं बन जाएगी।"

खैर, इस तकरार में पड़ने से क्या फायदा। हाँ, तो बात उन दिनों की है, जब राजनैतिक सरगरमियाँ थीं और हमारे भाषायी ठेकेदारों को हिंदी के जवान होने पर चिंताएँ होने लगी थीं। फिर तो इन ठेकेदारों ने हिंदी की सगाई एक निहायत ही जालसाज, क्रूर और दुष्ट (राजनैतिक स्वार्थ) से कर दी, जो आज तक हिंदी का खून चूसता रहा है, यहाँ तक कि उसे अधमरा कर दिया। हिंदी ने पंचों के आगे सिर रख दिया। उसे अब तक मिला ही क्या था, जो

आगे कुछ पाने की अभिलाषा रखती। न कोई उमंग, न कोई बहाव, न कोई उठान और न कोई उफान।

हिंदी की यह दशा करने में हमारे पूज्य राजनेताओं ने भी कोई कसर उठा न रखी थी।

देश के सबसे बड़े भू-भाग में बोले जानेवाली हिंदी ही राष्ट्रभाषा बनने की अधिकारिणी है।

पूरे देश को एक सूत्र में बाँधने का काम हिंदी ही कर सकती है। ये कुछ विचार हमारे सेनानियों के ही हैं। बापूजी भी अपने विचार बहुत बार अंग्रेजी में व्यक्त करते थे ('यंग इंडिया' आदि के माध्यम से)। उन्हें करोड़ों जनता तक अपने विचार पहुँचाने थे, जिसे अंग्रेजी में ही लिखकर पहुँचाया जा सकता है। फिर तो मारिए गोली इन दीन-हीन करोड़ों लोगों को, जिनके पास खाने को अन्न नहीं, तन ढाँकने को कपड़े नहीं, उनको क्या वास्ता किसी के विचारों से। वस्तुतः हमारे राष्ट्र के कर्णधारों को फिक्र थी अपने विचारों को दुनिया में फैलाने की। ऐसे में हिंदी में लिखते तो उनकी बातें नेपाल की सीमा ही पार नहीं कर पातीं। चाचा नेहरू तो बापू के नक्शे कदम पर ही चलते थे। फिर तो उनके पास योरोप का जादुई चश्मा भी था। भारत की खोज भी उन्होंने इसी चश्मे से की थी। खैर, ये तो संस्कारों की बातें होती हैं। बचपन से जो विदेशों में देखा था, वही आज तक मन-मस्तिष्क से उतरा नहीं था। कहते हैं भले लोग कहीं-न-कहीं मिल ही जाते हैं। राजेंद्रबाबू ने आखिर उस फैशनेबल दौर में भी अपने देहातीपन का परिचय दे ही दिया। उन्होंने हिंदी में पुस्तकें लिख डालीं—आत्मकथा, बापू के कदमों में आदि।

मारनेवाले तूने तो कोई कसर नहीं छोड़ी
ये तो और बात है कि मैं बच गई।

बेचारी हिंदी तो अब कुछ ही सपूतों के आसरे टिकी थी। वैसे मानना होगा इसके बेटे कपूत न निकले कभी, नहीं तो इसने भी अपनी माँ की तरह आत्महत्या कर ली होती। प्रेमचंद, प्रसाद, निराला, बेनीपुरी, महादेवी, भारतेंदु, रेणु, शिवपूजन..., कितने ऐसे ही सपूत, जिनको अँगुली पर गिनाना संभव

नहीं, ही उस हिंदी के आसरा थे। हालाँकि क्या कहा जाए उनको आज के इस युग में, जिन्होंने किसी भाषा के लिए अपना सर्वस्व न्योछावर कर दिया।

कहाँ ये 'सूर्या' का दूधिया प्रकाश, कहाँ वह ढिबरी की डूबती लौ। कहाँ ये एयरकंडीडशंड घर, कहाँ वह सीलन भरा कमरा। कहाँ ये आलीशान कार, कहाँ वह पैरों में फटी बिवाई। कहाँ ये दिल्ली जैसी मायानगरी, कहाँ वह पिछड़ा गाँव। कहाँ ये चौड़ी सड़कें, कहाँ वह धूल भरे रास्ते वह भी बाढ़ में डूबे हुए। बदनसीब ही थे वे अमर साहित्यकार, जो पहले जन्मे थे। आखिर घर में बड़े होने का कुछ तो मजा मिलना ही चाहिए और यह तो सच ही है कि बड़ों के खड़े किए महल में छोटे मजे तो करते ही हैं। अगर बलराम हल नहीं चलाते, तो कृष्ण वंशी कैसे बजाते!

(3)

गुलामों को आजादी मिलती ही है, एक दिन, सो भारत को भी मिली। रात के बारह बजे। अंग्रेज थे बड़े होशियार। आखिर रात के बारह बजे आजादी देने का मतलब, तो यही रहा होगा कि जिस समय लगभग पूरा हिंदुस्तान सो रहा हो, उसी समय आजादी दो, ताकि सुबह होने तक आजादी का मतलब ही भूल जाए। और चंद मुट्ठी भर लोग, जिन्हें जागने की आदत पड़ गई थी, उन्हें ही 'आजादी' सही 'मायने' में मिली। हुआ ऐसा ही, यह मैं सिद्ध नहीं करूँगा, हमारे प्रबुद्ध पाठक संकेत को पूरा तो क्या, कुछ ज्यादा ही समझते हैं।

भरी जवानी में ही बूढ़ी हो गई हिंदी के भाग खुले। आखिर बन गई वह रानी–भारत की राजभाषा (राष्ट्रभाषा न ही सही)। जहाँ नाचने गानेवालों की कमी नहीं थी, वहीं पर मातम मनानेवाले लोग भी कुछ कम न थे। हिंदी की सगी बहन 'उर्दू' ने मुँह फुला लिया और कोप भवन में जा बैठी। फिर तो 'उर्दू' के सपूत मैदान में आ गए। उधर पाकिस्तान बना और उर्दू बनी राष्ट्रभाषा और इधर भारत बना और हिंदी बनी राजभाषा। हो गए दंगे पूरे हिंदुस्तान में। एक बात माननी पड़ेगी कि हम दंगा करने में अपनी कोई सानी नहीं रखते हैं पूरी दुनिया में। स्वतंत्रता की बात शायद हर गाँव में, हर घर तक पहुँची भले

न हो, पर जब दंगा फैलता है, तो हममें पौरुष जाग जाता है। फिर तो तीर, बर्छे, कट्टे, छुरियाँ, लाठियाँ ऐसे चलने लगते हैं कि अगर इनका इस्तेमाल हमने बाबर और अंग्रेजों के विरुद्ध किया होता, तो उनका काम तमाम एक-आध घंटे में हो गया होता।

जगह-जगह प्रदर्शन होने लगे और सभी अपनी मातृभाषा के उत्थान के सत्कर्म में लग गए। कोई कहता हमारा साहित्य सबसे पुराना। कोई कहता कि हमारे साहित्यकार ने नाबेल पुरस्कार जीता। कई बुद्धिजीवी तो इस निष्कर्ष पर पहुँचे कि हिंदी के राष्ट्रभाषा बनने के बाद सारी प्रांतीय भाषाएँ खत्म हो जाएँगी, मानो हिंदी राष्ट्रभाषा नहीं, संहार करनेवाली कोई पिशाचनी हो, लेकिन इन्हीं बुद्धिजीवियों को कोई आपत्ति नहीं थी, जब अंग्रेजी ने सब पर दो सौ बरसों तक एकछत्र राज्य किया था। तब ये विपत्तियाँ उनपर अचानक टूट नहीं पड़ी थीं, क्योंकि वह विदेशी थी। अतिथियों का हम अपमान नहीं करते। अतिथि देवो भवः। कई जगह तो विरोध का उत्साह इस हद तक था कि उन्होंने संविधान तक को जला डाला। कितना विशुद्ध प्रेम था इन दीवानों को अपने राष्ट्र और अपनी-अपनी भाषा के प्रति। सच भी तो है, बिना आग लगाए, कुछ फूँके बगैर आज तक किसी को मिला है कुछ ? कोई पार्टी हार गई, बस्ती में आग लगा दो। कोई अपराधी (जो अब नेता बन चुका) गिरफ्तार हो गया, तो उसके समर्थक थाना में आग लगा देते हैं। किसी का अपहरण हो गया, पुलिस चौकी में आग लगा दो। 'मंडल कमीशन' लागू हो गया, तो स्कूल, कॉलेज में आग लगा दो। ट्रेन लेट हो गई तो स्टेशन में लगा दो। अब तो किसी दिन लँगड़ी सरकार गिरे तो प्रदर्शनकारी सड़क से संसद् तक न पहुँच जाएँ। आग में जलकर सारी खामियाँ दूर हो जाती हैं। आग बहुत पवित्र है।

वैसे हमारे राजनेताओं ने भी सोचा कि प्रांतीय भाषाओं के साथ भी अन्याय ही हुआ है। आखिर एक ही घर में किसी को रानी और किसी को नौकरानी तो बनाना नहीं चाहिए था। फिर तो उन्होंने हिंदी पर दया करते हुए (क्योंकि वह राजभाषा बनाई गई थी) अन्य भाषा-भाषियों को आश्वासन दिया कि हिंदी उनपर थोपी नहीं जाएगी। हमारा देश 'सेक्युलर' है। ऐसे में

किसी को भी राष्ट्रभाषा, राष्ट्रध्वज और यहाँ तक कि राष्ट्र के प्रति श्रद्धा रखने और न रखने का पूरा अधिकार है। तय यह किया गया कि दो अलग भाषावाले लोग अंग्रेजी में बोलेंगे, फिर हम उनका हिंदी में अनुवाद कर लेंगे। हिंदी कमजोर है, इसलिए कार्यालयों में अंग्रेजी हिंदी का साथ देगी और अंग्रेजी ने भी अपना फर्ज खूब अदा किया है। सारा काम स्वयं करती है। हिंदी को किसी काम में हाथ लगाने ही नहीं देती। हिंदी महारानी जो ठहरी, भला कार्यालयों में काम कैसे करती! 'संविधान सभा' में हिंदी को घुसने नहीं दिया गया और कहा कि दरवाजे पर प्रतीक्षा करो, जब तक 'मैडम' बाहर नहीं आ जातीं। हिंदी आजतक वहीं पड़ी है। कइयों ने कहा—अम्मा, घर चलो। कब तक यहाँ पड़ी रहोगी, लेकिन वह आती ही नहीं। कहती है कि जान दे दूँगी, लेकिन टलूँगी नहीं। फिर तो जाने की ही तैयारी कर लो! इस पर भी प्रदर्शनकारी नहीं माने, तो हमारे राष्ट्रनायकों ने दूसरी राजभाषा का दरजा उर्दू को दे दिया। मेरी समझ से तो एक से लेकर जितनी मान्यताप्राप्त भाषाएँ हैं, उतनी राजभाषाएँ/राष्ट्रभाषाएँ बना देनी चाहिए, ताकि सब खुश। न रहेगा बाँस, न बजेगी बाँसुरी। फिर तो भोजपुरी, मैथिली, अवधी, मागधी भी सिर उठाए, तो उन्हें दशमलव पद्धति (या फिर अल्फाबेट) के आधार पर उपराष्ट्रभाषाएँ बना दिया जाए। आखिर किसी के प्रधानमंत्री बन जाने पर कोई रूठ जाता है, तो उसे उपप्रधानमंत्री ही तो बना देते है। 'उप' की बड़ी महिमा है। दरजा तो बराबर का और काम नदारद। अगर मुझे साहित्य का कोई बड़ा पुरस्कार मिले, तो मैं कहूँ कि मुझे इसका 'उपविजेता' बना दो और पुरस्कार की राशि मुझे और 'सम्मान-पत्र', 'शॉल' वगैरह उस विजेता को दे दो।

(4)

भारत ने इतनी उथल-पुथल देखी हैं कि ये सब बहुत छोटी बाते हैं। सियासत, प्रदर्शन, आक्रमण, गुलामी, आजादी, आगजनी, दंगा-फसाद, रक्तपात, अकाल, भुखमरी, सूखा, बाढ़ आदि तो भारतमाता के अलंकार हैं। इनके बगैर तो वह शृंगार करती भी नहीं। सबकुछ समय के साथ-साथ चलता

रहा। 'हिंदी की गाड़ी' भी खिसकती रही, भले आगे की ओर न सही, पीछे की ओर ही। 'पीछे' की बात इसलिए कि पहले पहल, जब राजभाषा का विमान (हम इसे गाड़ी ही कहते तो ज्यादा उपयुक्त होता) तैयार हुआ तो गलती से बनानेवाले ने इसका स्वरूप ही ऐसा बनाया कि 'आगे' और 'पीछे' में कोई अंतर ही नहीं था। फिर तो प्रगति का घोड़ा गलती से (भगवान् जाने जानबूझ के भी हो सकता है, आखिर हमें भी सबकुछ मालूम थोड़े ही है!) पीछे लगा दिया गया। हिंदी की गाड़ी चल दी, तो हल्ला मच गया। कुछ व्यग्र होकर चिल्लाए, अरे-अरे, रोको, यह तो पीछे जा रही है।

फिर तो कुछ बुद्धिजीवी दार्शनिक अंदाज में बोले—अजी, फर्क ही क्या पढ़ता है आखिर दुनिया भी तो गोल ही है। आगे चलो या पीछे, लौटकर तो उसी बिंदु पर आना है। अब शुभ मुहूर्त में गाड़ी चल पड़ी है, तो रोको नहीं। ऊपरवाला, जो करता है, सब ठीक ही करता है।

ऊपरवाला तो सब ठीक ही करता है, लेकिन उसे बिगाड़नेवाले तो नीचे वाले ही होते हैं। फिर तो शुरू-शुरू में हिंदी की सेवा करनेवालों में होड़ मच गई। क्या गजब का उत्साह था। कोई हिंदी के इतिहास पर लिखता, तो किसी ने कहानी का विभाग सँभाल लिया और कवियों की संख्या हमारे यहाँ पहले से कुछ कम न थी। कई नाटक लिखने लगे (एक नाटक तो परदे के पीछे चल ही रहा था!)। साहित्य मीमांसा और उसपर शोध करनेवालों ने हिंदी साहित्य के इतिहास का काल विभाजन किया—मसलन आदिकाल, भक्तिकाल, रीतिकाल, छायावाद और अब प्रगतिकाल (आधुनिककाल के तहत)। कुछ तो 'प्रयोगवाद' के बारे में भी कानाफूसी करते हैं। वैसे हमारे यहाँ 'वादों' की कोई कमी नहीं रही है। जितने लोग, उतने 'वाद'। आखिर 'वाद' होगा, तभी 'विवाद' होंगे। व्यस्त रहने का कुछ तो शगल होना चाहिए। मुँह में पान चबाए, बाल बढ़ाए हुए और आँखों में अंजन डाले, आज भी जब कोई कवि 'छायावाद' की कविता सुनाता है, तो सिर झुका लेने को जी चाहता है। 'भावों' का भले न सही, रहन-सहन का तो कुछ असर होता ही है। रही बात प्रगतिवाद और प्रयोगवाद की तो स्थिति और भी दिलचस्प है।

क्यों न आज के कवि और आज की कविता के बारे में जरा विस्तार से दो-चार बातें कर लें। निराश न हों, ये बातें उन तथाकथित कविताओं से ज्यादा बोझिल नहीं लगेंगी आपको। मिसाल के तौर पर एक नवयुवक कवि अपने एक मित्र को अपनी नई रचना (कविता कहने-न-कहने का भला मुझे क्या अधिकार है, आखिर चीज उसकी ठहरी, जो चाहे, कह ले) सुना रहा था। उसने कहना शुरू किया,

"आज सबेरे जब मैं उठा
फुटबॉल सा लाल सूरज
किसी क्रिकेटर के अच्छे शॉट सा
आसमान पर उड़ा जा रहा था
तारे दर्शकों की तरह
आँख मींचे देख रहे थे
रात को हराने के लिए
सुबह को मात्र छह रनों की जरूरत थी
मुरगा कमेंटेटर चीख रहा था
'और...और...
सूरज के ये क्षितिज के बार्डर
पार करने के साथ ही
'अंतरराष्ट्रीय एक दिवसीय मैच'
सुबह ने जीत लिया है'
रात के समर्थक तारे ओझल हो चुके थे
सुबह के समर्थक
खिलते फूल, गाते पंछी
जीत का आनंद उठा रहे थे।

जब उसने सारी कविता सुना दी, तो उसके पास बैठा मित्र, जो एक नींद ले चुका था, बोला, "अच्छा, तो अब अपनी कविता सुनाओ।"

सचमुच! हम प्रगतिवाद में जीते हैं। सच भी तो है, हमने कितनी प्रगति

कर ली है कविता की डिजाईनिंग, मैनुफैक्चरिंग (उत्पादन) और सेलिंग (बिक्री) में (विश्व बाजार और नई आर्थिक नीति के तहत!)। कविता अब इतनी सूक्ष्म और बारीक हो गई है कि पूरी की पूरी कविता कह दी जाती है और किसी को महसूस तक नहीं होती। अब किसी की कविता में पसीने की बदबू, खून की लाली, उफनती साँसों की गरमी नहीं पाई जाती, क्योंकि ज यादातर कविताएँ नियंत्रित ताप, दाब और आर्द्रता पर लिखी जाती हैं। तापमान मानक (20-25 डिग्री) से अलग होते ही कवि महोदय ताव खा जाते हैं और यह गरमी उन्हें और भी संतप्त कर देती है और निकलनेवाली कविता और भी 'ब्रिटल' (भुरभुरी) हो जाती है। हर तरह के सामाजिक दायित्वों के दबाव से मुक्त आज के कवि सिर्फ राजनैतिक और अवसरवादिता के दबाव पर ही कुछ लिख पाते हैं। रही बात आर्द्रता की, तो वह निश्चित इसलिए होनी चाहिए कि पसीने को अब कवि बचाए रखते है सिर्फ कवि-सम्मेलनों के लिए, क्योंकि वहाँ की भीड़ को देख अगर पसीने न छूटे तो हाथ-पाँव फूलने का (ज्यादा पानी जमा होने के कारण) डर बना रहता है।

(5)

ये तो रही बातें साहित्य की, लेकिन आमजीवन में हिंदी की पैठ कितनी गहरी है, इसका अनुमान हम कुछ दृष्टांतों से लगा सकते हैं। सरकारी भवनों के नाम हिंदी में ही होते हैं। जितने विभाग होंगे, उनके नाम भी हिंदी में ही रखे जाते हैं और पदाधिकारी वगैरह भी अपनी नाम-पट्टिका हिंदी में ही लिखवाते हैं, क्योंकि यह सब 'हिंदी प्रचार समिति' के सौजन्य से होता है। आवेदन-पत्र भले पूरा अंग्रेजी में हो, लेकिन हिंदी में एक बार हस्ताक्षर अवश्य करवाया जाता है। यह याद दिलाने के लिए कि आपको हिंदी याद तो है न। 'पब्लिक सेक्टर' यानी भारत सरकार उपक्रम की कंपनियों के नाम भी हिंदी में अवश्य लिखे मिलेंगे आपको (अंग्रेजी नाम के कभी ऊपर और कभी नीचे), उदाहरण के तौर पर—एन.टी.पी.सी, भेल, सेल, ओ.एन.जी.सी, पंजाब नेशनल बैंक, बैंक ऑफ बड़ौदा। आखिर ये सब भारत सरकार के ही

'उपक्रम' हैं। हमारे विद्यालय, महाविद्यालयों में भी हिंदी में उत्तीर्ण करना आवश्यक है। कहीं-कहीं तो हिंदी की कहानियाँ और कविताएँ अंग्रेजी में भी पढ़ाई जाती हैं। जब कभी सार्वजनिक आयोजन होता है, भरसक कोशिश की जाती है कि हिंदी में ही 'नाम' रखे जाएँ। जैसे आज भी सत्यनारायण-कथा समय के अभाव में संस्कृत में कराई जाती है, ताकि हमारी संस्कृति भी जीवित रहें हम भी जिंदा रहे और समय भी कम खर्च हो। चुनावी वायदे भी हिंदी में ही किए जाते हैं, ताकि मतदाता समझबूझकर गलती करे। फिर तो जीत जाने के बाद वायदे पूरा करनें के लिए किसी भाषा (कभी-कभी दीर्घ 'मौन') की आवश्यकता ही नहीं पड़ती। वह तो अपने पाँच साल के कर्मों से ही सिद्ध कर देते हैं। आखिर नेतागण कर्मनिष्ठ जो ठहरे। भाषा तो वाचालों का प्रलाप है, एक प्रवंचना है।

उच्च शिक्षा में भी हिंदी की लोकप्रियता कुछ कम नहीं है। चिकित्सा की तो नहीं जानता, लेकिन 'इंजीनियरिंग' (अभियंत्रण कम लोग समझ पाते हैं दरअसल…) का हाल तो बहुत कुछ मालूम है। हमारे महाविद्यालय में हिंदी के प्रति लोगों की बड़ी श्रद्धा थी (शायद होगी अभी भी…)। 'हिंदी-साहित्यिक समिति' नाम की एक संस्था थी। उसके सचिव, उप-सचिव और सदस्यों की सूची अंग्रेजी में निकाली जाती थी। साल में कम-से-कम कई वाद-विवाद, आशुभाषण, रचनात्मक लेखन, कविता-प्रतियोगिता, कवि-सम्मेलनों, मुशायरा आदि का आयोजन हो ही जाया करता था। लोगों में काफी उत्साह हुआ करता था। कभी-कभी तो हिंदी के लिए काम करने का मौका मिलता था। कुछ तो श्रद्धावान थे ही, पर ज्यादातर 'दुर्भाग्यवश भारतीय' (अनफौर्च्युनेटिली बॉर्न इन इंडिया) और उनकी मंडली से तिरष्कृत 'चाणक्य' ही हुआ करते थे। बेचारों ने काफी कोशिश की होती थी, उस मंडली में शामिल होने की। यथा—अंग्रेजी के अपभ्रंशों का खास स्टाइल में उच्चारण करके, कभी बाल मुंडवा के तो कभी दो हाथ लंबे करके। मूँछ तो इनकी होती नहीं थी (पौरुष के प्रदर्शन में कोई स्पृहा नहीं थी)। आधी काटी गई जींस की पैंट और बदबूदार सड़कछाप टी-शर्ट, ये कुछ उनके

परिधान होते थे। हिंदी बोलने का अंदाज इनका बड़ा निराला होता था। हम लोग (जो मुट्ठीभर ही थे) तो रोमांचित हो जाया करते थे, जब वे हिंदी को अंग्रेजी 'स्टाइल' में बोलते थे और तो और अपनी पहचान वे बदलना भी नहीं चाहते थे। आखिर अपनी 'पहचान' खो देने पर न होते घर के, न घाट के। अस्तु ऐसे ही माहौल में एक शुद्ध संस्कृतिवादी प्राचार्य के चरण हमारे महाविद्यालय में पड़े। कॉलेज कृतार्थ हो गया। प्राचार्य महोदय की हिंदी के प्रति आस्था देख सभी नतमस्तक थे। उन्होंने आते-आते घोषणा की कि जितने अंग्रेजी में बोर्ड लगे हैं, सब को हटाकर सिर्फ हिंदी में बोर्ड लगा दिए जाएँ। आज्ञा का पालन शीघ्रातिशीघ्र हुआ। शब्दों की जाँच-पड़ताल शुरू हो गई, शब्दकोश उलटा-पुलटा गया, फिर कुछ शब्दों का संश्लेषण प्राचार्य ने स्वयं किया, तब जाकर यह मिशन पूरा हुआ। फिर दूसरी घोषणा हुई कि अध्यापन भी हिंदी में शुरू किया जाए। लोगों ने दाँतों तले अंगुली दबा ली, लेकिन किसी को बोलने का साहस नहीं हुआ। फिर तो एक निश्चित तिथि को विधिवत् प्राचार्य महोदय को पहला व्याख्यान हिंदी में देना था। प्राचार्य ने 'द्रव्य-सामर्थ्य' (स्ट्रेंथ ऑफ मैटीरियल) विषय पर पहले व्याख्यान में बोलने के बजाय हिंदी के गुणगान, उसके इतिहास और राजनीतिक दाँव-पेचों पर ही विस्तृत भाषण दे डाला। लोग चुपचाप श्रद्धाभाव से सुनते रहे। व्याख्यान के अंत में एक ने प्रश्न किया और वह भी अंग्रेजी में। प्राचार्य महोदय उसे उसके प्रश्न के उत्तर देने के बजाय देर तक धिक्कारते रहे। उसके सहपाठियों ने उस छात्र के प्रति सहानुभूति प्रगट की तो उसने हँसते हुए कहा, ''आई डोंट नो, व्हाट डिड रियली ही से'' (मुझे पता नहीं, उन्होंने क्या कहा!)।

(6)

बहुत दिन हो गए थे कि बड़ी अम्मा (हिंदी) का हाल-समाचार मालूम नहीं हो पा रहा था। सोचा कहीं सिधार न गई हों। इसलिए सोचा कि एक चक्कर लगा ही आऊँ लोगों से नजरें बचा के। शाम के धुँधलके में मैं पहुँचा घर पर तो देखा आलीशान घर किसी पाँच सितारा होटल सा जगमगा रहा

था। मैं रोमांचित हो गया कि आखिर हिंदीवालों ने कितनी तरक्की कर ली है। दरवाजे पर पहुँचा तो दरबान ने मुसकराते हुए खासा अंग्रेजी 'स्टाइल' में सिर झुकाकर 'वेलकम' कहा। वैसे भी आज के दौर में मुसकराते हुए हाथ जोड़कर 'नमस्कार' करता ही कौन है, इसलिए मुझे विचित्र नहीं लगा। मैंने अंदर प्रवेश किया ही था कि छोटे-छोटे बच्चे हेलो अंकल, हाउ आर यू? (चाचा आप कैसे हैं ?), यू केम आफ्टर ए लाँग टाइम (आप कितने दिनों के बाद आए) कहते हुए गले से लिपट गए। मैंने झुंड से इकट्ठे ही पूछा, "कैसे हो बच्चों!" बच्चों ने चीखकर कहा, "वी आर फाइन, अंकल (हम लोग अच्छे हैं चाचा)।" तभी 'आंटी' (अंग्रेजी) सामने से मुसकराती हुई आ धमकीं। मैंने कुछ विनोद के लहजे में कहा, "हेलो आंटी, यू आर लुकिंग सो प्रेटी ऐंड स्मार्ट इवेन आफ्टर सेंचुरिज। (पायलागी चाची, आप तो सदियों के बाद भी सुंदर और सुघड़ लग रही हैं)"

आंटी (अपने पुराने मचलते हुए अंदाज में), "यू नॉटी ब्वाय (तुम नटखट बच्चे), टुम सुडरेगा नई। आंटी से मसकरी करटा है।"

मैं, आंटी, "बहुत हो गए यहाँ रहते, आपको अपने देश के लोग याद नहीं आते। कभी-कभी वहाँ भी हो आया करिए। वे भी तो आपके अपने ही हैं।"

आंटी, "व्हाट कैन आई डू, यू जस्ट टेल मी (मैं क्या कर सकती हूँ, तुम ही बताओ)। हिंडुस्टानी मुझे इटना प्यार करते हैं कि मैं इंडिया छोड़ कर जा ही नहीं पाटी।"

मैंने अपनी मुट्ठी भींच ली। अंग्रेजी ने कितनी चतुराई से अपने इरादे जता दिए थे। मैं जलकर रह गया। फिर मैंने कहा, "बड़ी अम्मा कहीं दिखाई देतीं।"

अंग्रेजी ने तीखी मुसकान के साथ कहा, "होगी यहीं कहीं। आई रियली फील सो पिटि ऑफ हर (मुझे उसे देखकर वाकई दया आती है)। उसकी हालट बहुट खराब है।"

मैं उठा वहाँ से और ढूँढ़ने लगा बड़ी अम्मा का कमरा तो देखा कि नौकर-चाकर के सोने के कमरे में से ही एक में बेचारी अधमरी सी एक कोने में पड़ी थी। कमरे में बिल्कुल अँधेरा था और अंदर से भारी सीलन की गंध आ रही थी।

मैंने हल्के से पुकारा, "बड़ी अम्मा, सो रही हो क्या?"

धीमी आवाज आई, "कौन, कौन हो?, अंदर आ जाओ।"

उठकर बैठने की कोशिश करती अम्मा फिर भी काँप रही थी। मैंने माचिस की तीली से ढिबरी जलाई। जब थोड़ी रोशनी हुई, तो उसने पहचानने का प्रयत्न किया, फिर उसकी आँखों में एक रोशनी सी चमक उठी, जो सौ-सौ दीपक के एक साथ जलने से होती है। फिर अचानक फफक-फफक कर रोने लगी और कहती जा रही थी,

"अब बेटा मुझे कौन पूछेगा। बेटे-बहू के दिन तक तो किसी तरह काट लिये मैंने, लेकिन अब काटा नहीं जाता। करोड़ों की फौज खड़ी है, लेकिन दाना-पानी देनेवाला तक कोई नहीं, यहाँ तक कि कोई सीधे मुँह बात तक नहीं करता है। न जाने आपस में सब क्या बातें करते रहते हैं।"

मैंने पूछा, "अम्मा, तेरे नाम पर इतनी सारी संस्थाएँ खुल रही हैं, वे सब क्या करती हैं और तुझ पर लिखनेवालों की भी तो कोई कमी नहीं। फिर यह हालत कैसे हो गई तुम्हारी?"

उसने फटे आँचल से आँसू पोंछते हुए कहा, "कहाँ की संस्था, कहाँ के लिखनेवाले। सभी मिले हैं आपस में। नीयत किसी की साफ हो, तब न। मेरे दो बेटों (राष्ट्रकवि गुप्त और दिनकर) ने क्या कुछ नहीं किया, पर क्या दोष दूँ किसी को, अपनी किस्मत ही ऐसी। एक तो दिल्ली की राज्यसभा तक गया, लेकिन दिल्लीवालों ने कब किसी की सुनी है। लौट आया बेचारा खाली हाथ और चला गया दुनिया से दुनियावालों से लड़ते-लड़ते।"

मैंने कहा, "धीरज रखो अम्मा, दिन अभी भी फिरेंगे। इस तरह तुम्हीं हार जाओगी तो तेरे चाहने वालों का क्या होगा, उनका तो कलेजा ही टूट जाएगा।"

हालाँकि मैं जानता था ये तसल्लियाँ सिर्फ शब्द मात्र हैं और वे भी अंदर से खोखली। मेरा दिल और दिमाग मेरी जुबान का खुद साथ नहीं दे रहे थे, पर मैं कर भी क्या सकता था?

उसने कहा, "नहीं बेटा, अब तो ऊपरवाले पर ही भरोसा है। किसी दिन उठा ले तो इस जंजाल से छुटकारा मिल जाए।"

यह कहने के साथ ही वे बुरी तरह काँपने लगी। मैंने उसे लिटा दिया। उसने पानी माँगा। मैंने उसे पानी पिलाया। फिर उसने आँखें मूँद ली। मैंने पुकारा, ''अम्मा…''

कोई सुगबुगाहट नहीं तो मैं डर गया। नब्ज टटोली तो देखा चल रही थी। शायद बेहोश हो गई हो, मैंने पानी के छींटे दिए, तो उसने धीरे-धीरे आँखें खोल दीं। मैं बुरी तरह से घबरा गया था। मेरे खुद के हाथ-पाँव काँप रहे थे। मैंने वहाँ से हट लेना ही उचित समझा। उसने आँखों से ही इशारा किया और मैं भागा वहाँ से अपने काँपते टाँगों-हाथों को समेटते हुए। महल के बाहर आकर ही मैंने पूरी साँस ली। अगले चौक पर जाते-जाते मैं लगभग दौड़ने लगा। मुझे लग रहा था कि मैं पागल हो जाऊँगा, लेकिन नहीं, मेरा दिमाग अभी भी सोच रहा था कि कहीं कोई देख न ले कि मैं 'हिंदी' से मिलकर आ रहा हूँ। मैं 'हिंदी' से अपने ताल्लुकातों को अपने तक ही सीमित रखना चाहता था। इसलिए मैंने कदम और भी तेज कर दिए, जब तक कि वह महल मेरी नजरों से और मैं उसकी नजरों से ओझल न हो गया।

□

विपक्ष की कलम से

आज तक आपने सरकार की बातें ही सुनी हैं। आज मैं विपक्ष आपसे इस लेख के माध्यम से कुछ साझा करना चाहता हूँ।

मैंने राजनीतिक दलों को सरकार और नेताओं को पोर्टफोलियो/विभाग के लिए जान देते हुए देखा है। ऐसा इसलिए कि वे सेवा का अवसर प्रदान करते हैं। सेवा के लिए इतनी आतुरता मैंने राजनीति के सिवा और कहीं नहीं देखी। मैंने किसी चपरासी अथवा किरानी में फाइल बढ़ाते होते हुए इतनी बेचैनी नहीं देखी। चौकीदार रात को सो जाता है। चपरासी निर्द्वंद है, किरानी समाधिस्थ और अफसर बिना काम के ही व्यस्त हैं। बड़ी-बड़ी कंपनियों के आला अफसर गोल्फ खेलने और अंतरराष्ट्रीय सम्मेलनों में व्यस्त हैं। काम करने की इतनी जल्दी कहीं नहीं है। राजनीति में ही सेवा करने के लिए एड़ी-चोटी की कोशिश दिखाई देती है। यह इसलिए कि वे देश के कर्णधार हैं और राष्ट्र के रोल मॉडल (आदर्श) बनकर ही राष्ट्रोद्धार की कल्पना कर सकते हैं। संक्षेप में सरकार की सक्रियता, सेवा-भावना, कर्मठता और कर्तव्यनिष्ठा के कीर्तिमानों से विश्व इतिहास भरा पड़ा है। मेरी लेखनी तो मात्र उनको रेखांकित ही कर सकती है। आप समझदार हैं और मेरे विचारों से आप सहमत भी हो गए होंगे, लेकिन मैं अब दूसरा पक्ष प्रस्तुत करूँगा और देखूँगा कि अंततः आप सरकार के साथ हैं अथवा विपक्ष के साथ।

मेरा मानना है कि विपक्ष सरकार से अधिक बुद्धिमान, कर्मठ और सेवा भावना से लबालब है। आप यह सुनकर मुसकरा रहे हैं। कोई बात नहीं, ऐसा

होता है। नई बात कभी आसानी से पचती नहीं। गैलीलियो को कब स्वीकारा गया और न्यूटन को पागल करार दिया गया। ज्ञानियों और धर्मात्माओं को विरोध हमेशा झेलना पड़ता है। हाँ, तो मैं कह रहा था कि विपक्ष सरकार से अधिक गुणवान है। सबसे अधिक वोट विपक्ष को मिले यानी जनादेश (मैंडेट) हमारे पास है, लेकिन दूसरे लोग सरकार बना बैठे। ऐसा होता है। अल्पमत और अल्पबुद्धिवाले एक हो जाते हैं। बुद्धिजीवी कभी एक नहीं होते। वैसे छोटी-छोटी पार्टियाँ अपने सिद्धांतों को त्यागकर साझे की सरकार बना लेती हैं, लेकिन हमने समझौता नहीं किया और विपक्ष में बैठना स्वीकार कर लिया। अगर जो हमें जनादेश नहीं भी मिलता तो भी हम विपक्ष में ही रहना पसंद करते। विरोध करना और क्रांति लाना हमारा ध्येय है। सरकार वे बनाएँ, जो समझौतावादी हैं, समर्थनवादी हैं। हम विपक्ष सिर्फ विरोध में विश्वास करते हैं। जनता ने हमें विरोध करने के लिए भेजा है। जनता को मालूम है कि सरकार बनाने के बाद सरकारी लोग सरकार बनने से पहले की हर बात भूल जाते हैं। वे हरदम नया अध्याय शुरू करते हैं। वैसे भी जो वादा कर वे सरकार में आए, वे वादे पुराने हो गए। जो पुराने हो गए, उनको लेकर क्या आगे जाना। परिवर्तन संसार का नियम है। इससे सरकार पुराने कानून को ताक पर रखकर नए कानून बनाती है, चाहे वह जनता के हित में हो या न हो, लेकिन हम विपक्षवाले इसका विरोध करते हैं। कभी किसी भी बिल को पास नहीं होने देते। हमारे रहते कभी कोई बिल कानून नहीं बन सकता। एक सदन में अगर बिल पास भी हो जाए, तो हम दूसरे सदन में उसे लँगड़ी मार कर गिरा देते हैं। कभी-कभी पहले सदन में गिर गए बिल को कंधा देकर (सुधार) जब दूसरे सदन में लाया जाता है, तो हम उसे मृत घोषित कर देते हैं। कभी-कभी बिल के बनने से पहले ही हम उसे गिरा चुके होते हैं। बिल को गिरा देना हमारे बाएँ हाथ का काम है। हम बड़े-बड़े को गिरा देते हैं, तो बिल क्या चीज है। गिराने की बात चली है, तो आपको बताएँ कि हम सरकार भी गिरा देते हैं। बहुमत जो हमारे पास है। जनता ने कितनी अपेक्षाओं के साथ हमें भेजा है!

कई बार हम सरकार बनाने देते हैं जान-बूझकर। हम उजागर करना चाहते हैं कि सेवा के नाम पर दूसरी पार्टियोंवाले सत्ता के लोभी हैं। उन्हें पद चाहिए और वैसे विभाग चाहिए, जहाँ ऊपरी आमदनी जैसे भ्रष्टाचार की गुंजाइश अधिक हो। सरकार में रहकर हमने भी देखा है। आज ऐसे ही विपक्ष नहीं बने बैठे हैं। यही नहीं, विपक्ष में रहना गौरव की बात बन गई है हमारे लिए। अब तो हमारी नकल करके सरकार भी विपक्ष बनने की कोशिश करती है, लेकिन विपक्ष होना कोइ बच्चों का खेल नहीं। हमें मजा आता है, जब पार्टियाँ सरकार बनाने के लिए आवश्यक समर्थन जुटाने के लिए अन्य पार्टियों के मुख्यालयों के चक्कर लगाती हैं। नन्हे-मुन्नों की तरह ये निरीह पार्टियाँ मिलकर जब सरकार बनाती हैं, तो मैं अट्टहास करता हूँ। बड़े लोग अट्टहास करते हैं। मुझे मालूम है कि मैं जब चाहूँ, इन्हें लंगड़ी मार के गिरा दूँ, चींटी की तरह मसल दूँ, लेकिन मैं ऐसा नहीं करता। मैं आनंद उठाना चाहता हूँ कि किस तरह एक सीट लेकर आनेवाली पार्टी सबसे बड़े मंत्रालय की माँग करेगी। गुस्सा-गुस्सी, झाड़-फटकार और फिर लाड़-दुलार। अंत में बड़ी पार्टी मान जाएगी (विकल्प के अभाव में) और वह पार्टी वित्त, रेल अथवा गृह मंत्रालय ले जाएगी। फिर छोटी से तनिक बड़ी पार्टियाँ बड़े मंत्रालयों की माँग करेंगी। सबको मानना पड़ेगा। चारा नहीं है। देश को चलाना है। विपक्ष का डर बना हुआ है। यही सब महीनों चलता रहता है। राष्ट्रपति इंतजार में हैं, सरकार अब बनी कि तब बनी। एक लचीली, पतली-दुबली, दुर्बल सरकार बन कर खड़ी हो गई। अपने पैरों पर मुश्किल से खड़ी हो पा रही है। मीडिया के सामने हाथ से सहारा देकर सोफे पर बिठा दी जाती है। मुँह से साफ बोल नहीं निकलते। रह-रह कर कलेजा मुँह को आ जाता है। आँखों के आगे अँधेरा छाया रहता है। विशेषज्ञों की रिपोर्ट यह कहती है। मैं देख रहा हूँ। मेरी रणनीति बिल्कुल साफ है। रह-रह कर यह सरकार घोटालों, धमकियों और विवादों से हिल उठती है। कमजोर तो वह पहले से ही है। लगता है कि अब गिरी कि तब गिरी। कभी-कभी पुराने संबंधों को याद कर मैं उन सहयोगी पार्टियों से मिल आता हूँ। बस कल होकर सरकार

के गिरने की खबर आग की तरह फैल जाती है। सच मानिए तो मैं इनके पीछे कतई नहीं हूँ।

विपक्ष का दायित्व सरकार से कहीं अधिक है। सरकार को कुपथ पर चलने से मैं रोकता हूँ, खासकर जब सरकार दुर्बल हो तो कुपथागामिनी होना और भी सहज है। मैं दुर्बल सरकार को सहारा नहीं देता। सहारा देने से बच्चे और बिगड़ जाते हैं। मैं रह-रहकर हुड़क देता हूँ। सरकार कातर हो उठती है। मुझे मजा आता है। जनता ने मुझे सरकार पर नजर रखने के लिए ही भेजा है। मैं जासूस नहीं हूँ। मैं तो पहरेदार हूँ और सरकार को हरदम खबरदार करता रहता हूँ। काम तो कोई भी कर लेता है। काम का सही होना ज्यादा जरूरी है। मैं सरकार के हर काम की आलोचना करता हूँ। आलोचना से काम की कमी उजागर होती है। सरकार को आत्ममुग्धता से बचा लेता हूँ। यही आत्ममुग्धता उसे बड़े-बड़े कामों की छोटी-छोटी कमियों के प्रति अंधा बना देती है। मैं अंधे की लाठी बन सरकार को पटरी पर लाता रहता हूँ।

सरकार क्रियाशील है, तो मैं विरोध करता हूँ, अगर काम नहीं करती तो कहता हूँ कि सरकार निकम्मी है। मैं सरकार के अच्छे-अच्छे उद्देश्यों (हँसी कर रहा हूँ...) के पीछे असली मनसूबों को पहचान लेता हूँ। मेरी पहचान ही पहचान है, बाकी को इसका ज्ञान भी नहीं।

मैं ही समय-समय पर अविश्वास प्रस्ताव लाता रहता हूँ। इससे पता चलता है कि तथाकथित सहयोगी पार्टियाँ मिलकर भी साथ हैं कि नहीं। ऐसा तो नहीं हुआ कि एक सरकार के अंदर कई सरकारें हैं। खूब बहस होती है। मुझे बहस में बहुत मजा आता है। मैंने जो अब तक ज्ञान अर्जित किया, वह सब उड़ेल देता हूँ। संविधान की धाराओं को शब्द-दर-शब्द खँगाल आता हूँ। सहयोगी पार्टियों को पट्टी पढ़ाता हूँ। कुछ तो खुद दौड़े चले आते हैं 'दिल ने पुकारा और वे चले आए' गुनगुनाते हुए, लेकिन मैं उनकी अग्निपरीक्षा कर ही अपनी पार्टी में शामिल करता हूँ। वर्तमान सरकार एक बार फिर सहयोगी पार्टियों की मुँहताज हो जाती है। पिछली बार जो पार्टियाँ मनमुताबिक मंत्रालय लेने में पीछे रह गई थीं, इस बार झटक लेना चाहती हैं और जो ऐसा न हुआ

तो सबके प्रताप से सरकार गिर जाती है और चुनाव का बोझ जनता के सिर आ जाता है। जनता के सिर पर ऐसा संकट हमेशा छाया तो रहता ही है। जनता का सिर सबका बोझ उठाने के लिए ही तो है।

सरकार की हर नीति का मैं विरोध करता हूँ। मैं ऐसा कर सकता हूँ। सरकार के घोषणा-पत्र मुझे अपने घोषणा-पत्र से अधिक याद हैं। एक-एक पंक्ति एक-एक शब्द जनता के बीच बाँच आता हूँ। मैं जनता को बताता हूँ कि तुम्हारी सरकार घोषाना-पत्र के वायदों से पीछे हट रही है। इसने कुछ भी नहीं किया है अपनी लिस्ट से आज तक। सहयोगी पार्टियों के टकराते घोषणा-पत्रों का जनता के बीच जाकर भंडाफोड़ कर देता हूँ। सरकार भी चाल चलती है। कभी-कभी मेरे विरोध की काट में मेरे ही घोषाना-पत्र पर अमल करना शुरू कर देती है। उसको लगता है कि इससे विपक्ष का विरोध कम हो जाएगा। लेकिन मैंने भी कोई कच्ची गोलियाँ नहीं खेली हैं। मैं फिर भी सरकार का विरोध जारी रखता हूँ। विरोध करना ही मेरा काम है। घोषणा-पत्र चाहे जिसका हो, उसे दोषरहित करना विपक्ष का काम है। मैं उनके घोषणा-पत्र लेकर जनता में जाकर प्रचार करने लगता हूँ। मैं कहता हूँ कि देखो तुम्हारी सरकार भटक रही है। सरकार परेशान हो जाती है कि विपक्ष का मुँह कैसे बंद हो। विपक्ष का मुँह कभी बंद होता है भला। यह सरकार को मालूम नहीं। जनता जानती है यह सब, इसीलिए तो सरकार के पीछे विपक्ष को लगा देती है।

अगर जो आप यह सोचते हैं कि भारत में ही विपक्ष इतना सजग है, तो यह आपका भ्रम है। अमेरिका जैसे विकसित देशों में मैं यानी कि आपका प्यारा विपक्ष दायित्व की सीमा के पार चला गया हूँ। विरोध का ऐसा दुर्लभ दृश्य इतिहास में कहीं दृष्टिगोचर नहीं होता। विरोध का भाव देश के ऊपर है यहाँ। बजट एक सदन (हाउस) से दूसरे सदन का मुँह नहीं देख पाता। बजट अथवा बिल के आने से पहले ही गिरा देने की बात समाचार में आ जाती है। हम लोग खुले आम विरोध करते हैं। हमें किसी का डर नहीं है। हम प्रजातंत्र के निवासी हैं और इस नाते राजनीति के नाम पर सही-गलत कुछ

भी करने का अधिकार हमें प्राप्त है। विरोध करने के मामले में हम अपनी जनता, जिन्होंने हमें अपना प्रतिनिधि बनाकर भेजा है, उसकी भी नहीं सुनते हैं। जनता को सिर्फ निर्वाचित करने का अधिकार मिला है। बजट और राष्ट्रीय नीतियों के बारे में उसे कुछ भी नहीं पता। हम उनके अनुभवी अभिभावक की तरह हैं। उनको समय-समय पर सही राह दिखाना जरूरी होता है। सरकार डराती है, देश को बजट पास न होने से खतरा है, लेकिन हम बहादुर डरते नहीं हैं। देश को खतरों से खेलना सिखलाते हैं। अभी हाल ही की बात है कि देश की ऋण-सीमा बढ़ाने की बहस छिड़ी थी। एक साल से चर्चा चल रही थी, लेकिन हम उसे अंतिम तिथि तक खींच के ले आए। बहस को समय सीमा से पहले समाप्त कर देना कहाँ की समझदारी है। बहस जितनी लंबी चलेगी, उतनी ही स्वस्थ और बलवान होगी। हम बहस को खत्म कर देने में विश्वास नहीं रखते। सरकार खर्चे में कटौती के लिए तैयार नहीं तो हम कर वसूली की बढ़ोतरी के लिए तैयार नहीं। सरकार और हम विपक्ष; दोनों पहलवानी में जुटे रहे। सरकार अड़ी रही कि हमें धनी वर्ग पर अधिक टैक्स लगाना होगा। यह भी कोई बात है भला। अगर जो कोई धनी है, तो क्या उसने कोई अपराध किया है। धनी होने के सबके पास समान अवसर थे, लेकिन कोई-कोई धनी हुआ और बहुत सारे गरीब हो गए। अगर भारत में यह बात होती, तो लोग कहते कि किसी पिछले जन्म के अच्छे कर्मों का फल है। हालाँकि हम अमेरिका में पुनर्जन्म को नहीं मानते, फिर भी कुछ तो अच्छा किया है (इस जन्म में ही) कि धनी हो पाए हैं। अब सरकार इन अमीरों पर टैक्स लादकर उनको भी गरीब बना देना चाहती है। हमारी शर्त थी कि सरकार अपने खर्चों में कटौती करे।

अब शिक्षा पर इतना खर्च करने की आवश्यकता क्या है ? जिनको पढ़ना है, वे पढ़ ही लेंगे। वैसे भी जितनी मेहनत से और मुश्किलों में पढ़ेंगे, उतना ही आगे उन्नति करेंगे। कोयला दबकर ही हीरा बनता है, सोना तपकर कुंदन हो जाता है। सरकार कहती है कि अमेरिकी बच्चे विज्ञान और गणित में एशियन और उनमें भी भारतीयों से पिछड़ रहे हैं। हम बेचने में अव्वल रहे हैं, कुछ

भी बेच सकते हैं। ऐसे में अगर वे प्रयोग करें और जोड़-घटाव करते रहें, तो इसमें बुराई ही क्या है। वैसे भी भारत में अब कितने आर्यभट्ट पैदा हो रहे हैं। सरकार जर्जर पुल और सड़कों का पुनरुद्धार कराना चाहती है, और नए भी बनाना चाहती है। अब ऐसी चीजों पर खर्च करना क्या है, जिन्हें बार-बार ठीक कराने की आवश्यकता पड़े। इनको तो ऊपरवाले के भरोसे ही छोड़ देना चाहिए। ऐसे ही कितने खर्चे हैं कि सरकार खुले हाथ करना चाहती है। हम विपक्ष को यह पसंद नहीं। हमारे अड़े रहने के कारण सरकार समझौते के लिए तैयार हो गई। वह खर्चे में कटौती करने के लिए तैयार थी, लेकिन हमने अपनी तरफ से समझौते से इनकार कर दिया। विपक्ष को समझौता करना शोभा नहीं देता। जनता, मीडियावाले यहाँ तक कि दूसरे देशवाले भी गुहार लगाते रहे कि राजनीति छोड़कर देश के बारे में सोचो, लेकिन मैंने जैसा कि पहले भी बताया कि बच्चे नासमझ होते हैं। उन्हें अपने हित-अहित का ज्ञान नहीं, तो उनकी बातों पर ध्यान देना विपक्ष के ज्ञानियों को शोभा नहीं देता। परिणाम यह हुआ कि हम नेता लोग रात-रात भर सदनों में मीटिंग करते रहे, मीडियावाले लोगों को जगाते रहे, यहाँ तक कि अंतिम दिन आ गया और पूरे विश्व ने हमारे बहादुर कारनामें देख-सुन कर दाँतों तले अंगुली दबा ली, उनका गला सूख गया, आँखें पथरा गईं और हृदय फीटों उछलते रहे, लेकिन जब जो होना होता है, वह होता है। सरकार झुक गई, यहाँ तक कि लेट गई और हम विपक्षवाले तनकर खड़े रहे, सो रहे। अंतिम घड़ी में हमने बिल पास कर दिया। ऐसा सस्पेंस (रहस्य) और रोमांच हॉलीवुड की फिल्मों में भी अभी तक आया नहीं। हमनें इतिहास रच दिया। आधी रात को आखिर में बिल पास हो गया। बिल विपक्ष ने पास कराया। सरकार का इसमें कोई भी योगदान नहीं। सरकार आपको इसे अपनी सफलता गिनाएगी, लेकिन आप अपनी समझ से काम लें। अगर आपके पास अपनी कोई समझ नहीं, तो हमसे थोड़ी समझ उधार ले लें। अगले दिन क्रेडिट एजेंसी ने अमेरिका की ऋण साख को एक स्तर नीचे गिरा दिया। इसके लिए सरकार ही दोषी है। हमने तो अपना कर्तव्य अच्छे से निभाया। जो विलंब हुआ, वह सब सरकार

की ओर से। दूसरी बात तो ऋण साख वाली एजेंसियों की बुद्धि भ्रम में ही रहती है। अच्छे को बुरा, बुरे को अच्छा कहना उनका काम है। ये वही है, जिसने पिछली आर्थिक मंदी से पहले उलटी-सीधी कंपनियों की साख को अच्छा-अच्छा बताया था। परिणाम तो आपके सामने है ही। खैर, हर विफलता सरकार की होती है। यह तो एक झलक है कि हम विपक्षवाले अमेरिका में कितने विकसित, सजग और दायित्त्वपूर्ण हैं।

'हरि अनंत, हरि कथा अनंता' के आधार पर हम विपक्ष अपनी महानता अपने ही मुँह से कितनी बखानें। इतनी समझ तो आप (जनता) भी रखते हैं, अगर जो बहुत नहीं तो। मेरी हार्दिक इच्छा है कि दुनिया के सारे देशों के विपक्ष मिलकर सभी सरकारों को गिरा दें। सरकार की भला आवश्यकता ही क्या है? पाकिस्तान और अफगानिस्तान अगर रह-रहकर सरकारमुक्त हो जाते हैं, तो क्या वे देश नहीं, वहाँ के लोग क्या लोग नहीं? जरा सोचिए···

□

लाँग वीकएंड

भारत में 'वीकएंड' नहीं होता (कम-से-कम तब नहीं, जब मैं वहाँ रहता था और बहुतों के लिए आज भी) सिर्फ 'संडे' यानी रविवार अथवा इतवार होता है। अमेरिका और शायद दूसरे देशों में 'वीकएंड' होता है अर्थात् जब काम के दिन बीत जाएँ, तो उसे 'वीकएंड' अथवा सप्ताहांत कहते हैं।

काम से मेरा मतलब ऑफिस के काम से है। ऑफिस के काम से शाम को अथवा रात को भी छुट्टी मिल जाती है (बहुतों के लिए) लेकिन कुछ लोग घर तक काम को ढो लाते हैं। कुछ लोग ऑफिस में काम करते हैं, घर पर नहीं, कुछ लोग ऑफिस में काम नहीं करते, घर पर करते हैं। कुछ लोग न ऑफिस में काम करते हैं, न घर में। कुछ लोग ऑफिस के समय घर का काम करते हैं। कुछ लोग दोनों जगह दोनों जगह का काम करते हैं। कुछ लोग काम करते हुए व्यस्त रहते हैं, कुछ लोग बिना काम के ही व्यस्त रहते हैं। कुछ लोग काम पूरा कर लेते हैं, कुछ लोग बिना काम किए ही पूरा मान लेते हैं, कुछ लोग काम कभी पूरा नहीं करते। वह काम ही कैसा, जो पूरा हो जाए और वह कर्मचारी भी कैसा, जो काम को पूरा कर दे। ब्रह्मचारी, सदाचारी, भ्रष्टाचारी के ही क्रम में कर्मचारी भी है। कर्म का पालन करनेवाला (ब्रह्मचारी की तर्ज पर) कर्मचारी हुआ। इस अर्थ में कर्मचारी अचानक कितना महिमामंडित अथवा महान् हो जाता है अथवा दिखने लगता है, लेकिन थोक कर्मचारी ऐसे नहीं होते। शायद उन्हें अपने नाम से जुड़ी महानता का भान

नहीं और शायद हो भी, ठीक-ठीक कहना सहज नहीं। कर्मचारी कर्म करने में अधिकार रखते हैं, कर्मफल में नहीं, इसलिए वे काम की समाप्ति की ओर ज्यादा ध्यान नहीं देते।

शनिवार और रविवार को मिलाकर 'वीकएंड' का आविष्कार हुआ था। लोग एक 'वीकएंड' से निकलकर अगले 'वीकएंड' की प्रतीक्षा करने लगते हैं। कुछ लोग 'वीकएंड मोड' (अवस्था) से कभी बाहर ही नहीं निकलते। मेज पर फाइलों की ऊँचाई और कंप्यूटर में ई-मेल की लंबाई (बार-बार 'रिमाइंडर' आने के कारण) बढ़ने लगती हैं, लेकिन वे 'वीकएंड' के ध्यान में ही लगे रहते हैं। 'वीकएंड' की माया है ही ऐसी। समय रुका नहीं रहता, काम रुका अवश्य रहता है। इसी तरह हफ्ता गुजरने लगता है, काम वहीं पड़ा रहता है। बुधवार निकलते ही 'वीकएंड' की किरण उनकी आँखों के आगे झिलमिलाने लगती है। जिसके ध्यान में इतने लोग डूबे हों, वह कब तक छुपे रह सकते हैं, एक-न-एक दिन तो प्रगट होना ही पड़ता है। गुरुवार तक 'वीकएंड' की प्रतीक्षा असह्य हो उठती है। हर कोई वीतरागी नजर आता है, लेकिन फिर थोड़ा-बहुत काम करते हुए हैप्पी फ्राइडे (शुभ शुक्रवार!) आ जाता है। सबकुछ जहाँ का तहाँ छोड़ 'वीकएंड' को समय से पहले ही गले लगा लेते हैं—'कबके बिछड़े आज यहाँ आ के मिले' अथवा 'आज के बिछड़े, न जाने कब मिलेंगे'। आधे दिन शुक्रवार को कार्यालय आनेवाले वीकएंड की योजनाओं पर दिल खोलकर चर्चा करते हैं। फिर दोपहर होते-होते पंछी अपने घोंसले की ओर फुर्र हो जाते हैं। पिछले हफ्ते के अधूरे काम अगले कई हफ्तों के इंतजार में गाने लगते हैं···वो सुबह कभी तो आएगी···

वीकएंड में कोई घर पर नहीं रहता। घर का रिश्ता सिर्फ रात को टी. वी. देखने और सो जाने भर के लिए है। घर बड़े-बड़े, साफ-सुथरे और सजे-सजाए हैं, लेकिन फिर भी हर कोई घर से दूर जाना चाहता है। शायद इसलिए भी अमेरिकियों के घर इतने सुव्यवस्थित होते हैं। हम भारतीय घर से इतना प्यार करते हैं कि छोड़ना ही नहीं चाहते घर को। भरपूर इस्तेमाल करते हैं घर का। यहाँ तक कि घर की व्यवस्था बिगाड़ देते हैं। घर भी सोचता है

अरे तुम्हारा वीकएंड है, तो क्या मेरा नहीं, बाहर जाओ, घूमो-फिरो और हमें भी एक-दो दिन की छुट्टी दो।

सामान्य वीकएंड में मात्र एक दिन आगे अथवा पीछे जोड़ देने से वह लाँग वीकएंड (लंबा सप्ताहांत) हो जाता है। गणित की दृष्टि से भी लाँग वीकेंड मात्र पचास प्रतिशत ही अधिक लंबा होता है, लेकिन अमेरिकियों के उत्साह और लंबी योजनाओं पर आप गौर करें तो आपको लगेगा कि लाँग वीकएंड जैसा बड़ा अवसर, उसके जैसा कोई पुरस्कार नहीं।

महीनों पहले से लाँग वीकएंड की तैयारियाँ चलती हैं। कुछ लोग तो साल भर से बाट जोहते रहते हैं। भारत में ऐसी तैयारियाँ होली-दशहरा-दिवाली की भी नहीं होतीं। महँगाई के इस दौर में तो लोग वैसे भी त्यौहार को मनाने की जगह महँगाई की मार को अधिक झेलते हैं। लोग त्योहारों से नजरें चुराकर निकल जाना चाहते हैं, जैसे कोई कर्जदार महाजन से बचकर निकलता है, लेकिन त्यौहार की इतनी लंबी लाइन लगी रहती है कि एक से बचे तो दूसरे में फँसे वाली बात हो जाती है, लेकिन अमेरिका में महँगाई तो एक तरफ, आर्थिक मंदी के दौर में भी लाँग वीकएंड का उत्साह ठंडा नहीं पड़ता। वैसे भी आर्थिक मंदी उस अतिथि की तरह है, जो बिन बताए टपक पड़ता है और जो बार-बार आए, वह अतिथि नहीं वरन घर का सदस्य हो जाता है। आर्थिक मंदी भी अमेरिकी अर्थव्यवस्था की एक स्थायी सदस्य जैसी हो गई है। लोग अगर जो उसके गले नहीं भी लगते, तो उसके होने का बुरा भी नहीं मानते, जहाँ इतनी आपदाएँ घर पर जमी बैठी हैं, वहाँ एक और सही।

अमेरिका में दो-तिहाई लोग वीकएंड या लाँग वीकएंड पर सड़क मार्ग से यात्रा करते हैं। सड़क की यात्रा पर फिर लौटेंगे एक नजर हवाई (वायु) मार्ग पर डाल लें। लाँग वीकएंड से महीनों पहले ही एयरलाइंसवाले यात्रा का भाड़ा बढ़ा देते हैं। ये वहीं एयरलाइंस होती हैं, जो सालों से वित्तीय घाटे का रोना रोती रहती हैं। एयरलाइंस ही नहीं बहुत ऐसी कंपनियाँ हैं, जो रो-रोकर अपना और दूसरों (कर्मचारी, शेयर धारकों और सरकार) का हाल बुरा कर देते हैं। ये ऐसे मोटे बच्चों की तरह हैं, जो खा-खाकर मोटे होते जा रहे हैं,

लेकिन कम खाने के नाम पर छत सिर पर उठा लेते हैं अथवा अपने खिलौने अपनी जेब में ठूँसे दूसरे के खिलौने के लिए रोना-गाना मचाए रहते हैं। इनमें से कुछ ने अपने को दिवालिया भी घोषित किया है। कुछ ने तो बार-बार किया है, जैसे प्रतियोगिता चल रही हो कि कोई कितनी बार दिवालिया हो सकता है। दिवालियापन अमेरिका में खराब नजर से नहीं देखा जाता। अच्छे-अच्छे लोग और बड़ी-बड़ी कंपनियाँ अपने आपको खुशी-खुशी दिवालिया घोषित कर देते हैं। यह एक अच्छा तरीका भी है अपने ऊपर सामर्थ्य से अधिक कर्ज उतारने का। दिवालिया घोषित होने के बाद वे कर्जमुक्त हो जाते हैं। इस ठोकर के बाद वे कंपनियाँ फिर से हँसते-हँसते खड़ी हो जाती हैं। फिर से वही काम-धंधे और कंपनियाँ कर्जे से लदने-बढ़ने लगती हैं। काश ऐसा अवसर गोदान के होरी अथवा सवा सेर गेहूँ के शंकर के पास होता, तो इन दोनों कहानियों का अंत कितना सुखद होता। ये अपने को समय के साथ दिवालिया घोषित कर देते और अपने महाजन के कर्ज से हँसी-खुशी मुक्त हो जाते। फिर तो हिंदी साहित्य क्या इतने मूल्यवान साहित्य से वंचित नहीं रह जाता? यही नहीं भारत के करोड़ों किसानों के जीवन का भी कायापलट हो जाता। अमेरिका में लोग बड़े प्रगतिवादी हैं। दिवालियापन जैसी छोटी-मोटी घटनाओं को लोग माइंड नहीं करते। सँभलों को ठोकर दे देना, गिरों को उठा देना, उठे को कभी बिठा देना और कभी आसमान पर पहुँचा देना इनका स्वभाव है। दिवालिया हुईं अथवा उस कागार तक पहुँची हुईं कंपनियाँ खुशी-खुशी अपने आपको बेचने के लिए तैयार भी हो जाती हैं। खरीदनेवालों की वैसे भी कमी नहीं। कुछ तो खरीदने के बाद दिवालिया हो जाती हैं, लेकिन फिर भी दूसरी कंपनियों को खरीदने से बाज नहीं आतीं। खरीदने का सौदा करने के बाद मुकरनेवाली कंपनियों पर बिकनेवाली कंपनियाँ मुकदमा कर देती हैं। बिकने का ऐसा क्रेज (दीवानापन) दुर्लभ है। अमेरिकी अर्थव्यवस्था में खरीदना अथवा खरीदा जाना, दोनों प्रतिष्ठा के प्रतीक माने जाते हैं।

इस आसमान छूती महँगाई में महँगे हवाई भाड़ों से बचने के लिए लोग महीनों-सालों पहले टिकट खरीद लेते हैं। एयरलाइंस कंपनियाँ भी अपनी

क्षमता से अधिक टिकट बेचती हैं ऐसे अवसरों पर। करे भी क्यों न भला, एक तो अधिक भाड़े ऐंठने को मिलते हैं और दूसरी तरफ न नहीं कहने की शालीनता से भी बच जाते हैं। एक अनार के सौ बीमार एक ही तीर से एक साथ शिकार हो जाते हैं। तीर भला क्या करे, जहाँ घायल होने के लिए हाहाकार मचा हो।

जैसे-जैसे 'लाँग वीकएंड' पास आता है, मिलने-मिलाने, भागने-भगाने, बधाइयाँ देने और लेने का उत्साह-उन्माद उफान पर होता है। एयरलाइनवाले आपको फोन करके अपनी यात्रा को रद्द करने के लिए बड़े-बड़े प्रलोभन देंगे। कुछ कमजोर लोग प्रलोभन में पड़ जाते हैं, लेकिन 'लाँग वीकएंड' के लाखों दीवाने बड़े-बड़े प्रलोभनों के आगे नहीं झुकते। होता यही है कि गिरते-पड़ते एयरलाइन के काउंटर पर क्षमता से कई गुना अधिक लोगों की भीड़ खड़ी हो जाती है। ऐसे समय पर सुरक्षाकर्मियों की कर्तव्यनिष्ठा देखते बनती है। जब से आतंकी साए बढ़े हैं, अमेरिका ही नहीं, अन्य देशों में भी एयरलाइंस सुरक्षाकर्मियों का काम कई गुना बढ़ गया है, फिर भी बड़े मनोयोग से एक-एक यात्री और उसके एक-एक सामान का निरीक्षण कर ही उन्हें यात्रा की अनुमति वे देते हैं। एक समाचार-पत्र की रिपोर्ट के मुताबिक कुछ स्थानों पर एक्स-रे मशीन भी लगाई गई और यात्रियों ने सहर्ष अपने शरीर की फोटो खिंचवाई। यात्रा और वह भी 'लाँग वीकएंड' की 'प्राइवेसी' यानी गोपनीयता भी क्या चीज है। जान है तो जहान है। जान ही नहीं रहेगी, तो शरीर और उसकी गोपनीयता लेकर क्या करेंगे?

भारत में स्थिति रोचक है। सुरक्षा कड़ी है एयरपोर्टों पर। बाकी जगहें सुरक्षा के परे हैं। घरेलू उड़ान में तो वायुयान पर चढ़ने से ठीक पहले भी राडार से सुरक्षा जाँच की जाती है। सुरक्षा की दृष्टि से यह उचित ही है, जैसे हम परीक्षाओं में आखिर में एक बार परचे पर आँख मार लेते हैं। उससे भी बढ़कर अगर हरेक यात्री के साथ-साथ एक सुरक्षाधिकारी भी बगलवाली सीट पर सफर करे, तो और भी उत्तम होगा। सुरक्षाकर्मी यात्री पर नज़र भी रख पाएँगे और यात्री को यात्रा में अकेलापन भी महसूस नहीं होगा, लेकिन

यह सब घरेलू उड़ान में होता है। अंतरराष्ट्रीय उड़ानों में ऐसा नहीं होता। एक बार यान भारत से उड़ा तो हम उसकी सुरक्षा से मुक्त हो जाते हैं। वैसे भी भारत में लोग यह मानते हैं कि बाहरवाले किसी उत्तरदायित्व का वहन उनसे अच्छा कर लेंगे। ऐसे में यह प्रक्रिया उचित ही लगती है।

यात्री जब सुरक्षा क्षेत्र से छनकर एयरलाइन काउंटर पर पहुँचते हैं, तो चेहरा दमक उठता है। बस दो कदम मंजिल है…लेकिन वहाँ उनकी किस्मत उनका इंतजार कर रही होती है। पीठ पर लैपटॉप, कमर में फोन और पर्स तथा दोनों हाथों में केबिन बैग सँभाले किसी सिद्धपुरुष (अथवा स्त्री) की तरह जब उनकी दृष्टि उड़ान तालिका पर जाती है, तो हृदय धक्क से रह जाता है। दो-तिहाई पंक्तियाँ अथवा उड़ानें विलंब अथवा रद्द होने के कारण रक्तरंजित दिखाई पड़ती हैं (रद्द अथवा विलंबित उड़ानों को लाल रंग से बताते हैं)। यह सब देखकर उनका हृदय भी लहूलुहान हो उठता है, लेकिन वे हिम्मत नहीं हारते। ऐसा उनके जीवन में पहली बार नहीं हो रहा होता है। अगर इन छोटी-मोटी घटनाओं से आहत हो रहे होते तो, सर से कफन बाँधकर लोग 'लाँग वीकएंड' मनाने हर महीने, छमासे या साल नहीं जाते। 'लाँग वीकएंड' मनाने के लिए हौसला चाहिए। पूरे परिवार के साथ यात्री एयरपोर्ट पर जगह-जगह बैठे हैं। इन्हें देखकर भारत के कुंभ-मेले की याद आ जाती है। कुंभमेले में लोग पाप धोने और मुक्ति पाने के लिए जाते हैं। यहाँ भी लोग अपने दैनंदिन की उहापोह से मुक्ति के लिए 'लाँग वीकएंड' के तीर्थ पर जाते हैं। 'लाँग वीकएंड' और तीर्थ में जहाँ बहुत समानताएँ, वहाँ लाँग वीकएंड की एक बात तीर्थ पर भारी पड़ती है और वह है कि तीर्थ से मिलनेवाले लाभ अगले जन्म के लिए सुरक्षित हैं और मिलने की कोई गारंटी भी नहीं। कम-से-कम नास्तिक लोग ऐसा ही मानते हैं, जबकि सभी आस्तिक अथवा नास्तिक 'लाँग वीकएंड' के 'गारंटेड' (निश्चित) लाभ के मामले में एकमत हैं। भारत को छोड़कर कोई भी परलोक की चिंता नहीं करता। भारत में लोग इहलोक की चिंता नहीं करते। इसलिए भारत को समस्त देशों का गुरु माना जाता है। इसलिए गुरु गुड़ ही रहा और चेले चीनी हो गए। गुरुता चीज

ही ऐसी है ! रही बात तीर्थ की तो उसमें आराम की बात सोचता ही कौन है ?

उद्घोषणा की जाती है कि उड़ानें, जो रद्द की गई हैं, वे कल जा सकेंगी और एयरलाइनवाले उन्हें होटलों में ठहराएँगे। लोग सज्जन हैं, सिर झुकाकर मान भी रहे हैं। बस इतना चाहते हैं कि अपने रिश्तेदारों को बता दें कि वे आज नहीं तो कल या फिर यही क्रम रहा तो परसों-नरसों से गुजरते 'लाँग वीकएंड' के बाद तो आ ही जाएँगे। कोई हाय-हाय नहीं, कोई हल्ला-गुल्ला नहीं। एयरलाइंसवाले हृदय से मुसकरा रहे हैं। उन्हें ही पता है कि असल में तकनीकी खराबी क्या है। कुछ एयरलाइंसवाले उससे आगे बढ़कर यात्रियों को साफ-साफ बता देते हैं कि सामर्थ्य से अधिक टिकट बुक होने के कारण यात्रियों को बताया जा रहा है कि अगर वे स्वेच्छा से अपना दावा छोड़ दें तो उन्हें कल या परसों (कभी-कभी लाँग वीकएंड के बाद) यात्रा का अवसर देंगे, होटलों में ठहराएँगे अथवा इतने मील उन्हें पुरस्कार स्वरूप देंगे। दुनिया के इतने पुरस्कारों में मीलवाला पुरस्कार सबसे अनोखा है। बिना चले अथवा उड़े, वे आपको इतने हजार मील का आपको पुरस्कार दे देंगे। बहुत लोगों के लिए आज तक वे मील मरीचिका और पुरस्कार पहेली ही हैं। फिर भी वे पुरस्कार दे रहे हैं और लोग लेते जा रहे हैं। पुरस्कार की जब रचना हो ही गई है, तो देनेवाला भी मिल जाएगा और लेनेवाले तो अकारण उपलब्ध हैं ही। अब जैसे गली-गली में संस्थाएँ हैं, उनसे अधिक पुरस्कार और उनसे भी अधिक पुरस्कार के आकांक्षी। खैर, यह उद्घोषणा लोग सुन रहे हैं और छोटे बच्चों की तरह ललच भी रहे हैं। कुछ लोग जो 'लाँग वीकएंड' को गंभीरता से नहीं लेते, वे पुरस्कार ग्रहण कर लेते हैं और हँसते-हँसते या तो घर लौट आते हैं अथवा होटल जाकर लेट जाते हैं। लेकिन कुछ लोग, जो लाँग वीकएंड को किसी भी कीमत पर मनाना ही चाहते हैं, वे धड़कते दिलों से अगली उद्घोषणाओं के बारे में डरते हुए मन ही मन प्रार्थना कर रहे होते हैं। एक जो अच्छी बात है कि हवाई यात्रा खड़े होकर नहीं कर सकते नहीं तो यहाँ भी एयरलाइंस कंपनियाँ भारतीय रेल, बस अथवा टैक्सियों की तरह सामर्थ्य से अधिक यात्रियों को चढ़ाने से बाज नहीं आतीं। जो होता नहीं,

उसके बारे में सोचना क्या? (कुछ लोग उसी के बारे में सोचते हैं और परेशान रहते हैं) लेकिन लाँग वीकएंड मनानेवालों का उत्साह ऐसा ही बना रहा तो एक दिन ऐसा हो भी सकता है।

आजकल ऐसा बहुत कुछ हो रहा है, जिसके बारे में कभी सोचा नहीं गया···एक घड़ी के लिए उस स्थिति पर दृष्टि डाल ही लें तो आप आनेवाले समय के लिए तैयार रहेंगे। अगर जो पता चले यात्रियों को कि सीट से अधिक यात्री सफर करनेवाले हैं, तो वे किस तरह 'बोर्डिंग गेट' (प्रवेश द्वार) से भागते हुए आएँगे। पहले आया, पहले पाया। कुछ लोग दूसरों को धक्का देकर गिरा देंगे और कुछ खुद गिर पड़ेंगे। सहारा देने के लिए एक दो अगर रुक भी जाए, तो बाकी सीट की ओर ही लपकेंगे। हवाई जहाज के भीतर अभिवादन कर रहे परिचारक अथवा परिचारिका पर कोई ध्यान भी नहीं देगा। लोग एक सीट पर बैठकर बगलवाली सीट पर केबिन बैग को फैला देंगे। जिन्हें बैठने के लिए जगह नहीं मिली, वे बैठे लोगों को ललचाई दृष्टि से देखेंगे और अपनी-अपनी किस्मत के बारे में सोचेंगे। लोग बिजनेस क्लास में जगह तलाशेंगे, लेकिन उनकी हिकारत भरी नजर से अपमानित हो लौट आएँगे अथवा निकाल दिए जाएँगे। परदा गिरा दिया जाएगा और लोकतंत्र का सारा सिद्धांत एक बार फिर असफल होता दिखेगा। लोग सोचेंगे कि कभी तो दुनिया में सभी आदमी बराबरी का दरजा पाएँगे। अकेले सोचने से क्या होगा। एक दिन सभी बिना सीट के यात्री इकट्ठे होकर धावा बोल देंगे और सभी बैठे लोगों को खड़ा करके समाजवाद ले आएँगे। लोग इसे अराजकता का नाम देंगे और यात्रा में संयम बरतने का उपदेश। नया कानून लाया जाएगा और स्थिति पूर्ववत हो जाएगी। जब तक यह सृष्टि कायम है, समाजवाद सपना और वर्गभेद अपना ही रहेगा।

लोग एयरपोर्ट पर बैठे प्रतीक्षा कर रहे हैं, अँखियाँ हरि दर्शन की प्यासी। उड़ान तालिका के हरे, पहले पीले (विलंब) फिर लाल (रद्द) में बदल रहे हैं। इस दुनिया में सिर्फ गिरगिट ही रंग नहीं बदलते। रंग बदलती इस दुनिया में रंग बदलनेवालों की संख्या दिन दुनी रात चौगुनी हो रही है। सुबह से शाम

हो गई, वायुयान का कोई पता नहीं। चलना था शिकागो से, अटलाँटा पहुँच गए। अब उद्घोषणा हो रही है कि विमान दस-दस घंटे से ऊपर विलंब से उड़ रहे हैं। जगह-जगह टी.वी. पर 'लाँग वीकएंड' के अवसर पर होनेवाले विलंब का समाचार दिया जा रहा है। यात्रियों के रिश्तेदार 'लाँग वीकएंड' की आस लिये प्रतीक्षा में हैं। एयरलाइंसवाले भरसक कोशिश कर रहे हैं कि लोगों के 'लाँग वीकएंड' अच्छी तरह मन सकें। उसके लिए जितनी उथल-पुथल हो सकती है, हो रही है (बिना उथल-पुथल के मदद संभव ही नहीं), एयरलाइन कर्मचारी जितनी देर तक फोन पर बने रह सकते हैं, बने हैं (मदद करनेवाले फोन पर ही पाए गए हैं अधिकतर), जितने लोगों को प्रलोभन/पुरस्कार दे सकते हैं, दे रहे हैं (प्रलोभन/पुरस्कार मदद करने का सबसे आसान तरीका है) और जितने लोगों को घुमा-फिराकर उनके गंतव्य तक पहुँचा सकते हैं, पहुँचा रहे हैं (मदद का रास्ता गोल चक्कर से होकर गुजरता है)।

सड़कमार्ग से अधिक लोग यात्रा करते हैं। शुक्रवार को दोपहर तक लोग सड़कों पर नजर आते हैं, कार के ऊपर सूटकेस बाँधे, पीछे बाइक लटकाए अथवा बोट को खींचते हुए। सड़कें जाम हो जाती हैं। तमाम हाइवे (राजमार्ग) पर कारों का काफिला चल पड़ता है। लोग चल कम; रुक अधिक रहे हैं। लोग सेल फोन पर अपने रिश्तेदारों, होटलों को मिनट-मिनट की खबर दे रहे हैं। पुलिस की गाड़ियाँ भीड़ को सँभालने के लिए भीड़ को चीरकर आ-जा रही हैं। कई बार उनके आने-जाने से ही जाम लग जा रहा है। भीड़ है, लोग हैं और उनके बीच आनंद, उत्साह, उछाह, उमंग अनंत हैं। रास्तों को 'डाइवर्ट' (सच कहे तो बहकाया जा रहा है) किया जा रहा है और लोग 'डाइवर्ट' हो भी रहे हैं। पता नहीं कहाँ से चले थे, कहाँ जा रहे हैं, लेकिन 'लाँग वीकएंड' मन रहा है। सुबह से शाम, शाम से रात हो गई: घर छूट गया, लोग छूट गए, गंतव्य का कहीं पता नहीं, पर 'लाँग वीकएंड' का मेला, जो चल पड़ा तो चला जा रहा है। ये जिंदगी के मेले, ये जिंदगी के मेले…

टेलीविजन पर यातायात संबंधी बाधाओं, आशाओं, अपेक्षाओं के

समाचार आ रहे हैं। कहीं पुल गिर पड़ा है, सड़क टूट गई है, कारें नदी में गिर पड़ी हैं, गैस (अमेरिका में पेट्रोल को गैस कहते हैं, क्यों यह पूछिए मत···) का दाम आसमान छू रहा है, बच्चे रो रहे हैं, बूढ़े बीमार हो रहे हैं, लेकिन लोग 'लाँग वीकएंड' मना रहे हैं।

'लाँग वीकएंड' पर इतने लाख लोग घर से बाहर निकले, कितने अरब डॉलर की बिक्री हुई, एयरलाइंस और होटलों ने मुनाफा पीट लिया (उनमें से कुछ अगले हफ्ते दिवालिया होने का दावा पेश करेंगे) यही समाचार हर जगह फैलाया-सुनाया-दिखाया जा रहा है, रेडियो, टेलीविजन से लेकर बड़ी-बड़ी गोष्ठियों में, राजनेताओं से लेकर अर्थशास्त्री तक, अमीर से लेकर गरीब तक सभी 'लाँग वीकएंड' से होनेवाले लाभ और परिदृश्य पर चर्चा कर रहे हैं। लोग बोलते, कहते और सुनते थकते नहीं···'लाँग वीकएंड' की महिमा ही कुछ ऐसी है।

इतनी बड़ी क्रांतियाँ साल में आठ-दस बार हो जाती हैं। लोग उतनी ही बार धन्य हो जाते हैं। यह सब देखकर मैं तय करता हूँ कि एक दिन अधिक की छुट्टी मैं अपने घर पर अपने परिवार के साथ बिता लूँ। जहाँ इतने श्रद्धालु हैं ही दुनिया में, एक मेरे नास्तिक हो जाने से 'लाँग वीकएंड' के प्रति आस्था में विश्वास कीजिए, न्यूनतम गिरावट भी दर्ज नहीं हो पाएगी···अस्तु।

□

अमेरिका में हिंदी, हिंदी में अमेरिका

जैसे भारत में अंग्रेजी है, वैसे ही अमेरिका में हिंदी है। अमेरिका से मेरा अभिप्राय उत्तर अमेरिका से है। कुछ लोग कनाडा को संयुक्त राज्य अमेरिका से अलग मानते हैं। राजनीतिक कारणों से यह उचित हो भी सकता है वरना कनाडा और अमेरिका को बाँटनेवाला पानी और पुल (अंबेसडर ब्रिज जैसे कुछ पुल) के सिवा कुछ भी नहीं। दोनों देशों की मुद्राएँ भी भाव के हिसाब से करीब-करीब एक ही हैं। भोजन, भाषा और भगवान्; व्यवसाय, विचार और विज्ञापन; हवा, पानी और मौसम सब एक ही है। जहाँ तक मान्यताओं की बात है तो कुछ लोग मेक्सिको को उत्तर अमेरिका का हिस्सा तक नहीं मानते। क्यों? इसका उत्तर उतना ही गोल है, जितनी की यह धरती। वैसे कुछ लोग उत्तर देने और लेने में ही विश्वास नहीं करते। ठीक भी है मेरा प्रश्न, उनका उत्तर तभी तक प्रासंगिक हैं, जब तक दोनों का निहित स्वार्थ सधता हो। खैर, हिंदी भारत और अमेरिका के अलावा अन्य देशों में भी है। वैसे भारत ही जब बहुतों के लिए 'इंडिया' हो गया है, तो हिंदी और साहित्य जैसे विषय कब के 'आउटडेटेड' यानी पुराने हो चुके हैं। हिंदी संभवत: भारत के बाहर हर जगह ही है। अमेरिका में भारत से आए लोग काम अंग्रेजी में करते हैं, पर बात हिंदी में, यहाँ तक कि दूसरे भाषा-भाषी यथा तेलुगु, बंगाली, कन्नड, तमिल, गुजराती, पंजाबी, सिंधी, मैथिली और भोजपुरी, सभी कुछ-न-कुछ हिंदी बोल ही लेते हैं। भारत में ही काम हिंदी में और बात अंग्रेजी में होती है। कुछ लोग काम भी अंग्रेजी में और बात तो

खैर ऐसे लोग अंग्रेजी में ही करते हैं। हिंदी फिल्मवाले सभी संवाद हिंदी में बोलते हैं, फिल्म भी हिंदी में ही बनाते हैं, लेकिन उन फिल्मों की बात अंग्रेजी में करते हैं। अंग्रेजी में समझना और समझाना, खासकर तकनीक और कला के संदर्भ में अधिक आसान है। वैसे भी वे यह जानते हैं और मानते भी हैं कि हिंदी फिल्म देखनेवाले अंग्रेजी खूब समझते हैं। अब तो आधी से अधिक हिंदी फिल्म अंग्रेजी में ही तो होती है। परदे के पीछे अंग्रेजी बिना भावाभिव्यक्ति कितनी अधूरी लगती है। माँ जब से 'मॉम', बाबूजी 'डैड', बहन 'सिस', भाई 'ब्रो', पति और पत्नी एक-दूसरे के 'एजी' से हनी और मित्र 'फ्रेंड' हुए हैं, कहने-सुननेवाले सबके आत्मविश्वास में इज़ाफ़ा हो गया है। संबंध पहले से मधुर, प्राणवान और अर्थवान हो गए हैं। लिरिल साबुन की ताजगी, लाइफब्व्याव की तंदुरुस्ती और फेयर एंड लवली का निखार एक साथ साकार होने लगे हैं।

अमेरिका में भारतीय अपना घर-बार छोड़कर आए, पर अपनी भाषा, संस्कृति, धर्म और देश साथ लेकर आए। वैसे जो वे छोड़कर आए, वह सब अगर वे ढूँढ़ने भी जाएँ तो कहीं नहीं मिले। छोड़ने के बाद, भूलने के बाद दुबारा कुछ भी नहीं मिलता। यह गणित मात्र समय के साथ ही नहीं, हर वस्तु पर लागू होता है, लेकिन वे अभी भी सोचते हैं, जब वे भारत के किसी अमुक प्रांत, शहर अथवा गली में रहते थे, तो सबकुछ ऐसा था, वैसा था, जाने कैसा-कैसा था। सालों से पलट कर गए नहीं, लेकिन सीने से बीते दिनों के चिथड़े आज भी उतरे नहीं। मन और मस्तिष्क आज भी सिनेमास्कोप और श्वेत-श्याम में अटके हैं, जबकि हर कहीं डाल्बी और रंगीनी अपने पैर पसार चुकी हैं। उन्हें मालूम नहीं कि जब वे लौटेंगे, (अगर जो ऐसा हुआ तो) तो वह गली कब की नप चुकी होगी, मकान पर न जाने किसका कब्जा होगा (समान हड़पने के मामले में रिश्तेदार नहीं तो पड़ोसी कब काम आएँगे!), कस्बे के सिनेमाघर की जगह कोई मल्टीप्लेक्स अथवा मॉल, स्कूल के मास्साब की जगह उनके काबिल 'कान्वेंट एजुकेटेड किड', धर्म की जगह चंदे की होड़, गाँव की जगह गाँहर (गाँव का शहर में बदलने के कारण त्रिशंकु

वाली स्थिति), देश की जगह अंधाधुंध विकास का राग अलापते निर्माण से उत्पन्न धूल और ढूह और उनको फाँकती अरबों की आबादी, लेकिन चिंतन में वही पुरातन छवि लिये प्रवासी हवाई अड्डे पर सजल आँखों से स्मृतियों को टटोलते हैं, जो मिटने की तो क्या, धूमिल होने का भी नाम नहीं लेतीं।

अब चूँकि यहाँ हिंदी आवश्यक नहीं, तो प्रेम का उमड़ना आवश्यक है। अतिथि जो विरले आते हैं, उन्हें देखकर मन द्रवित हो जाता है, आँखें नम हो जाती हैं और ओंठों पर अस्फुट से राग उभर आते हैं—कुछ दिन और रहो अतिथि···

लेकिन वही जो वे बार-बार आने लगें तो जो मन पहले द्रवित था, वह अब ठोस (कठोर भी) हो जाता है। आँखों से जल गायब हो शोले से चुभने लगते हैं। यही बात बहुधा भाषा, संस्कृति और संस्कार पर भी लागू होती है। मालूम है कि लोग यह सुनकर तर्क-वितर्क करेंगे, लेकिन वे कब ऐसा नहीं करते। अब भिंडी और बैंगन, जो भारत में बच्चे (बड़े भी, लेकिन बच्चों पर थोपना आसान है) पूछते तक नहीं थे (आज भी कमोबेश वही स्थिति होगी), यहाँ विदेशों में वही पाने, बनाने और खाने के लिए मार पड़ती है। किसी चीज का मूल्य तभी पता लगता है जब वह दुर्लभ अथवा सुदुदुर्श हो जाए। अब श्रीकृष्ण जब द्वापर में घूमते थे तो लोग मानते ही नहीं थे कि वे भगवान् विष्णु के अवतार हैं, लेकिन उन्हीं विष्णुजी की झलक पाने के लिए लोग कल्पों तक तपस्या और प्रतीक्षा करते हैं।

तो हिंदी श्रद्धालु यहाँ बहुतायत में पाए जाते हैं—बोलते, पढ़ते, सुनते-सुनाते, खासकर आनेवाली पीढ़ियों को जोड़ते हुए। भाषा और संस्कृति की नाल पकड़े वे हजारों मील दूर चले आते हैं। धरती की परिमिति सीमित है और चाँद-मंगल पर अभी कोई बसता नहीं, नहीं तो वे उनसे भी परे अंतरिक्ष में चले जाते। यही सबकुछ अब उनकी अपनी मातृभूमि यानी भारत से ही नदारद है। दीप तले अँधेरा होना ही चाहिए अन्यथा सारा प्रकाश अगर तल ही समेट लेगा तो ऊपरवाले क्या करेंगे। वैसे तल का उत्तरदायित्व भी है ऊपर को आपूर्ति (सप्लाई) देना। पीनेवाले ऊपर-ऊपर पी जाते हैं, वाली बात

चरितार्थ हो जाती है। कुल मिलाकर द्रव्य के सिद्धांत के अनुसार भाषा और संस्कृति के प्रति रुझान की मात्रा इस धरती पर सुनिश्चित और संतुलित है। भारत में निरंतर ह्रास तो इसके बाहर इसका विकास होना ही था।

हिंदी यहाँ बच्चों को उनके प्राइमरी स्कूल में नहीं पढ़ाई जाती। इतना बड़ा काम विश्वविद्यालय के स्तर पर किया जाता है। उसी स्तर पर ही हो सकता है। कुछ मंदिरों में अथवा स्वयंसेवक अपने स्तर पर भी लोगों को हिंदी पढ़ाने का काम करते हैं। हिंदी की जरूरत हर किसी को महसूस होती है। कुछ अमेरिकी भी हिंदी पढ़ते और पढ़ाते हैं। अमेरिका में हर चीज का महत्त्व है। पढ़ें चाहे कुछ भी, लेकिन वह जीविका का साधन बन सकता है। अब हिंदी में पी-एच.डी करके भी भारत में भटकने के बजाय यहाँ थोड़ी-बहुत हिंदी जानकर और पढ़ाकर भी आप यूनिवर्सिटी में लग सकते हैं। मेधा का आदर यहाँ जितना है, वह संभवत: कहीं नहीं। भारत में शिक्षा का लक्ष्य नौकरी नहीं, वह तो किताबों से ही बाहर निकल नहीं पाती। किताब की दुनिया ही इतनी बड़ी है कि नौकरी तक उसका पहुँचना असंभव नहीं तो बहुत कठिन अवश्य ही है। वैसे भी नौकरी तो कोई भी कर लेता है। उच्च शिक्षा तो किसी-किसी को मिल पाती है। उसे नौकरी और रोजगार जैसी छोटी-मोटी बातों में लपेटना ज्ञानियों को शोभा नहीं देता।

अब भारतीय जहाँ हों, वहाँ संस्था कैसे नहीं होंगी। हिंदी की संस्थाएँ यहाँ बहुतायत में पाई जाती हैं। कुछ स्थापित हो विस्थापित भी हो चुकी हैं। कुछ वर्षों से चल रही हैं। चल रही हैं, कर क्या रही हैं अथवा कर क्या पा रही हैं, यह बहस का मुद्दा बन सकता हैं। जहाँ उत्तर उपलब्ध कराने में आशंका हो, वहाँ उसे हम बहस में बदल देते हैं और बहस चीज ऐसी है, जो चल सकती है, लेकिन नतीजे तक पहुँच नहीं पाती। कुछ संस्थाएँ नई-नई बन भी रही हैं। अब संस्था हो तो संघर्ष कैसे नहीं हो। अपने-अपने स्तर पर सब संघर्ष करते हैं। कुछ संस्था के भीतर, कुछ बाहर और कुछ बाहर और भीतर दोनों। हिंदी अथवा हिंदी की संस्था के प्रति सेवा भावना उतनी ही प्रबल है, जितनी कि भारत में दिखाई पड़ती है। इस अर्थ में भारत के लोग और बाहर बसे भारतीय मूल के लोग एकदम एक-दूसरे को टक्कर

दे रहे हैं। बात आपसी सौहार्द्र से बढ़ते-बढ़ते नोक-झोंक, छीना-झपटी, आरोप-प्रत्यारोप से होते-होते उठा-पटक तक आ जाती है। विस्मय की तो कोई बात ही नहीं है। स्वयंसेवक होते ही ऐसे हैं। जो सबकुछ अपने हाथ में ले लें, वही तो स्वयंसेवक है, स्वयं की सेवा करनेवाले।

बात कई बार अदालत तक चली जाती है। मामला हिंदी सेवा का जो ठहरा, किसी भी स्तर तक बात जा सकती है। संस्था के संविधान बनते-बिखरते रहते हैं। यहाँ तक कि संस्थाएँ टूट भी जाती हैं। लोग अपने-अपने हिस्से लेकर फिर से हिंदी की सेवा करने लगते हैं। ओह, ऐसी एकनिष्ठा निश्चय ही दुर्लभ है। दुर्गासप्तशती में असुरों का वह प्रसंग याद आता है, जब बिना सिर के ही वे असुरों के केवल धर देवी से युद्ध करने लगते हैं, लेकिन ये हिंदी के सेवक हैं कोई असुर नहीं।

साहित्य पढ़नेवाले भारत ही नहीं, अमेरिका में भी कम ही हैं। लिखनेवाले दोनों ही जगह पढ़नेवालों से अधिक संख्या में हैं। जहाँ पढ़नेवाले ही लिखने के लिए हाथ आजमा रहे हों, वहाँ पढ़नेवाले तो कम हो ही जाएँगे। विशुद्ध पढ़नेवालों की संख्या में लगातार कमी को देखते हुए इन्हें विलुप्त प्रजाति नहीं तो कम-से-कम विलुप्तता के कगार पर घोषित तो कर ही देना चाहिए। वैसे इस दिशा में बहुत भारतीय हिंदी प्रकाशक दशकों से तो पाठकों की उदासीनता का राग अलाप ही रहे हैं। आँकड़े सहेजने और खासकर साझा करने से इनको वैसे भी जन्मजात परहेज है। पुस्तकें छापते ही ऐलान कर देते हैं कि पुस्तक बिकेगी तो है नहीं। ये पुस्तक का प्रकाशन तो साहित्य सेवा के नाम पर करते हैं। पुस्तक लोगों में मुफ्त में बाँट देते हैं, ताकि साहित्य का प्रचार हो सके। जब लेखक कहता है कि पुस्तकें कहाँ गईं, तो कह देते हैं जाने कहाँ पुस्तक गई जी, यहीं-यहीं तो अभी रखी थी। लेखक जो अकस्मात पुस्तक मेले में प्रकाशक के स्टॉल पर पहुँच जाए, तो पूछनेवाले लोगबाग को बहाना कर देते हैं कि आज इनकी पुस्तक लाना ही भूल गए। कल जब लेखक महोदय नहीं आते, आखिर धरना दें भी तो कब तक, तो पुस्तक बेचना शुरू कर देते हैं। खैर, तू डाल-डाल, मैं पात-पात का खेल चलता ही रहता है।

बात पाठक और लेखक से खिसककर प्रकाशक तक चली गई, तो लेखक ही एक-दूसरे के पाठक बने बैठे हैं। एक-दूसरे को पढ़ना और पढ़े पर टिप्पणी करना साहित्यिक शिष्टाचार का हिस्सा है। आलोचक का अकाल तो यहाँ पहले से ही पड़ा है। बहुत लेखक हैं कि बस लिखे जा रहे हैं। कई बार इन्हें पता भी नहीं होता कि क्या लिख रहे हैं। बहुत लेखक तो बिना पढ़े भी बन जाते हैं, प्रशिक्षण की बात तो दिल्ली दूर है। सच ही तो है कालिदास और पाणिनी ने किन्हें पढ़ा था अथवा कौन सा प्रशिक्षण लिया था। आत्मविश्वास इतना बलवान हो तो कोई भी लेखक बन सकता है। कविता में कहानी, कहानी में कविता है और गीतों-ग़ज़लों की तो पूछिए ही मत। जितने लोग (लेखक) उतने ही लेखन के स्कूल, एक-दूसरे से सर्वथा पृथक् और निस्संग। स्तरीय लेखन के लिए एक आवश्यक शर्त यह भी है।

भारत की तरह ही अमेरिका में भी गाहे-बगाहे हिंदी सम्मेलन होते रहते हैं। सम्मेलनों में कवि और उसमें भी हास्य कवि सम्मेलन सबसे अधिक होते हैं। भारत से हास्य कवि हँसते-हँसाने हर साल आते हैं। कुछ कवि हैं, जिनके पास पूरा पैकेज है हर तरह के श्रोताओं और दर्शकों के लिए। होली, दशहरा, दीवाली, ईद-बकरीद, अषाढ़-सावन, सरदी-गरमी-सब अवसर के लिए उनके पास टीम है। हँसाने की पूरी गारंटी के साथ वे आते हैं। यह भी दावा करते हैं कि अगर लोग हँसे नहीं तो धन वापिस। इतना आत्मविश्वास मात्र कवियों में और उनमें भी हास्य कवियों में अधिक पाया जाता है। कुछ कवि तो अपने को अंतरराष्ट्रीय कवि भी कहकर बुलाते हैं। उसका यह अर्थ भी है कि वे देश-विदेश के सभी श्रोताओं-दर्शकों के लिए उपयुक्त हैं। अब अगर जनकवि, प्रगतिवादी, आधुनिक जैसे विशेषण पहले से ही विद्यमान हैं तो उनमें एक और जुड़ जाए तो क्या बुरा है? ऐसे अंतरराष्ट्रीय कवि अथवा कुछ लोकल कवि भी जब दूल्हे जैसे परिधान में सजे-धजे मंच पर एक कोने से दूसरे कोने तक उछल-कूद करते और गाते-बजाते हुए कविता सुनाते हैं, तो श्रोता भी श्रव्य से नहीं सही, दृश्य से प्रभावित हुए बिना रह नहीं पाते। श्रोता भी ऐसे हैं कि जो पैसे लगाकर अथवा टिकट कटाकर गए

हों कार्यक्रम में तो उसका पूरा सदुपयोग करते हुए, अफरे पेट और चाय-कॉफी की चुस्कियों के बीच हँसने का कोई भी अवसर चूकते नहीं। कवि और कविता के कारण नहीं भी तो वातावरण के अनुसार अथवा कर्तव्य भाव से तालियाँ बजा देते हैं और हँस भी लेते हैं। इसी तरह हास्य-कवि सम्मलेन हँसते-हँसाते सफल हो जाते हैं।

अब कुछ प्रवासी लेखकों में जो अधिक जागरूक हैं, उन्होंने भारत के साहित्य-समाज से अपना हक माँगना शुरू कर दिया है। बिना माँगे कुछ मिलता नहीं, यह मंत्र इन्हें मालूम है। अब तो पुरस्कारों के लिए भी कुछ साहित्यकार इसी मंत्र का जाप करते रहते हैं। कुछ जो थोड़े अधीर हैं, वे पुरस्कार और उसे प्रदान करनेवाली संस्थाओं के विरुद्ध इतना ही न प्रचार करते हैं कि तंग आकर एक दिन उन्हें वह पुरस्कार दे दिया जाता है। फिर पुरस्कार वितरण समारोह में पुरस्कार प्राप्त करनेवाला साहित्यकार अपने लंबे अभिभाषण में कहीं यह भी बता देता है कि इस पुरस्कार के उन्हें मिल जाने के कारण अब वे समाज में सुरक्षित अनुभव कर रहे हैं और पुरस्कार देनेवाली संस्था के प्रति उनकी आस्था अब प्रबल हो उठी है। हो भी भला क्यों नहीं, अभीष्ट के प्राप्त होने पर तो भक्त भगवान् की स्तुति तो करता ही है। खैर, भारत के साहित्यकार-आलोचक हैं, जो नहीं-नहीं की लोरी सुना-सुनाकर प्रवासी साहित्य के नवांकुरों (नौनिहालों) को रिझाने, फुसलाने, बहलाने और झिड़कने में लगे हैं। कुछ कहते हैं कि प्रवासी लेखन अभी शैशवास्था में और उन्हें माता-पिता (भारतीय लेखक समुदाय) के प्यार, दुलार और संरक्षण की आवश्यकता है। अब यह बात और है कि ये तथाकथित साहित्य के पितामह स्वयं आज तक तमाम प्रकार के आरक्षण की चुसनी को मुँह में लगाए दशकों से लेखन के नाम पर तुतला रहे हैं। यह तो ठीक वैसे ही कि खुद चड्ढी पहने एक बच्चा अपने छोटे भाई को चड्ढी पहनना सिखा रहा हो। खैर, सीखना-सिखाना अब ऐसा ही होता है। न अर्जुन-एकलव्य जैसा कोई शिष्य है और न ही द्रोणाचार्य जैसे गुरु। तमाम विरोध और समर्थन के बावजूद प्रवासी विशेषांकों का त्यौहार हर छमासे-सालाने किसी-न-किसी पत्रिका द्वारा मना ही लिया जाता है।

हिंदी सेवियों का एक ऐसा वर्ग भी है, जो रोजगार अथवा सामाजिक पहचान के लिए हिंदी से जुड़ा अवश्य है, लेकिन मन से हिंदी का उतना ही विरोधी है, जितना कि अगर वह भारत में होता। राष्ट्रीय मतभेद अंतरराष्ट्रीय स्तर पर दुर्बल पड़ जाता है। गाँव के लोग शहर में, शहर के लोग महानगर में और देश के लोग विदेश में बंधु हो ही जाते हैं। अब बंधु हैं, इसका अर्थ थोड़े ही है कि हर मोरचे पर बंधुत्व कायम रहेगा। वैचारिक और सांस्कृतिक सेंध भी कोई चीज होती है, जो अपनों के यहाँ अपनों के साथ रहकर ही लगाई जा सकती है।

हिंदी में भी अमेरिका छाया हुआ है। हिंदी साहित्य अब बिना अमेरिकी छौंक के बेस्वाद लगता है। साहित्य के साथ-साथ संस्कृति पर भी अमेरिकी प्रभाव प्रबल है। भारत से हिंदी लेखक अथवा कवि, जब अमेरिका की यात्रा पर निकलता हैं, तो लगता है, जैसे कोई तीर्थ पर जा रहा हो। जैसा सामर्थ्य (जोड़-तोड़वाली) उतनी ही यात्राएँ हो जाती हैं। ग्रह-तारों की दशा अच्छी हुई, तो साल में दो-तीन बार तीरथ कर आते हैं। हर यात्रा के बाद 'बायोडाटा' में यह जोड़ दिया जाता है। लोकल साहित्य मंडली में उनका पद पहले से बड़ा हो जाता है। लोगों की ललचाई नज़र में वे उठने लगते हैं गुब्बारे की तरह। कई बार सतह से इतने ऊपर उठ जाते हैं कि सतह पर के सब लोग बौने नज़र आते हैं। अब उनकी डायरी के नए पन्नों, कहानी, कविता, लेख आदि में अमेरिका ही अमेरिका है। गंगा की जगह हडसन, हिंद के स्थान पर अटलांटिक, हिमालय के बदले रॉकी उनकी प्रतीकों, प्रतिमानों और प्रेरणाओं में सम्मिलित हो जाते हैं। उनकी पसंद के साहित्यकार तो पहले से ही अमेरिकी थे।

हिंदी फिल्म के कलाकारों का एक दल अमेरिका पधारता है। कहानी का नायक अमेरिका पढ़ने आता है, फिर पढ़ने के बजाय रोमांस करने लगता है। यह सब मुंबई में भी फिल्माया जा सकता है, लेकिन वे सब लोकेशन (स्थान) अब आउटडेटेड (पुराने) हो गए है, फिल्म का निर्देशक अथवा निर्माता ऐसा सोचता है। मैनहट्टन में मारपीट, नियागरा के पास नाच अथवा

गोल्डन गेट के ऊपर दौड़ती गाड़ी के दृश्य में अमेरिका की आत्मा स्वतः उतरने लगती है। दर्शकों की आँखों की चमक दुगुनी हो जाती है, आँखें नम और होठ तर। फिल्म हिंदी की है, पर दो तिहाई संवाद अंग्रेजी में लिखे जाते हैं। हिंदी फिल्मों का प्रसार अब ग्लोबल (वैश्विक) जो हो चला है। इलीट (संभ्रांत) समाज को प्रतिनिधित्व भी करना है। एक पंक्ति में अगर दो-चार अंग्रेजी के नगीने लगें तो सौंदर्य में चार चाँद लग जाते हैं। हिंदी फिल्म अब मनोरंजन से ऊपर उठकर आधुनिक समाज को एक नए मुकाम पर पहुँचाने में लगी हैं।

संक्षेप में इतना तो कह ही सकते हैं कि हिंदी अब अंतरराष्ट्रीय हो चली है।

□

विज्ञापन बिना

कभी आपने सोचा कि विज्ञापन बिना यह दुनिया कैसी होती। विज्ञापन ने समाज को समझना, सभ्यता को सोचना और संस्कृति को सँवरना सिखलाया। बचपन में हमारी आँख खुलते ही वैद्यनाथ का लाल दंतमंजन अथवा कोलगेट टूथपेस्ट का सुरीला विज्ञापन कानों में घुलने लगता, कभी अपने घर के रेडियो तो कभी पड़ोसी की खिड़की से। भारत में सद्भाव और सहयोग की संस्कृति जैसी है, वैसी कहीं नहीं। हम सोचते हैं कि अपने रेडियो से अगर जो संगीत अथवा समाचार सुनकर लाभान्वित हो रहे हैं, तो हम अपने पड़ोसियों को इसमें शामिल किए बिना रह ही नहीं सकते। मन कचोटने लगता है। कई बार साझा करने का स्तर इतना ऊँचा और भावना इतनी प्रबल होती है कि एक साथ समाचार, विज्ञापन, भजन, कव्वाली, प्रेम गीत, विरह गीत, पाप, डिस्को, ठुमरी, दादरा, ध्रुपद के साथ एक से लेकर तीन ताल और कहरवा सब वातावरण में एक साथ गूँजने लगते हैं। सारे पड़ोसी घर के रेडियो, टेपरिकार्डर खिड़की पर लाकर रख देते हैं, ताकि सब लोग इसका आनंद उठा सकें। टेलीविजन भी भरसक खिड़की के पास ही रखा जाता है और जो दूर ही रखना पड़ जाए, तो उसे चलाते हुए घर की सारी खिड़कियाँ खोल दी जाती हैं, ताकि कार्यक्रम का अधिक-से-अधिक हिस्सा अधिक-से-अधिक लोगों तक पहुँच सके। अकेले इसका आनंद उठाने का अपराध बोध (गिल्ट) हमारे बरदाश्त के बाहर है। कहीं विज्ञापन का बोलबाला है, कहीं हरि दर्शन की प्यासी अँखियाँ, कहीं प्रधानमंत्री का देश के विकास का

आह्वान है, कहीं बी.बी.सी. और वाइस ऑफ अमेरिका को भारत के लिए सलाम है, कहीं राष्ट्र के लिए बलिदान का ओज है, तो कोई हीरो अपनी खोई हीरोइन के लिए भटकते हुए चाँद और तारों से रास्ता पूछ रहा है। हर तरफ हर कोई व्यस्त है। सुबह सात बजते-बजते उत्सव का वातावरण तैयार हो जाता है। मैं तो होशोहवास में ही नहीं। इतने में से क्या याद रखूँ, क्या भूल जाऊँ की तरह दिन की शुरुआत होती है।

अब जीवन बीमा का विज्ञापन नहीं होता, तो हमें यह पता ही नहीं लगता कि हमारे अपने कितने अपने और प्यारे हैं। वह तो बीमा कंपनी के विज्ञापन से पता लगता है कि अगर हम अपने परिवार से प्यार करते हैं, तो हम बीमा जरूर करा लें। बीमा कंपनी अपने विज्ञापन में डराकर तो कभी पुचकार कर हमें अपने दायित्व का भान कराती है। इनके अनुसार ऊपरवाले से भी अगर कोई भरोसेमंद है, तो वह बीमा कंपनी और उसकी विविध योजनाएँ। इतनी विनम्रता वे दिखा जाती हैं कि कहती हैं कि कल के बारे में कोई नहीं जानता। नहीं तो आज का कारपोरेट आनेवाले कल के बारे में सबकुछ जानता है। (आज और बीते कल को तो सभी जानते हैं…)

हमारे जीवन का ऐसा कोई कोना अथवा क्षण नहीं, जहाँ विज्ञापन ने हमारा साथ छोड़ा हो। आज के समय में अपने से अपने भी जहाँ एक समय आपका साथ छोड़ देते हैं, वहाँ तो मुझे लगता है कि विज्ञापन ही एक मात्रा ऐसा है, जो हमेशा आपके हित, आपकी उन्नति और आपका साथ देने के बारे में सोचता और करता रहता है। सोच, कथनी और करनी में फर्क जानना हो तो हमारे नेता इसके लिए आदर्श हैं। अब जब बात नेताओं की होती है, तो नेता नाम के प्राणी सिर्फ राजनीति में ही नहीं, यत्र-तत्र-सर्वत्र पाए जाते हैं, मसलन धर्म, शिक्षा, व्यवसाय, खेल-कूद, साहित्य-संस्कृति आदि। अब नेतागिरि का पाठ पढ़ाने के लिए हर जगह विशेष व्यवस्था की जाती है। नेताओं ने राजनीति में ऐसा सुघड़ प्रदर्शन किया कि उनसे प्रभावित होकर हर क्षेत्र ने अपने-अपने नेता पैदा कर लिये। खैर, उनका महिमागान एक लेख में तो संभव भी नहीं।

विज्ञापन ने आपके दाँत-आँख-कान से लेकर साबुन-तेल-शैंपू, कपड़ा-लत्ता, पढ़ाई-लिखाई, घर-मकान, दवा-दारू, शादी-ब्याह, जन्म-मरण, देश-परदेस यहाँ तक कि धरती से लेकर अंतरिक्ष तक, सबकी जिम्मेवारी ले रखी है। किस मंजन से आपके दाँत कमल से खिल उठेंगे, वह आपको विज्ञापन में पता चलता है। यही नहीं, दाँतों के प्रकार, उनकी संरचना और उत्तम रख-रखाव की जितनी जानकारी मुझे विज्ञापन से मिली, उतनी तो जीव-विज्ञान के कठोर अध्ययन से भी नहीं। यही नहीं, कंपनियों की एक-से-एक हिदायतें और सुझाव कि दाँत तो दाँत, मन भी चमक उठता है। जीवन में एक उल्लास भर उठता है। आँखों को लेकर, चाहे वह चश्में का विज्ञापन हो अथवा लेसिक शल्य का अथवा दैनंदिन के रख-रखाव का, ऐसा लगता है कि विज्ञापन न होता, तो हम दुनिया को वैसा नहीं देख पाते जैसा कि आज देखते हैं। चश्मा लगते ही सबकुछ साफ हो जाता है, पेड़ पहले से हरे, फूल रंगीन और अपने और भी आत्मीय। विज्ञापनवाले लोग बीच (समुद्र तट) पर या तो दौड़ने लगते हैं, जंगल में खो जाते हैं अथवा खुशी के मारे उड़ने भी लगते हैं। मैं अपने सोफे पर बैठा अपने को उनका हिस्सा समझ आनांदातिरेक में झूम उठता हूँ। मुझे तो विश्वास है एक दिन आत्मा को भी ठीक-ठीक देखने का चश्मा आएगा और उस विज्ञापन को देखकर कुछ लोग लाभान्वित होंगे। वैसे कुछ ही लोग आत्मा जैसे विषय में रुचि रखते हैं। रही बात कान की तो अगर आपने विज्ञापन को ठीक से सुना ही नहीं, तो आपको तो अपने कान का इलाज करा ही लेना चाहिए।

हमने विकास जरूर किया है और गाँवों से निकलकर हम शहर अथवा मेट्रो की ओर भाग चले हैं, लेकिन बुनियादी चीजें अभी भी नहीं बदलीं। अभी भी साबुन-तेल-शैंपू, रंग-रोगनवाली कंपनियाँ ही भाग्यशाली 500 की लिस्ट में सबसे अधिक लटकी हैं। इसी से पता चलता है कि बुनियाद की कितनी महत्ता है। अब साबुन का विज्ञापन देख कितने लोग, जो महीनों से नहाए नहीं अथवा जो शरीर के स्नान को अधिक महत्त्व नहीं देते, वे भी प्रभावित होकर नहाने बैठ जाते हैं। नहीं तो कम-से-कम विज्ञापन में नहाते

लोगों को देखने का आनंद तो उठाते ही हैं। विज्ञापन में कोई झरने के नीचे तो कोई नदी के किनारे तो और तो कोई-कोई अपने स्नानघर में ही सही, लेकिन नहाते हुए हर कोई मंत्रमुग्ध है। ऐसे में कोई सिद्ध व्यक्ति ही होगा, जो प्रभावित हुए बिना रहेगा। दिन में बीसों बार देखकर लोग नहाने की प्रेरणा आखिरकार ले ही लेते हैं।

जितने प्रकार के विटामिन मैंने शैंपू के विज्ञापन में देखे अथवा सुने, वे इस सृष्टि में भी पाए नहीं जाते। सफेद कोट पहने शोधकर्ता जब फ्लास्क में रखे किसी घोल को दिखाकर कहता है कि यह इस शताब्दी का सबसे बड़ा शोध सिर्फ आपके बालों के स्वास्थ्य और रख-रखाव के लिए किया गया है, तो वह कौन है, जिसका सिर श्रद्धा से नहीं झुक जाएगा। मेरे बाल तो यह देख-सुनकर ही स्वस्थ और लहराने लगते हैं, क्योंकि खरीदने की लिस्ट में शैंपू का कई बार अगले महीने की लिस्ट में तबादला कर दिया जाता है, लेकिन महिलाएँ हैं, जो अपने से अधिक अपने बालों से प्यार करती हैं। उनके लिए यह विज्ञापन प्रभु के वरदान से कम असरकारक नहीं।

अमेरिका में गंजों के सिर पर बाल उगाने का विज्ञापन भी खूब दिखाई देता है। इसके बाद भी दुनिया में अमेरिका में जितने गंजे पाए जाते हैं, संभवतः उतने कहीं भी नहीं। विज्ञापन में तरह-तरह के तेल, नुस्खे और कृत्रिम तरीके से बालों को उगाने के बारे में युगांतकारी जानकारी मिल जाती है। एक बार हिसाब लगा कर देखा तो लगा कि एक बाल उगाने का खर्च 20 डॉलर अथवा 800 रुपए पड़ेंगे। कुछ लोग तो चुकाने-जुटाने की चिंता में ही गंजे हो जाएँगे, वहीं बहुत लोग बालों में हाथ फिराते विज्ञापन के नायक बन जाएँगे। नकली बालों का बाजार भी कम गरम नहीं। कई बार तो लोग तमाम उम्र नकली बालों में निकाल देते हैं। जब पता चलता है, तब तक देर हो चुकी होती है और अपने बाल नोचने के सिवा कोई चारा नहीं नजर आता।

अमेरिका में खाने के विज्ञापन पर भी बहुत जोर है। लोग घर में खाना बनाते नहीं, तो विज्ञापन उनके लिए जरूरी हो जाता है। बड़ी-बड़ी थाल अथवा टोकरी में रंग-बिरंगे किस्म के भोज्य, जिनमें मुरगी अथवा झींगे ही

अधिक होते हैं, को अगर एक बार बड़े टीवी स्क्रीन पर देख लें, तो आपकी भूख आप पर हावी हुए बिना नहीं रहेगी। विज्ञापन में यह भी बताया जाता है कि किस तरह रेस्तराँ पहुँचकर लोग एक परिवार अथवा संबंधी में बदल जाते हैं। यह विज्ञापन दहेज नहीं देने और लेनेवालों के बीच निश्चय ही संबंध जोड़ने का काम करेगा अथवा सौदा तय करने से पहले कंपनियों के आला अधिकारियों को निश्चय ही वहाँ जाना चाहिए। जितने लोग, उतने रेस्तराँ और उतने ही प्रकार के व्यंजन और बनाने की विविध विधियाँ। आपने अगर इनके विज्ञापन नहीं देखे, तो संभवत: इस जन्म को आप व्यर्थ में ही व्यतीत कर रहे हैं। बाकी लोग तो टी.वी. पर विज्ञापन देखते ही फोन से खाना मँगा ले रहे हैं और खाते-खाते दूसरे विज्ञापन का लाभ उठा रहे हैं।

आप जब खा-खाकर मोटे हो रहे हैं, तो ऐसे में वजन घटाने के विज्ञापन की महत्ता आप नहीं समझेंगे, तो और कौन समझेगा? अधिक वजन से जुड़े एक से एक खतरे और उनसे होनेवाली बीमारियों के बारे में जानकारियाँ आपको विज्ञापन से ही तो मिलती हैं। फिर वजन को घटाने के उपाय (सस्ते और सरल) भी विज्ञापन ही तो बताते हैं। कुछ लोग उछल-कूद कर वजन घटा रहे हैं, कुछ लोग खाना कम करके तो कुछ लोग वजन कम करनेवाले खाने खाकर और यह सब विज्ञापन के माध्यम से ही तो हो रहा है। पहले और बाद की कमर और पेट को देखकर कोई मोटी अक्ल का व्यक्ति ही किसी ऐसे विज्ञापन को नकार देगा। मैं तो सोफा पर पड़े-पड़े ही पेट पर हाथ फेरते हुए हल्का अनुभव करने लगता हूँ। मेरी तो वैसे भी बात अलग है, मैं हर विज्ञापन को बहुत ही गंभीरता से लेता हूँ। जहाँ डरना हो, वहाँ वाकई डर जाता हूँ, जहाँ खुश होना है, वहाँ खिलखिलाने लगता हूँ और जहाँ आशावान होना है, वहाँ तो पूछिए ही मत। खैर, मेरे जैसे लोग नहीं होते सब। कुछ लोग हर विज्ञापन में कुछ-न-कुछ खोट निकालते हैं। मैं ऐसे लोगों से अब दूर ही रहता हूँ। टेलीविजन पर फिल्म देखते हुए किसी खास रहस्योद्घाटन के ठीक पहले अथवा क्रिकेट मैच में जब साँस अटकी हो और जो विज्ञापन आ जाए, तो ऐसे लोग आत्महत्या करने अथवा हाथापाई पर उतारू हो जाते

हैं वहीं मैं चुपके से विज्ञापन का आनंद उठाने लगता हूँ। मैंने कितनी बार कहा है कि एक चैनल मात्र विज्ञापन के लिए हो, लेकिन कोई मेरे सुझाव को मानता नहीं। विज्ञापन वाले आपके बीच आपके महत्त्वपूर्ण समय में आकर आपको लाभ दिलाना चाहते हैं। आप उनकी निष्ठा को समझें और विज्ञापन के प्रति अपने मन में तनिक भी मैल नहीं रखें।

□

सोशल नेटवर्किंग

हर युग विशेष होता है और उसे कुछ–न–कुछ नाम से पुकारा जाता है, जिनका काम है पुकाराना, वे बिना पुकारे रह भी नहीं सकते। बाकी रहे हम जैसे लोग, दूसरे जो कहें, हम उसे सिर झुका कर मान लेते हैं।

इसी आधार पर आज इंटरनेट का युग है। कोइ तीस–पैंतीस साल पहले यह सब शुरू हुआ होगा। अगर समयावधि में कोइ त्रुटि रह जाए, तो मुझे दोष मत दीजिएगा, यह मैंने अपनी बुद्धि अथवा अनुमान से लिखा है। इंटरनेट के आगमन ने जमाने को बदलकर रख दिया। जमाना एक ऐसी चीज है, जो बदलने के लिए सबसे आतुर रहता है। कंप्यूटर जब आया, जमाना बदल गया। उसके पहले कार और हवाई जहाज आए थे, तो भी जमाना बदल गया था। वैसे भी बदलनेवाले को कौन रोक सकता है ? कुछ तो बिन कारण ही बदल जाते हैं। जमाने के पास तो फिर भी पर्याप्त और उसमें भी वैधानिक कारण है।

इंटरनेट ने वास्तव में बहुत कुछ बदल के रख दिया है। फाइलों के बड़े–बड़े बंडल कंप्यूटर नामक डिब्बे में बंद हो गए। हर मेज पर एक आदमी (अथवा महिला) बैठा है और उसके आगे एक (कई बार एक से अधिक भी) कंप्यूटर। कभी ध्यान से देखें अथवा गौर करें, तो आपको लगेगा कि आदमी कंप्यूटर के रूप में अपने सिर को मेज पर रखे बैठा है। बात सही भी है। अब आदमी का दिमाग चलता भी कहाँ है—जो करता है, वह तो कंप्यूटर ही है, जिसका जितना अधिक दिमाग, उतनी ही संख्या में कंप्यूटर अथवा दूसरे यंत्र उसकी मेज के आगे आप देखेंगे। बचपन में भूत–प्रेत की कथाओं

में सुनता था कि चुड़ैल अथवा डायन अपना सिर आगे रखकर जुएँ खोजती और मारती थीं। तब तो अचरज के साथ दम साधे ये बातें मैं सुना करता था। आज सोचता हूँ, तो लगता है कि वह बहुत आश्चर्यजनक नहीं था।

एक बात तब भी परेशान करती थी और आज भी कि जुओं ने किसी को भी नहीं छोड़ा। अब जीवित लोगों का खून तो सभी चूसते हैं। चिपकने, चूसने और लदे रहनेवाले परजीवियों की तादाद में कभी कमी आई नहीं, लेकिन भूत-प्रेत को तो मैं बहुत श्रद्धा की दृष्टि से देखता था और सोचता था कि सांसारिक कष्ट, व्याधियों और उपद्रवों से तो वे परे रहते होंगे, फिर ये जुएँ? कौन जाने सारे रहस्य सुलझाए नहीं जा सकते।

कंप्यूटर ने आदमी की खोपड़ी को तो मेज पर ही लाकर रखा था, लेकिन इंटरनेट ने तो तमाम चीजों को धरातल से उठाकर तरंगों में परिवर्तित कर ऐसे काल्पनिक स्थान पर रख दिया है, जिसका आम आदमी अनुमान भर ही कर सकता है, पर जानकार लोग उसे श्रद्धा से साइबर स्पेस के नाम से बुलाते हैं। वहाँ सबकुछ उपलब्ध है अथवा सबकुछ वहीं उपलब्ध है। आज हम उसके बिना नितांत अकेले, असहाय और दीन-हीन हो जाएँगे। आज सारी दुनिया वर्चुअल यानी अवास्तविक होती जा रही है। वैसे भी इस दुनिया में, वास्तविक चीजों की संख्या में रात-दिन गिरावट दर्ज होती रही है। अब सबकुछ वर्चुअल होने के कारण साइबर स्पेस का उपनिवेश हो गया है। किताब ढूँढ़ने के लिए लोग अब पुस्तकालयों के चक्कर नहीं लगाते वरन् इंटरनेट पर ही पा जाते हैं। पता ढूँढ़ना हो तो चाय-पान की दुकान पर खड़े होकर अब पूछना नहीं होता, लोग पहले ही से इंटरनेट पर पता कर लेते हैं। इस कारण, जहाँ चाय-पानवालों का व्यवसाय प्रभावित हुआ है (लोग पूछने आते तो चाय-पान तो यदा-कदा ले ही लेते थे) वहीं चार लोगों से परिचय करने-कराने, हित-मित्र बनने-बनाने का सिलसिला भी टूट रहा है। अब तो आप हर चीज खरीद-बिक्री भी इंटरनेट पर कर सकते हैं। ये सब तो छोड़िए लोग तो अब वहाँ शादियाँ भी रचा रहे हैं। कितनी गिनती कराई जाए, इतना भर जानिए कि हम इंटरनेट के और इंटरनेट हमारा है दफ्तर, स्कूल, अस्पताल,

सरकार, समाचार, खान-पान, रेस्तराँ…अब इतना कुछ उपलब्ध करानेवाला लोगों की आँखों का तारा भला कैसे न हों!

देखते-देखते वह दिन भी आया, जब लोगों ने इंटरनेट को एक-दूसरे से कुछ-कुछ साझा करने का मंच बनाया। आदमी स्वभाव से ही सामाजिक प्राणी है। यह बात और कि आखिर यह समाज है क्या? इस तर्क-वितर्क में न जाकर हम आपको सीधे आपके साधन, साध्य और आराध्य से परिचय करवा दें—सोशल नेटवर्किंग को आप हिंदी में अंशत: सामाजिक मेल-मिलाप कह सकते हैं। वैसे अनुवाद के टेढ़े रास्ते न जाकर इसके अंग्रेजी नाम को ही गले लगा लें, जैसा कि अकसर सहज होता है, तो यह युगांतकारी और अद्‍भुत है। गपियाने की वही प्राचीन विवशता, देखने-दिखाने की वही आतुरता, ताकने-झाँकने की वही आध्यात्मिक उत्कंठा को भुनाने के उद्‍देश्य से अमेरिका के एक होनहार युवक ने अपने कमरे में वर्षों की एकांत साधना के बाद एक वैदिक मंत्र की तरह इसका संधान किया और नाम दिया फेसबुक। यह वही आदिम भूख है, जिसके लिए गुफा से निकलकर मनुष्य ने धरती और अंतरिक्ष पर अपने प्रभुत्व की छतरी तान रखी है। यह ऋषि भी उसी गुरुकुल परंपरा से है, जहाँ पहले कभी यू-ट्यूब, ब्लॉग, ऑरकुट जैसे मानव कल्याणार्थ सोशल नेटवर्किंग स्थानों की संकल्पना, संरचना और पूजा-अर्चना हुई थी। लोग तब भी अभिभूत थे और आज भी हो रहे हैं। हों भी नहीं तो कैसे, युगों-युगों में कभी-कभी ऐसा होता है। मुझे आश्चर्य नहीं होगा अगर जो कोई नेस्त्रादम्स की भविष्यवाणियों के दोहों का सही शाब्दिक अर्थ बाँचकर इस अभूतपूर्व घटना के घटित होने की भविष्यवाणी को उद्‍घाटित कर दे। नेस्त्रादम्स की भविष्यवाणियाँ कुछ इस लहजे में हैं कि आप अपनी श्रद्धानुसार, जो चाहे, अर्थ लगा सकते हैं। ऐसा करनेवालों की कभी कमी तो रही नहीं है। रातोरात वीडियो बनने लगे, यू-ट्यूब पर डलने लगे और लोग देख-देखकर आनंदित होने लगें। देखते-देखते लोगों ने यू-ट्यूब पर सबकुछ डाल दिया—भजन-संध्या, लोरी, कविता, समाचार, पुरस्कार, यहाँ तक कि बच्चे-घर-परिवार। कुछ भी गोपनीय नहीं रहा। लोगों ने घर का अगवाड़ा, पिछवाड़ा, यहाँ तक कि बैठकखाना, बेडरूम तक का

भी वीडियो बनाकर यू-ट्यूब पर रख दिया। श्रद्धा में सुध किसे रहती है। अब जब साझा करना तो फिर डरना अथवा शरमाना क्या···

ब्लॉग आया, तो लोग रातोरात लेखक, पत्रकार, चिंतक और आलोचक हो गए। बुद्धिजीवी तो पहले से ही थे। कोई भी पीछे नहीं रहा। बुद्धिजीवी (तथाकथित) तो बुद्धिजीवी, मूर्खों (तथाकथित) ने भी अपनी उपस्थिति दर्ज कराई। लोगों ने जमकर लिखा, थोड़ा-बहुत पढ़ा और प्रसार के हर माध्यम का भरपूर प्रयोग किया। लोग तो लोग, बड़ी-बड़ी कंपनियों ने भी इसका सहारा लिया। हिंदीवाले अब किसी चीज में पीछे नहीं रहते वरन हाथ धोकर पीछे पड़ जाते हैं। अब स्वांत: सुखाय, तो कुछ होता नहीं, यह तुलसीदास सरीखे लोगों को शोभा देता होगा, जो मात्र अपने सुख के लिए लिखते थे। आज के लोग और खासकर लेखक-कवि इतने स्वार्थी नहीं। अब तो ऐसे लोग अगर कुछ लिखते हैं, तो स्वयं उसका सुख लूटने से पहले लोगों में लुटा देना चाहते हैं। फिर तो जब ई-मेल से सूचित करने के बाद भी लोग ब्लॉग पर नहीं जुटते, तो फिर फोन और अंतत: घर पहुँचकर इत्तिला दे देते हैं भाई (अथवा बहन), मैंने कुछ अद्भुत लिखा है, पढ़ लो अन्यथा दोष मत देना कि मित्र (भाई अथवा बहन भी) होकर छुपा ले गए। अब सामनेवाला भी सिर्फ पाठक थोड़े ही है, वह आपको अपने कंप्यूटर पर बिठाकर दस-पंद्रह पृष्ठों का अपना ताजा लेख पढ़वा देता है। आदान-प्रदान में कोई भी पीछे नहीं। अब हताश-पताश हो, जब आप लौटते हैं, तभी विचार कर लेते हैं कि अबकी बीस-पच्चीस पृष्ठों का ब्लॉग लिखकर उसके ब्लॉग पाठ का एहसान उतार दूँगा। यह क्रम चलता रहता है। समाज, साहित्य और संस्कृति दिन दूना रात चौगुना मोटे पर मोटे होते जा रहे हैं।

फेसबुक से पहले उनके बड़े भाई ऑरकुट से मिलते चलते हैं। जब ऑरकुट अवतरित हुआ था, तो लोगों ने उसे हाथोहाथ लिया था। जी भरकर स्क्रैप लिखते और एक-दूसरे को पढ़ते-पढ़वाते। कई बार दूसरों पर स्क्रैप लिखने के लिए दबाव भी डालते। लोग उसे स्क्रैप क्यूँ कहते थे, यह आज तक मेरी समझ में नहीं समा सका। मैं पूरे समय ऑरकुट का सदस्य बनने के

सपने देखता ही रहा कि तब तक हल्ला मचा कि फेसबुक आ गया है। लोग जो ऑरकुट के चरणों में बैठे थे वे उसके खड़ाऊँ छोड़कर फेसबुक की ओर लपके। राजा भरत को श्रीराम मिले। आँसुओं की धार निकल पड़ी। लोग निहाल हो गए (बाद में कुछ लोग बेहाल भी)। जितनी फोटो ऑरकुट पर डली थीं, उतरने लगीं और रातोरात फेसबुक पर सजने लगीं। ऐसा राज्याभिषेक किसी काल में किसी का भी नहीं हुआ। आधी से अधिक दुनिया आज फेसबुक पर अपनी उपस्थिति से स्वयं कृतार्थ हो और दूसरों को भी कर रही है।

कुछ लोग सुबह आँख मलते, बिना दाँत माँजे, चश्मा धारण कर कंप्यूटर के आगे बैठ जाते हैं। अपनी नहीं तो उधार ली हुई सूक्तियों के साथ लिखते हैं सुप्रभात। आजकल फेसबुक पर संदेश देने के लिए भी सुबह उठना हो जाता है। बड़े-बुजुर्ग, जो कह-कहकर थक गए, आज वह फेसबुक की कृपा से संभव हो पा रहा है। स्नान-ध्यान, नाश्ता-पानी करते समय भी सोचते रहते कि कुछ ठोस लिखना होगा, लेकिन इतना भर लिख पाते हैं, ऑफिस जा रहा हूँ। ऑफिस पहुँच कर लिखते हैं ऑफिस पहुँच गया हूँ। दिल लग नहीं रहा। दिल लगे भी तो कैसे, काम दिल लगाने की चीज तो है नहीं। फिर लिखते हैं, व्यस्त हूँ (यह पता नहीं चलता कि काम में अथवा···)। देखते-देखते दोपहर हो जाती है। समय रुका तो रहता नहीं। लिख देते हैं, लंच करने जा रहा हूँ। जल्दी-जल्दी में लंच करने के बाद लिखते हैं आह···घर का भोजन, मजा आ गया और माँ की याद भी आ गई (भोजन पत्नी ने बनाया था वैसे)। लंच के बाद भरपेट अलसाते हुए फिर लिखते हैं—ऑफिस के बाहर का नजारा अद्भुत है। धूप है तो धूप, बरसात है तो बरसात और जो कुछ नहीं तो धूप अथवा बरसात अथवा दोनों की उम्मीद। कुछ और नहीं सूझता तो लिख देते हैं आज ही के दिन पचास साल पहले जनमे थे अथवा शादी हुई थी (नौकरी लगने की बात अनदेखा कर देते हैं)। अगर ऐसा कुछ व्यक्तिगत नहीं हुआ था तो किसी-न-किसी महान् हस्ती का कुछ-न-कुछ हुआ ही होगा, वही लिखकर कभी नमन तो कभी अफसोस कर लेते हैं।

समय फिर गुजरने लगता है। घड़ी-घड़ी की खबर दर्ज करते रहते

हैं—कहीं चुनाव, तो कभी क्रिकेट, कोई साहित्यिक-सांस्कृतिक समारोह, गली-गली, शहर-शहर, देश-विदेश के समाचार पढ़ते और फेसबुक पर डालते रहते हैं। यह सब निःस्वार्थ-निष्काम भाव से बिना कोई फल की आकांक्षा के करते रहते हैं, ठीक वैसे ही, जैसा कि श्रीकृष्ण ने महाभगवद्गीता में कहा है। अर्जुनजी को तो गीता के उपदेश के बाद ज्ञान मिला था, लेकिन इनको तो फेसबुक ने मुक्ति-मोक्ष का मार्ग दिखला दिया। ऐसे ही कितने मुमुक्षु रात-दिन फेसबुक के माध्यम से अपनी साधना में लीन रहते हैं। बिना लिखे-पढ़े अगर आधा घंटा निकल जाए (कोई बहुत ही जरूरी काम आ जाए तो ही) तो लगता है कि साँस अटक गई। जीवन लक्ष्य से भटक गया। दम घुट गया। वह जीवन भी क्या, जहाँ अभिव्यक्ति नहीं और वह अभिव्यक्ति भी क्या, जहाँ साझा करने, सुनने-सुनाने और पढ़ने-पढ़वाने की सुविधा नहीं। शाम हो जाती है। सुबह और दोपहर के बाद शाम ही होती है, लेकिन वह बताना नहीं भूलते। शाम को चलते हुए लिख जाते हैं थक गया हूँ (संभवतः काम की जगह शाम का इंतजार करते-करते)। घर आकर चहककर लिखते हैं—शाम की चाय के साथ आप सबको एक बार फिर नमस्कार। दिन भर की थकान शाम को फेसबुक पर आकर मिट जाती है।

पुरानी डायरी से कुछ जुमले निकालकर फेसबुक पर डाल देते हैं और मित्रों से प्रतिक्रिया लेने-देने में शाम गुजरने लगती है। खाने जा रहा हूँ और खा चुका; के बीच का समय मुश्किल से कटता है कि फिर संदेश देते हैं—मित्रो मैं आ गया। यही करते-करते आधी रात हो जाती है तो लिखते हैं, पता ही नहीं चला कि समय कैसे गुजर गया। रात के बीते जाने पर एक-आध पंक्ति लिखना न भूलते हुए कह जाते हैं शुभरात्रि, कल फिर मिलेंगे।···सच, सोशल नेटवर्किंग ने आदमी को जीवन में एक नया आयाम दे दिया है। कल तक जो जिंदगी से बोर हो गए थे, आज उनमें एक नई ताजगी भर आई है। सोचता हूँ कि यह सब इतनी देर से क्यों हुआ। कितनी पीढ़ियाँ बोर हो-होकर चल बसीं। खैर, आज याद करनेवाले उन्हें भी यहाँ भर-भर कर याद कर रहे हैं।

कुछ लोग थोक में मित्रता करते हैं और बताते भी चलते हैं कि आज उनके मित्रों की संख्या इतनी हो गई। दर्जन की गलियों से शुरू होकर, सैकड़ों और हजारों के चौराहों को पार कर वे लाखों की दौड़ में लगे हैं। बिना रुके, हाँफे और थके। अगर जो यह सोशल नेटवर्किंग पहले यानी बहुत पहले होता तो कोई महाभारत अथवा विश्वयुद्ध नहीं होता। मित्रों में भी भला लड़ाई होती है? लेकिन ऐसा नहीं, जैसा कि मित्रों की संख्या में बाढ़ आई है, उनमें सभी मित्र ही नहीं होते। कुछ तो आपके पक्के दुश्मन हैं, लेकिन मित्र बने बैठे हैं। कहा भी गया है कि किसी से अच्छी शत्रुता निभानी हो तो पहले उसके विश्वासी मित्र बनो। जितनी दुश्मनी आप दोस्त बनकर कर सकते हैं, उतनी दुश्मन बनकर नहीं। यह मैं नहीं कह रहा हूँ, यह तो वसुधैव शत्रुम में विश्वास करनेवाले शत्रुवादियों का उद्घोष है। ऐसे लोग गली-गली, नुक्कड़ों में घुसकर लोगों के मित्र बनकर उनकी आलोचना-प्रताड़ना करते हैं। ऐसे लोग कुछ खास सामाजिक, आर्थिक, सांस्कृतिक, धार्मिक सिद्धांतों को दूसरों पर थोपना चाहते हैं। थोप तो वैसे अच्छे-अच्छे लोग देते हैं, तो ये इतने गए-गुजरे भी नहीं। अंततः लोग उन्हें अमित्र (अनफ्रेंड) कर देते हैं, यानी मित्रता महामंडली (चार यार से अधिक बड़ी मंडली) से निकाल देते हैं। ये निष्कासन चाणक्य दूसरे रूप धारण कर (नाम और लॉग इन) फिर उनके किले में सेंध लगाना शुरू कर देते हैं। ऐसे मामलों में खुफिया एजेंसियों ने भी अपनी दक्षता दिखलाई है। एक रिपोर्ट के अनुसार आपराधिक गतिविधियाँ करनेवालों को पहले धर-दबोचने के लिए खुफिया एजेंट भी आपके मित्र बनकर आप पर नजर रखते हैं।

जब आप किसी के मित्र बनते हैं, तो उसकी तसवीरों, उसके विचारों और संदेशों को पसंद करना आवश्यक होता है। यही नहीं, कुछ लोगों का कहना है पसंद तो कोई भी (दूर-दराजवाले भी), लेता है, मित्र के लिए तो अच्छे-अच्छे कमेंट (प्रतिक्रिया) देना जरूरी है। ये कुछ स्व-निर्धारित आचरण (कोड ऑफ कंडक्ट) हैं, जिनका पालन सोशल नेटवर्किंग के

लिए आवश्यक है अन्यथा आपके मित्र आप से असंतुष्ट हो जाएँगे और बात आपको मित्र-सूची से बाहर कर देने तक आ जाएगी। जहाँ मित्रता सहज उपलब्ध है, वहीं उसके बने रहने की कोई गारंटी नहीं है। दूसरी तरफ लोग हैं, जो कुछ भी पसंद (लाइक) करते हैं। प्रतिक्रिया (कमेंट) में कुछ लोग कविता भी लिख देते हैं। कुछ लोग प्रतिक्रियास्वरूप शालीनता का सरोवर ही बहा देते हैं। यह अकसर एक-दूसरे के प्रति अथवा किसी महान् हस्ती के लिए होता है। अब सामनेवाला आपकी तारीफ करे तो आप कैसे न करें। रही बात बड़े लोगों की तो उनकी कृपादृष्टि पाने के लिए तो लोग कुछ भी करने को तैयार रहते हैं और बड़े लोग इस रहस्य को भलीभाँति जानते भी हैं। इतना विनम्र और विनीत तो तुलसीदास भी नहीं हुए कभी (उन्होंने दास्य भाव में अधिक लिखा है वैसे)। कुछ लोग प्रतिक्रिया देते हुए अपनी कथा-कविता कह देते हैं, लिंक प्रदान करते हैं और कभी तो आग्रह और कभी तो आदेश (अपने कद और वरीयता क्रमानुसार) देते हैं कि फलाँ जगह पधारें और अपने विचार दें। अगर जो आप ऐसा न करें तो परिणाम के लिए तैयार रहें।

सोशल नेटवर्किंग के मित्र इस मामले में थोड़े असहिष्णु अवश्य हैं। अब मित्र हैं तो क्या उम्र भर बिना कुछ लिये-दिए ही निभाते फिरेंगे? अब कुछ लोगों की विवशता भी देखिए कि आखिर तारीफ करें भी तो कब तक? उनके हजारों मित्र और दसों हजार संदेश किसे पढ़े, किसे देखें, किसे छोड़ें, किसको पसंद करें और किस-किस पर कमेंट करें। डिजिटल कैमरा आने के बाद (और अब तो प्राय: हर मोबाइल फोन में भी) तसवीर खींचने में कंजूसी नहीं करनी पड़ती। लोग, स्थान, परिवेश स्थिर ही रहते हैं, लेकिन कैमरे के बीस-पच्चीस क्लिक हो जाते हैं। लोग तसवीरों को कैमरे से सीधे इंटरनेट अथवा सोशल नेटवर्किंग के स्थानों पर डाल देते हैं। कुछ तसवीरों में अँधेरा छाया रहता है, तो कुछ में सूरज की तेज रोशनी के कारण सबकुछ सफेद हो जाता है, तो कुछ में यह कहना कठिन होता है कि तसवीर किसकी है—आदमी की अथवा कुत्ते की या

सड़क के किनारे घास चर रही बकरी की। बहुत तसवीरें उलटी टँगी हैं, लेकिन साझा करने की आतुरता में इन सब पर ध्यान देने का अवकाश नहीं। लोग खुद समझ लेंगे अथवा आज के समझदार लोग की उम्मीद में हजारों तसवीरें आपके अवलोकनार्थ और प्रतिक्रिया के लिए उमड़ पड़ी हैं। ध्यान रहे पसंद करना काफी नहीं, कुछ-न-कुछ तो लिखना ही पड़ेगा। आखिर मामला मित्रता का है! ऐसी ही कितनी तसवीरें हैं, जो वर्षों पुराने अलबम से निकलकर आज सोशल नेटवर्किंग के सौजन्य से इंटरनेट का मुँह देख पा रही हैं। कोई अपने गाँव की, बचपन की, बूढ़े माता-पिता अथवा गुजरे दादे-परदादे, स्कूल, कॉलेज, ऑफिस, गली-मुहल्ला, जो जहाँ कहीं से जो कुछ भी निकाल पा रहा है, खोज पा रहा है, पूरी श्रद्धा के साथ सोशल नेटवर्किंग को अर्पित कर रहा है। लोग प्रेमाकुल हैं, आँख से आँसू निकल रहे हैं, अपने-पराये सबको याद कर रहे हैं, जिनको बरसों पहले भुला दिया था। मानवता के लिए यह एक अभूतपूर्व घड़ी है। कहीं कुछ न मिला, तो लोगों ने अपने कॉलेज के दिनों के प्रवेश-पत्र अथवा परिचय-पत्र से फोटो निकालकर उसको सोशल नेटवर्किंग स्थानों पर चिपका दिया। उनके मित्र अभिभूत हो गए। किसी ने कहा—बचपन से ही होनहार लगते थे। कुछ ने कहा—कितना बदल गए हो। कितनों ने स्टूडियो और फोटो खींचनेवाले की जानकारी माँगी (ताकि वे उनको संपर्क कर सकें!)। देखते-देखते वे कितनों के प्रेरणास्त्रोत बन गए। अब तो लोग सोशल नेटवर्किंग स्थानों पर डालने हेतु घर के कोने-कोने में फोटो खिंचा रहे हैं; कभी माँ से सटकर तो कभी बाबा के चरणों में, कभी आँगन में तो कभी छत पर, कभी घर की बिल्ली के साथ तो कभी गली के कुत्ते के साथ और नहीं तो अपने शहर की सब्जी मंडी अथवा निर्जर पार्क में ही खड़े हो गए और दर्जन भर तसवीरें ले लीं।

कहीं कोई पोखर (जमा पानी अथवा नाला भी चलता है), झील, बाजार, मंदिर-मसजिद, चर्च, सार्वजनिक महत्त्व की वस्तु अथवा स्थान नहीं बचा, जहाँ लोगों ने तसवीरें नहीं खिंचवाईं, यहाँ तक कि लोग अब

घर में खाना छोड़ रेस्तराँ जाने लगे, ताकि वहाँ की तसवीरें डाल सकें। घर में भी खाना बनाया तो संबंधियों और अतिथियों को खिलाने से पहले कैमरे का फ्लैश चमक उठता है। पहाड़ों और तीर्थों का तो कहना ही क्या, लोग अपने सामर्थ्य से बाहर आकर भी यात्रा करने लगे, ताकि सोशल नेटवर्किंग पर अपनी उपस्थिति दर्ज करा सकें। बिना सामाजिक रहे जीवन का मूल्य ही कितना है। बहन भाई को टीका तभी लगाएगी, जब कैमरा सामने होगा, पति-पत्नी एक-दूसरे को देख तभी मुसकराएँगे, जब उस अनमोल घड़ी को कैद करने के लिए कोई कैमरा तैनात होगा। माँ-बाबूजी के चरणों की तरफ हाथ बढ़े हैं, लेकिन आँखें कैमरे पर टिकी हैं। कैमरा सामने हो तो बच्चे भी प्यारे लगते हैं।

हर तरफ समाजवाद छाने लगा है, कोई अमीर नहीं, कोई गरीब नहीं, कोई हिंदू नहीं, कोई मुसलमान नहीं। हिंदू मुसलमान को ईद मुबारक कहता तो मुसलमान हिंदू को दीवाली शुभ हो कहने लगे। हर दिन बिना किसी भूल के दुनिया के सारे महापुरुष याद किए जा रहे हैं और लोग उनको श्रद्धा सुमन अर्पित कर रहे हैं। अब किसी का जन्म दिन याद रखने की आवश्यकता नहीं, सारे रिश्ते-नाते, मित्र, ऑफिस आदि के लोग एक-दूसरे से सोशल नेटवर्किंग से जुड़े हैं। सोशल नेटवर्किंग आपको याद दिला रहा है कि कब फलां का जन्मदिन अथवा कोई अमुक महत्त्वपूर्ण सालगिरह है। लोग बिना भूले-चूके मुबारकबाद और बधाइयाँ भेज रहे हैं। लोग पढ़-पढ़कर अभिभूत हो रहे हैं। बगल के कमरे से भाई बहन को जन्म दिन की बधाई सोशल नेटवर्किंग साइट पर लिख रहा है, क्योंकि बहन ने कहा था—मुँह से अब क्या कहना, जो कहना है, अब सोशल नेटवर्किंग स्थान पर कहो-लिखो। तभी तो पता चलेगा कि लोग उसे कितना पसंद करते हैं। माता-पिता भी बच्चों को आशीष सोशल नेटवर्किंग पर ही दे रहे हैं। हर तरफ उत्साह, उमंग और उछाल है। भावनाओं का सागर उमड़ पड़ा है, अभिव्यक्ति का ज्वालामुखी फट पड़ा, प्रदर्शन का सुनामी आया है। सब लोग बह रहे हैं, कोई थमना नहीं, रुकना नहीं , सोचना-समझना नहीं…।

यह सब लिखते हुए मुझे लगता है कि मैं समय के साथ कदमताल नहीं कर पा रहा हूँ। मित्रों की, संबंधियों की आशाओं के अनुरूप मैं ढल नहीं पाया। मैं हर दिन, हर पल पिछड़ता जा रहा हूँ। सामाजिकता की इस प्रलयकारी बाढ़ में मैं एक तिनका सा बहा जा रहा हूँ, डूबता-उतराता, कहाँ, किस ओर, कुछ पता नहीं···

उम्मीद है कि मैं भी इन कड़ोरों-अरबों की तरह एक दिन सामाजिक बन पाऊँगा···

□

बाजारों का बाजार : शेयर बाजार

बाजार आदमी और समाज की आदिम जरूरतों में से एक है। शुरू-शुरू में इसकी जरूरत नहीं थी। आदमी तब आदमी ही कितना था। न तन पर कपड़ा, न आँखों पर काला चश्मा। न ही हाथ में मोबाइल और न रहने के लिए बँगला था, जो उपजाता था, वही खा लेता था, जो खाना चाहता था, वह उपजा लेता था, जहाँ चाहता था, वहीं लंबा हो जाता था। घने जंगल और कंदरा से लेकर समुद्र के किनारे तक उसका ही राज था। उससे भी पहले शिकार कर लेता था। उन दिनों वह शिकारी हुआ करता था। धीरे-धीरे वह शिकार में बदलता गया। अब वह शिकार कम करता है, शिकार अधिक हो जाता है। तब पहने-ओढ़ने के बारे में पता नहीं था और अब पहनने-ओढ़ने की जरूरत कम होती है, जो जितना उघड़ा है, उतना संपन्न, स्मार्ट और प्रगतिशील है। ढकने के लिए इतनी चीजें हैं कि तन की सुध ही नहीं रही। घर के छोटे-बड़े रहस्य, सामाजिक सरोकार, पंचायत-गाँव-वार्ड से लेकर राष्ट्रीय-अंतरराष्ट्रीय स्तर के घोटाले, आर्थिक, सामाजिक, राजनैतिक दाँव-पेच, कूटनीतियाँ इत्यादि। एक साथ इतने चीरहरण होते हैं कि श्रीकृष्ण की चीरापूर्ति शिथिल पड़ जाए, लेकिन दुशासन का मनोबल एवरेस्ट की चोटी को लाँघ जाए। इन सबके केंद्र में ध्रुव सत्य की तरह बाजार है। एक ऐसी इकाई, एक ऐसी संस्कृति, जिसे वैधानिक और व्यावसायिक सम्मति प्राप्त है। सब प्रकार के उलट-फेर के लिए छूट मिली हुई है। वैसे भी कानून का क्या है, जो कल न था, आज है, जो आज नहीं है अथवा है, वह कल रहे, न

रहे। चंद वोट सारे कानूनों के भाग्यविधाता हैं। यह बस समय की बात है कि जो आज गैरकानूनी है, कल को कानूनसम्मत हो जाए। प्रयास और बहुमत से सब हो जाता है। लोकतंत्र की यही तो मूलभूत शक्ति है।

बाजार की पहुँच बहुत गहरी है। गाँव के हाट-मेलों से लेकर महानगर के बड़े-बड़े मॉल तक। हर चीज की खरीद-बिक्री संभव है। बस आपका पॉकेट भरा रहे और उनकी दुकान। आप अपने को लुटाते रहें और वे आपको प्यार से गुदगुदाकर लूटते रहें।

बाजार एक संस्कृति है और संस्कृति का भी एक बाजार है। पूजा-पाठ से लेकर दाह-संस्कार तक, जन्म से लेकर मुंडन-जनेऊ तक, सगाई से लेकर हनीमून और उसके आगे तलाक तक भी बाजार की तलवार कहें अथवा मदनबाण, आपकी गरदन का लक्ष्य भेदन के लिए तैयार रहता है। वैसे तलवार और मदनबाण में अधिक अंतर नहीं। मानें तो एक जिबह है और दूसरा झटका। अंत तो धराशायी करना ही है। थोड़ा अंतर है, तो बस प्रक्रिया में, एक सीधा वार करता है, तो दूसरा गुदगुदाकर मूर्छित, लेकिन दोनों ही स्थितियों में आप शहीद का दर्जा पा ही जाएँगे। सभी बाजारों में अनूठा है शेयर बाजार। सभी महान् विभूतियों की तरह इन्हें भी कई नामों से पुकारा जाता है—शेयर, स्टाक, सट्टा आदि। जिसके जितने नाम और जितना नाम, वह उतना ही महान् है। देवी-देवताओं से लेकर भाषा-कला-विज्ञान तक यह प्रचलन में है। बस आपका काम नाम को जपते रहना है। आपका अधिकार जपने तक ही सीमित है। जितना बड़ा जाप, उतनी बड़ी कृपा।

एक नए शोध के अनुसार मनुष्य सामाजिक प्राणी हो न हो, नशेड़ी अवश्य है। मनुष्य पर कोई-न-कोई नशा हर समय सवार रहता है, बचपन से लेकर बुढ़ापा तक, जवानी को तो छोड़ ही दें। निर्धन से लेकर धनवान् तक, जनता से लेकर जनार्दन तक, सेवा से लेकर शासन तक, धर्म से लेकर ज्ञान-विज्ञान तक नशा का साम्राज्य फैला है। ऐसे में शेयर बाजार अछूता कैसे रह सकता है।

शेयर बाजार जुआ खेलने जैसा है। वैसे बड़े खिलाड़ी इसे निवेश-स्थान

बताते हैं। जुआ की महिमा से कौन भलामानस परिचित नहीं होगा। जुआ-शतरंज-चौसर का आविष्कार भारत में ही हुआ। गुरुओं और ज्ञान के इस देश से यह अपेक्षा की भी जानी चाहिए। शून्य से लेकर संपूर्ण तक की श्रृंखला में जुआ-शतरंज-चौसर भी बिल्कुल फिट बैठता है। मोक्षमार्ग में यह भी एक पड़ाव है। बड़े-बड़े लोग शिकार और जुआ खेलते हैं। हार-जीत को समभाव से लेते हैं। श्रद्धा-निष्ठा ऐसी कि घर-परिवार से लेकर राज दरबार तक सब दाँव पर लगा देते हैं। पांडवों में श्रेष्ठ और धर्मराज यधिष्ठिर ने भी जुए की गरिमा को ध्यान में रखते हुए पहले राजकाज और फिर पत्नी को दाँव पर लगा दिया था। शूर-वीर आगे बढ़कर पीछे नहीं हटते। मुगलों के बीच शतरंज की पारियाँ सल्तनत के ऊपर ही खेली जाती थीं। ईस्ट इंडिया कंपनी ने भी खेल-खेल में ही हिंदुस्तान को जीत लिया था। खेल भावना होती ही ऐसी है। एक तो खेल का मजा, उसके ऊपर से थोड़ा सा नशा सुला देने के लिए काफी होता है। वैसे भी मनुष्य का विवेक तो हरदम अलसाया सा आधी नींद में रहता ही है। जरा सा किसी ने पंखा झला नहीं कि फटाक से सो गए। सोए भी ऐसे कि युग-युगांतर तक जागे ही नहीं। अगर सोने के खेल को ओलंपिक में शामिल किया जाता, तो विवेक को स्वर्ण पदक मिलना तो पक्का ही रहता।

शेयर बाजार में सबकुछ दाँव पर रहता है। पुराने समय में लोग और आज भी कहीं-कहीं खड़े होकर शेयर खरीदने-बेचने के लिए बोली लगाते हैं। अब इंटरनेट के जमाने में यह खेल आप कंप्यूटर पर खेल सकते हैं। उससे भी बढ़कर अब आप चाहें तो मोबाइल की एक क्लिक पर अपनी किस्मत का वारा-न्यारा कर सकते हैं। खेलने के लिए आपके पास सभी खिलौने मुहैया करा दिए गए हैं। वे चाहते हैं कि आप खेलें, इतना और इस तरह खेलें कि अपना आपा खो दें। होश में जोश कहाँ! जिनमें जोश नहीं, वे मदहोश कहाँ!! एक प्राणी होता है एजेंट यानी कि दलाल। वह कंपनी और आपके बीच सेतु अथवा सूत्रधार की तरह है। सेतु ऐसा कि बाढ़ से पहले ही बह जाए। सूत्रधार ऐसा कि परदा गिरने से पहले नेपथ्य का रास्ता पकड़ ले।

वह अपने आपको आपका हितैषी बताता है, चाँद और सूरज तोड़ लाने के सपने दिखाता है। एक दिन ऐसा भी आता है, जब स्वयं सपना हो जाता है। आपको लाभ हो न हो, भले आपकी लुटिया डूब जाए, लेकिन वह अपने लिए पैसा बना लेता है, जिसे कमीशन कहा जाता है। उसे उतना ही पता होता है, जितना कि आपको। वह आपको विश्वास दिलाएगा कि वह सच के सिवा कुछ नहीं कहेगा, पर हो सकता है कि वह सच के सिवा सबकुछ कहेगा। वह किसी कंपनी की डूबती नैया पर बिठा पतवार ले खुद चंपत हो जाएगा। खैर, अगर आप अपना काम खुद नहीं कर सकते तो वह तो करेगा ही।

दलाल का ही एक बड़ा भाई है, जिसे फंड मैनेजर कहते हैं। नाम से ही पता लगता है कि वही धन की देखभाल करता है। किससे धन लेकर कहाँ निवेश करना है, यह उसके कार्यक्षेत्र में है। सैकड़ों-हजारों की संख्या में ये दुनियाभर के शेयर बाजार में भरे-पड़े हैं। वह निवेशकों से पैसे लेकर विभिन्न कंपनियों के शेयरों, जिसे पोर्टफोलियो कहते हैं, उनमें निवेश करता है। करोड़ों-अरबों का लेनदेन होता है। वह बाजार के बारे में लंबे-लंबे पत्र लिखता है, समय-समय पर सुझाव देता है और बाजार में हो रहे हर तरह के उलट-फेर की व्याख्या करता है। वह आपकी नाव पर सवारी करता है और तूफान के समय आपको आपकी नाव पर छोड़ जाता है। उन्हें तैरना आता है। अगर आपको तैरना नहीं आता, तो डूबेगा कौन? धन आपका, लाभ-घाटा आपका और दोनों ही परिस्थितियों में कमीशन उनका।

शेयर बाजार का सूचकांक छोटे बच्चों के तापमान की तरह चढ़ता-उतरता रहता है। कहीं बर्फ गिरी, बाढ़ आई, तूफान आया तो शेयर बाजार को भी छींक आ जाती है और तुरंत गिर जाता है। अमेरिका के हरिकेन के छींटें जापान-भारत-चीन तक में शेयर के माध्यम से पहुँच जाते हैं। दुनिया की हर गतिविधि शेयर बाजार को प्रभावित करती है। कहीं चुनाव हो रहा हो, कोई हार-जीत रहा हो, शेयर बाजार की धड़कनें बढ़ जाती हैं। कहीं विस्फोट हो जाए, तो शेयर बाजार भी हिल जाता है। कहीं युद्ध अथवा सैन्य विद्रोह हो जाए, शेयर बाजार चौकस-चौकन्ना हो जाता है। जादू-टोने, टोटके और

अंधविश्वास के हर तरह के लटके-झटके शेयर बाजार में प्रचुरता में मिलेंगे। पूरब का अध्यात्म और पश्चिम का विज्ञान, दोनों ही शेयर बाजार के कुल देवता के श्रृंगार हैं। दुनिया के तमाम शेयर बाजार गुरुओं, ज्ञानियों, तांत्रिकों और औघड़ों से भरे पड़े हैं। सुबह से लेकर रात तक वे टेलीविजन, अखबार और इंटरनेट के माध्यम से शेयर बाजार के भक्तों-साधकों का मार्गदर्शन करते रहते हैं। उनको सुनकर आपको लगेगा कि अगर उनके जैसे गुरु नहीं मिलते आपको तो शेयर बाजार के भवसागर को कैसे पार कर पाते। आज बाजार बढ़ा है तो हो नहीं सकता कि वे इसका कारण न बताएँ। बिना कारण कुछ नहीं होता, न्यूटन बाबा का सिद्धांत शेयर बाजार पर भी लागू होता है। वही ज्ञानी, जो आज बाजार के गुण गाते थक नहीं रहा, वह कल समाधि में लीन हो जाएगा अगर जो कल अथवा आनेवाले कुछ समय तक बाजार औंधे मुँह गिर जाए। बाजार कई बार गिर जाता है और कई बार गिरा दिया जाता है। बड़े-बड़े खिलाड़ी लँगड़ी मारने में उस्ताद हैं। यहाँ भी ऊपरवाले की महिमा अगम्य है। पीनेवाले ऊपर-ऊपर ही पी जाते हैं—रोने-गानेवाले चाहे जितना भी गाते-बजाते रहें। शेयर बाजार में दो प्रकार के ज्ञानी होते हैं—बैल (बुल) और भालू (बेयर)। बैल बढ़त अखाड़े का ज्ञानी और भालू गोते अखाड़े का। इनके नाम कहाँ से और कैसे पड़े, इसपर न तो कोई एकमत है और नहीं इनका कोई प्रामाणिक सिद्धांत। इतना सच है कि ये विपरीत परिस्थियों को संकेत करते हैं और आपस में इनकी बनती नहीं। अब संतों और बुद्धिमानों में कब बनी, जो यहाँ बन जाएगी। खैर, शेयर बाजार में जब अच्छे दिन आते हैं, तो बाजार बढ़ता ही जाता है, ऐसे में सारे बैल प्रवचन में लगे रहते हैं। हर तरफ उत्साह, उमंग, उछाह है, उत्सव ही उत्सव। शेयर ताबड़तोड़ खरीदे जा रहे हैं। सब हँसते रहे, गाते रहे और एक-दूसरे को गले लगाते रहे। हर दिन होली और हर रात दिवाली। सब लोग मदहोश हो गए। सभी भालू अपनी कंदराओं में दुबक गए। एक आध हिम्मत करके सावधान करने आए भी तो किसी ने सुना नहीं और बैलों ने तो उन्हें खदेड़ ही दिया। शेयर नई ऊँचाइयाँ छूते रहे फिर भी निवेशक उछल-उछल कर उन्हें लपकते रहे।

हर दिन नहीं होत एक समाना, हमारे बुजुर्गों ने कहा है, लेकिन बुजुर्ग की सुनता कौन है। वे भी अंत में अपना हुक्का-चिलम-पानी ले खाट पर लेट गए। अकसर शोर में सुविचार दब जाते हैं। बाजार इतना चढ़ा, इतना चढ़ा कि बेचारा थक गया। जरा सी ठोकर लगी कि लुढ़क गया। ऊँचाई पर वैसे भी हवा विरल (ऑक्सीजन की कमी) हो जाती है। जरा चढ़ा नहीं कि साँस फूल गई। बाजार की ट्राली बीच हवा में लटक जाती है। बैल और अन्य मिलकर बाजार को पानी के छींटें और हवा देकर हौसला बनाए रखने की कोशिश करते हैं, लेकिन जब आँखें पथरा जाएँ, सिर चकरा जाए और हाथ-पैर छितरा जाएँ, तो तब कोई प्रवचन और हौसलाअफजाई काम नहीं करते। ज्ञानी-मुनि फिर से छाने लगते हैं। जगह-जगह प्रवचन के शिविर लग जाते हैं। हर तरफ मंत्रणा करते लोग व्यस्त दिखाई देते हैं। बाजार की आँखें बंद पड़ी हैं, सांसें ऊँचीं और नब्ज ढीली। चमत्कार के सब दरवाजे एक-एक कर बंद होने लगे हैं। बैलों के प्रवचन के स्वर निस्तेज और निर्बल जान पड़ते हैं। कंदराओं में दुबके भालू उचित अवसर जानकर टूट पड़ते हैं। कुछ तो बेदम होकर सरे बाजार गिर पड़ते हैं। धीरे-धीरे भालुओं की गर्जना के बीच अधमरे बैल एक -एक कर परास्त होने लगे हैं। एक दिन ऐलान कर देते हैं कि सब बेच डालो। आपका लगा पैसा अब एक-तिहाई अथवा दहाई रह गया है। अगर डूबती नैया से लकड़ी निकाल भी ली तो कितने की मिलेगी। बेचकर भागनेवालों के बीच भगदड़ मची है। लोग गिर रहे हैं, कुचले जा रहे हैं, लोग एक-दूसरे पर चढ़कर भाग रहे हैं। चारों ओर हाहाकार मचा है। कभी-कभी कुछ दिनों तक ऐसा चलता है, फिर सब सामान्य हो जाता है। सामान्य उनके लिए, जो कुचले जाने से रह गए अथवा टूटी नैया के साथ किनारे लग गए, लेकिन जो सिधार गए, वे तो अगले जन्म की तैयारी में लगे होते हैं। शेयर बाजार के कुछ हीरामन शेयर में पैसा न लगाने की चौथी कसम खा रहे हैं। कहीं ललकारें लगने लगी हैं—ये बाजार है वीर जवानों का, अलबेलों का, मस्तानों का। ढोल, बाजों और पटाखों के साथ बाजार की वापसी धीरे-धीरे ही सही, पर होने लगती है।

इनसे परे एक परिदृश्य होता है आर्थिक मंदी का। वहाँ बाजार एक बार गोता लगा ले तो रसातल में ही जाकर दम लेता है। फिर तो कोई चीख-पुकार, दुहाई-सफाई, इकरार-इनकार, दुलार-पुचकार-फटकार काम नहीं आती। कितने शेयर बाजार और कितनी ही कंपनियाँ सदा-सदा के लिए दम तोड़ देती हैं। कितने दरबार से निकल दरवाजे तक आ जाते हैं। संपन्नता से सड़क तक आने के लिए एक मंदी पर्याप्त होती है बहुतों के लिए। अरबों-खरबों का चूना लग जाता है रातोरात। आर्थिक मंदी का आखिर कारण क्या है ? इसके आने के बाद सारे के सारे ज्ञानी-मुनि फिर से बाँचना प्रारंभ कर देते हैं, यह तो होना ही था, यह इस कारण हुआ तो उस कारण हुआ, अमुक दोषी है, तो अमुक पर कार्रवाई होनी चाहिए। जितने मुँह, उनसे अधिक बातें। कई बार एक ही मुँह से अलग-अलग बातें और वे भी विपरीत, जो कल तक टेलीविजन पर छत्तीस इंच की मुसकान लिये सूचकांक के नए कीर्तिमान स्थापन की बात कर रहे थे, आज भालू बने मंदी के दिग्दर्शक और ज्ञाता बने बैठे हैं। ऐसे में भालुओं की बहार आ जाती है। भालुओं में भी कुछ तो जन्मजात ही भालू होते हैं। उनके हिसाब से तो यह सृष्टि कल्प के प्रारंभ से ही प्रलय के कगार पर बैठी है। धरती स्थिर कैसे है, यह डोल क्यों नहीं रही। ग्रह-तारे अपने-अपने स्थान पर कुशल कैसे हो सकते हैं। अगर हैं भी तो कुछ पल में सब भूचाल के हिस्से होंगे और बाजार को तो सदा से कोमा में ही होना चाहिए था, हालाँकि वह कल तक कैसे खेल-कूद और किलकारी मार रहा था। ये जन्म-जन्म के चिरायु भालू अगले कई सालों तक बाजार के बिस्तर पर पड़े रहने की बात करते रहेंगे।

□

5 प

प्रबंधन और गुणवत्ता के क्षेत्र में ऐसे बहुत से सूक्त प्रचलन में हैं, जैसे 4 म (मशीन, मनुष्य, सामग्री और प्रक्रिया)), 5 स (छंटनी, सज्जा, सफाई, मानक और सततता), 6 सिग्मा आदि। वैसे भी ये क्षेत्र ऐसे हैं, जहाँ बहुत कुछ बिना तंत्र-मंत्र के संभव भी नहीं। दक्षता के सभी स्तरों में गुरु सबसे ऊपर है। पश्चिम ने पूर्व से अंतत: उधार लेना शुरू कर ही दिया अन्यथा अपनाने के मामले में पूर्व का कोई मुकाबला नहीं। खान-पान, पहनावा-ओढ़ावा, रहन-सहन, ज्ञान-विज्ञान, भाषा-दर्शन, धर्म-संस्कृति, राजनीति-संस्कार सभी क्षेत्रों में पूर्व ने पश्चिम को पूर्णत: अपना लिया। अपना-पराया का कोई भेद नहीं। अपनाने के लिए अपनों को भी भुला दिया। अब भला अपनाना तो बाहर वालों को पड़ता है। अपने कोई भागे तो जा नहीं रहे। बाहरवालों को अपनाया नहीं तो बुरा मान जाएँगे। आज तेरे दर पे आए हैं, कल आए न आए। इसलिए तो इतिहास में हमने सबको अपना लिया। किसी ने लूट लिया तो लुट गए। किसी ने पीट दिया तो पिट गए। कोई व्यापार करने आया तो बिक गए। ऐसा उदार समर्पण, ऐसी निष्कपट निष्ठा कहीं और कहाँ?

5 प में शामिल हैं पद, पैसा, प्रतिष्ठा, प्रतिभा और पुरस्कार। वैसे तो ये क्रमवार हैं और इनमें गहन संबंध है, लेकिन क्रम आगे-पीछे भी हो सकता है, क्रम का खेल अनोखा है। दुनिया गोल है, धरती भी गोल है। गोल की महिमा मात्र फुटबॉल में नहीं, यत्र-तत्र-सर्वत्र है। यहाँ तक कि पुनर्जन्म और चौरासी लाख योनियों में आत्मा के भटकने के पीछे माया के फैलाए जाल के

नेपथ्य का रहस्य भी गोल है, जो गोल है, उसी का मोल है। सीधे-सादे का न कोई बोल है, न ही उसके साथ कोई बाला है। किसी ने कहा है, एक है जमीं और एक ही आसमाँ। हमारे शायर तो वैसे भी भोले होते हैं। उनमें से बहुत तो शाम होते ही सुरा और साकी के हवाले होकर रात भर सितारों को निहारा करते हैं। फिर सुबह से लेकर शाम तक सोते रहते हैं। वे स्वयंसिद्ध होते हैं। उनके लिए लोक-लज्जा और आचरण-आवरण निरर्थक और निर्मूल हैं। कुछ जो ज़रा होश में रहते हैं, वे भी यदा-कदा बहक ही जाते हैं। यह उनका भोलापन है या कुछ और पर वे दुनिया में हर तरह की बराबरी और स्वर्ग को धरती पर उतार लाने के सपने देखने लगते हैं। स्वर्ग जिनके भाग्य में है, उन्हें यहीं धरती पर प्रचुरता के साथ उपलब्ध है, बाकी के लिए तो सपना ही समझिए। अब सपना तो सपना है। पद उसी असमानता का एक उत्पाद है। आप चाहे जितना गा-बजा लें, झंडे लेकर किले पर चढ़ जाएँ या फिर वहाँ से कूद क्यों न पड़ें, इस दुनिया में पदवाले बने रहेंगे। यह बनाया ही है ऊँचे पदवालों ने। वे जिस डाल पर बैठे हैं, उसे कभी काटेंगे अथवा कटने देंगे भला? अधिक समय पहले की बात नहीं कि राजे-महाराजे अपने को ईश्वरपुत्र अथवा दूत मानते थे और जनता से मनवाते भी थे। पूरब से पश्चिम और उत्तर से दक्षिण तक सब दिशा में यह एक प्रामाणिक सत्य था। अब किसी के कान में आकर ईश्वर ने कहा तो था नहीं कि तुम्हारा राजा मेरा पुत्र है अथवा मैंने ही उसे तुम्हारे लिए सीधे स्वर्ग से धरती पर भेजा है। प्रगट है कि राजाओं, मंत्रियों और पुरोहितों की मिलीभगत का ही यह प्रलाप रहा होगा। अब देखिए ये सब ऊँचे पदवाले ही तो थे।

जहाँ पद होता है, पैसा भी वहीं होता है। पैसा दो तरह से अपना रास्ता बनाता है। पैसा उलटी दिशा में बहता है। पैसा नीचे से ऊपर बहता है, जो जितना ऊपर बैठा, उतना ही पैसेवाला है। गुरुत्वाकर्षण की बात गुरुओं तक ही रह गई। गुरु गुड़ ही रहा, चेला चीनी हो गया। पैसा दो तरह का होता है—एक जो वैधानिक प्रक्रिया से आता है, जिसे श्वेत कहते हैं और दूसरा अवैधानिक यानी अश्वेत (ब्लैक)। लीजिए असमानता का दूसरा उदाहरण—पैसे को भी

गोरा-काला बना दिया। गोरों से थोड़ी देर में निबटेंगे, पहले उसके सहोदर काले से मिलते चलते हैं। काला पैसा भ्रष्टाचार से आता है, लेकिन आता है। भष्टाचार तो ऐसा विषय है, जिसपर लिखने से तो लेखनी भी घबराती है। ऐसा व्यापक, सर्वकालिक और सार्वभौमिक सच, जिसकी बराबरी टॉल्स्टॉय, अरस्तु, सूर, तुलसी, कबीर एक साथ भी मिलकर नहीं कर सकते। कोई कोना नहीं, कोई गली नहीं, कोई गाँव-मोहल्ला-शहर, बाजार, देश-विदेश नहीं, जहाँ तक भ्रष्टाचार की पहुँच नहीं। भ्रष्टाचार के आधार पर दुनिया के सभी देशों की एक वार्षिक रिपोर्ट आती है। भारत सहित तमाम तीसरी दुनिया के देश भ्रष्टाचार के सूचकांक में अव्वल आते हैं। भारत वैसे भी जहाँ गोरे-काले का भेद नहीं और सबके साथ निभाना आता है, वाला देश है, लेकिन उन देशों की भी चर्चा करते चलें, जो कम-से-कम भ्रष्ट हैं। भ्रष्ट तो लेकिन वे भी हैं। भ्रष्टाचार की व्यापकता का सम्मान करते हुए इसे रोग कहना उचित नहीं लगता। उन ईमानदार देशों के ऊँचे पदोंवाले, जिनकी पहुँच कानून तक है (वो तो वैसे होगी ही) वे जब कानून बनाते हैं और ताली बजाकर अथवा मेज पीटकर संसद् में पारित करते हैं, तो अपने हिस्से के भ्रष्टाचार अथवा काले धन को नहला-धुलाकर स्नो-पाउडर लगाकर गोरा-चिकना कर देते हैं। देखते-देखते बादल छँट जाते हैं और चाँद निकल आता है। यह उनके लिए ही संभव है। बाकी नीचे के पदों के लोग ऐसे कानून के चरण पखारते-पखारते, हाँफते-काँपते अपने दुर्बल-कृशकाय गोरे पैसों की पोटली लिये ईमानदार सोच के साथ बचा-खुचा जीवन गुजार देते हैं।

कुछ लोग मुँह में चाँदी का चम्मच लिये पैदा होते हैं। उनके पास पैसा ही पैसा है। ऐसे नौनिहालों को लोग सिर-आँखों पर बिठा लेते हैं, फिर पद तो क्या चीज है। ऊँचे-ऊँचे पद इनको वैसे ही मिल जाते हैं। कहीं का न्यासी, सचिव, संरक्षक, प्रधान, चेयरमैन, अध्यक्ष आदि इनको बना दिया जाता है। इन पदवालों का काम लोगों को अपना विराट् रूप दिखाना और अपने सहस्र मुखों, हाथ और पैरों से लोगों के हृदय में भय-आदर-प्रभाव उत्पन्न करना होता है। लोग अर्जुन की भाँति हाथ जोड़े उनकी महिमा का बखान करते

हुए उनके कृपापात्र बने रहने के आशीर्वाद की आकांक्षा करते हैं और उनका आशीर्वाद भी चिरंजीवी भव, सदा सफल होओ जैसे नितांत दैविक न होकर, सांसारिक और व्यावहारिक होता है, जैसा भक्त वैसे भगवान्। जैसी श्रद्धा, वैसा वरदान। लाखों-करोड़ों का अनुदान-आदान-प्रदान होता है और वह भी कर मुक्त। आप डर गए होंगे, इतनी राशि दान करके तो दानवीर बाली का भी दिवाला निकल जाए, कुबेर भी कंगाल हो जाए, लेकिन आप तो फिर भोले ठहरे। पहली बात तो समुद्र से कोई एक लोटा पानी निकाल ले तो समुद्र कोई दुबला तो हो नहीं जाएगा। दूसरी बात इन अनुदानों के बदले वे घर के पिछवाड़े उगाए उद्योग-धंधे के लिए कृपादृष्टि और सहयोग माँग लेते हैं। इस तरह से भक्त और भगवान् का खेल निरंतर चलता रहता है।

प्रतिष्ठा एक अर्जित अवस्था है। अर्जित इसलिए कि बिन माँगे मिले न भीख, फिर प्रतिष्ठा तो कोई मुफ्त में मिलती नहीं। आप ऊँचे पद पर आसीन हैं, तो आपकी प्रतिष्ठा है। आप पैसेवाले हैं, तो आपकी प्रतिष्ठा है। आपने जोड़-तोड़ कर पुरस्कार ले लिये हैं, तो आपकी प्रतिष्ठा है। आप नेता हैं तो आपकी प्रतिष्ठा है, आप अधिकारी हैं तो आपकी प्रतिष्ठा है, आप पुरस्कृत साहित्यकार-कलाकार हैं तो आपकी प्रतिष्ठा है। आप पर प्रतिष्ठा का एक ठप्पा लगा नहीं कि आप प्रतिष्ठा के पायदान चढ़ते चले जाएँगे। आप प्रतिष्ठित हैं, तो कोई चाहकर भी आप पर उँगली नहीं उठा सकता। आपके विरुद्ध प्रमाण के ढेर को आपकी प्रतिष्ठा की एक तीली लगने भर की देर है कि सब धू-धू कर जल उठेगा। पत्रकार आपसे बात करते हुए हकलाएगा, जनता आपके साथ रहेगी, न्याय झुक जाएगा, समय रुक जाएगा। प्रतिष्ठा का प्रताप ऐसा है। सम्मेलनों में, गोष्ठियों, सभाओं में दीप प्रज्वलित करने और दो शब्द कहने का अधिकार मात्र आपका है। आप जो बोल दें, वह छप जाएगा, जहाँ से आप अपनी दृष्टि फेर लें, वह छुप जाएगा। आपके विरुद्ध बोलनेवाले की स्वयं की प्रतिष्ठा धूमिल हो जाएगी। आप प्रतिष्ठित लोगों का एक अलग वर्ग है। आप विशिष्ट हैं, सर्वज्ञ हैं, समर्थ हैं, हर स्थान में, हर समय आप उपस्थित हैं। आपकी स्तुति की क्षमता किसमें हो सकती है ? आप जहाँ कहीं

भी हों, बस एक फोन घुमाने की देर है कि आपके भक्तों का सारा कष्ट धूल चाटने लगता है। आपकी कृपादृष्टि से ही कोई दूसरा प्रतिष्ठित हो सकता है। इसलिए हे प्रतिष्ठितों के प्रतिष्ठित, आप हम सब पर प्रसन्न रहें। यहाँ इससे अधिक और क्या कामना है। समय-समय पर अपने दर्शन देकर हमें कृतार्थ करते रहें…

जो यह समझते हैं कि प्रतिभा से पद, प्रतिष्ठा, पैसा और पुरस्कार मिलते हैं तो वे मन के सच्चे, अकल के कच्चे और बच्चे भी हैं, वैसे ऐसे लोग कम ही हैं और वे तेजी से कम होते जा रहे हैं। लोगों के बीच ज्ञान का आलोक तेजी से फैल रहा है। लोग प्रतिभा को प्रायः ज्ञान-विज्ञान और साहित्य-कला से जोड़ देते हैं। प्रतिभाएँ इतने प्रकार की ही नहीं होतीं, प्रतिभा वह भी है, जो आपको कम-से-कम समय में और श्रम से पद, प्रतिष्ठा, पैसा और पुरस्कार दिला दे। असली प्रतिभा तो वही है। इसलिए बुद्धिमान लोग आज ऐसी प्रतिभा को सीखने-समझने-पाने और उस पर धार चढ़ाने में लगे हैं। ऐसी प्रतिभा वैसे सीखने-सिखाने की चीज नहीं। कुछ जन्मजात प्रतिभावान होते हैं और कुछ को विरासत में मिलती है। कुछ अपने अनुभव से प्राप्त करते हैं। कुछ प्रतिभासंपन्न ज्ञानी इस प्रतिभा का प्रदर्शन करते हुए उसे भावी पीढ़ियों तक पहुँचा रहे हैं। हर क्षेत्र में, गली-गली में ऐसे आश्रम खुल गए हैं। राजनीति, साहित्य, उद्योग-धंधे, कला आदि ऐसे क्षेत्रों में अग्रणी हैं।

पाँच प का अंतिम चरण, सिद्धि अथवा अवस्था का नाम है पुरस्कार। पुरस्कार नहीं तो यह संसार असार दिखने लगता है। बड़े-बड़े ज्ञानी-मुनि भी भगवान् का साक्षात्कार कर चुकने के बाद वरदान के रूप में पुरस्कार ही तो माँगते आए हैं। भक्त और भगवान् के बीच पुरस्कार ही तो संबंध को जीवंत बनाए रखता है। पुरस्कार कर्म और परिणामों की पराकाष्ठा है। गीता में श्रीकृष्ण ने कहा कर्मन्येवाधिकरास्ते मा फलेषु कदाचन…यह रहस्य उन्होंने अपने प्रिय सखा अर्जुन से उनके हित में कहा था। यह तो महर्षि वेदव्यास और सारथी संजय के माध्यम से लीक हो गया, लेकिन लीक हो जाने से भी क्या होता है, जिसको जो ग्रहण करना होता है, वह

वही करता है। परीक्षा का प्रश्न-पत्र लीक हो जाता है, लेकिन तब भी फेल होनेवाले फेल होते ही हैं। फिर भी यह उपदेश जिस तरह से लीक हुआ, वह लोगों की संदिग्धता के घेरे में आ गया। जो हमारे तात्कालिक हित में नहीं, हम उसे गंभीरता से नहीं लेते। तात्कालिक इसलिए कि जिससे अभी लाभ न हुआ, उससे भविष्य में क्या लाभ होगा। दूर की मूर्ख सोचते होंगे। बुद्धिमान लोग भविष्य की भंवर में नहीं पड़ते। जिसे देखा नहीं, उस पर क्या भरोसा? इस कारण लोग कर्म की प्रधानता को प्राथमिकता नहीं देते। जो कर्म फल ही नहीं देता, ऐसा कर्म करने का क्या लाभ? जो पेड़ फल नहीं देता, लोग उसे आँगन तो क्या दालान के बाहर भी उगने-पनपने नहीं देते। वैसे भी महापुरुष, सद्वचन और ऊँचे-ऊँचे आदर्श सभी अपने-अपने समय में संदिग्ध रहे। श्रीकृष्ण को कौरव भगवान् मानते ही नहीं थे। श्रीराम को लोग धरती पर विचरनेवाला साधारण मनुष्य मानते थे। भगवान् बुद्ध के तो कितने ही विरोधी थे। यह सब माया का प्रपंच है। ऐसा सोचने-समझनेवाले कहते हैं। दूसरे तो माया के साथ झूमने में ही मस्त हैं। एक हाथ लो, फिर ही दूसरे हाथ दो, इस सिद्धांत पर विश्वास करनेवाले पहले परिणाम अथवा पुरस्कार सुनिश्चित करते हैं, फिर ही कर्म की ओर अग्रसर होते हैं। अग्रसर ही होते हैं, कर्म में उनका मन नहीं लगता। मन पुरस्कार में अटका रहता है। पुरस्कार लेनेवाले पेड़ के नीचे लेटे ऊपर की ओर एकटक देख रहे हैं कि वह अब टपका कि तब टपका।

मनुष्य को दो हाथ दिए गए। ये दोनों हाथ कर्म करने के लिए। लोगों ने इस सिद्धांत में थोड़ा संशोधन करके कहा—एक से कर्म करने के लिए दूसरे से फल लेने के लिए, लेकिन कालांतर में मनुष्य ने यह घोषणा कर दी कि दोनों हाथ पुरस्कार पाने के लिए ही हैं। साथ-ही-साथ यह भी कामना है कि अगर जो हजारों हाथ होते तो भी वे सब पुरस्कार पाने के ही निमित्त होते। यह जग और यह युग पुरस्कार प्रधाना...

पुरस्कार की परिभाषा भी अलग-अलग है। अब जो राजनीतिक पार्टी चुनाव में जीतना चाहती है, वह जनता से जीत का पुरस्कार पाने की इच्छा

को सेवा का अवसर नाम दे देती है। जनता वह अवसर भी दे देती है अन्य विकल्प के अभाव में, फिर जब सरकार बन रही होती है, तो पोर्टफोलियो का वितरण, जो एक प्रकार का पुरस्कार है, वह भी सेवा के नाम पर बाँटा जाता है। देनेवाला उपकार करता है और पानेवाला कृतज्ञ। ऑफिस में कर्मचारी कर्त्तव्यपालन के बदले पदोन्नति को पुरस्कार नहीं, अधिकार मानता है। एक वर्ग ऐसा है, जो ऊपरी आय को ही अपनी सेवा का पुरस्कार मानता है। ज्ञान-विज्ञान के जितने भी क्षेत्र हैं, वहाँ भी पुरस्कार की सत्ता चुनौतीविहीन है। आर्यभट्ट, भर्तृहरि, न्यूटन और गैलीलियो बिन पुरस्कार के अनुसंधान में लीन रहे। आज के ज्ञानी-विज्ञानी पुरस्कार बिना सब सूना अथवा बिन पुरस्कार होत न सिंगार की धुन पर थिरक रहे हैं। साहित्य की तो बात ही निराली है। यह समाज में आगे-आगे चलनेवाली मशाल है। पुरस्कार की नई परिभाषाएँ यहीं गढ़ी गईं। साधना की सीमा से ऊपर और बहुत ऊपर पुरस्कार के लिए साहित्य रचा जाने लगा। उत्तर से लेकर दक्षिण तक, पूरब से लेकर पश्चिम तक साहित्य के नए-नए मठ बने। हर मठ के अपने आचार्य, शिष्य और उनके अपने बीजमंत्र हैं। उनके अपने पुरस्कार भी हैं। साहित्यकार नित नए मंत्रायुध का संधान कर रहे हैं। आए दिन एक-दूसरे को पुरस्कृत कर रहे हैं। एक मठ दूसरे मठ से होड़ में लगा है, किसके कितने शिष्य, मंत्रायुध और पुरस्कार। एक मठ के भीतर पुरस्कार-सम्मान का ढेर लगा है। पुरस्कार लो, पुरस्कार दो का उत्सव हर पखवाड़े मनाया जाता है। हर ओर आनंद-ही-आनंद, उछाह-अमंग का वातावरण है। कभी-कभी किसी दूसरे मठ का भेदिया आकर कोई उत्पात कर जाता है, सब मिलकर उसकी बधिया उधेड़ देते हैं। अब साहित्य में हैं, इसका अर्थ यह थोड़े ही है कि देवताओंवाली छवि और क्षमाभाव भी धारण कर लें। कभी-कभी मृतप्राय अंतरात्मा की आवाज सुनाई दे जाती है, तो विरोधस्वरूप पुरस्कार लौटाओ का आंदोलन भी चल पड़ता है। पुरस्कार इतनी जोड़-तोड़, साष्टांग दंडवत् और कभी कभी तो चरणों में लोट-लोटकर पाया है, तो इसका अर्थ यह थोड़े ही है कि वह अंतरात्मा

से ऊपर हो गया। अंतरात्मा जब करवट लेती है, तो इतना कुछ हो जाता है अगर जो कभी जाग जाए तो पता नहीं क्या हो जाए।

अस्तु, आज आप पद, पैसा, प्रतिष्ठा, प्रतिभा एवं पुरस्कार पंचरत्नों से परिचित हुए यह आपके अपने संयम, धैर्य और ज्ञान पिपासा का परिचायक तो है ही, साथ ही पुरस्कार भी!

□

किरायाकांड

मनुष्य के जीवन में जितने भी कांड हैं, जैसे बालकांड, किशोरकांड, यौवनकांड और प्रौढ़कांड, उनसे इतर एक और सरस (करुण, रौद्र अथवा वीभत्स) कांड है किरायाकांड। बड़े से बड़ा मकानवाला, आला अफसर, चोटी के अभिनेता-कलाकार, साहित्यकार तो लगभग सभी ही किसी-न-किसी समय किराएदार की भूमिका कर चुके हैं। पिछले जन्म में जिसने भी और जिस कारण से अपना घर त्यागा होगा, उसे इस जन्म में किराएदार बनना पड़ा। बात पिछले जन्म की चली है, तो कुछ वैज्ञानिक सोचवालों को तनिक असुविधा होगी और ये तनिक कब अधिक में परिवर्तित हो जाए, उसका अनुमान लगाना कठिन है। मसलन, कोई मजाक, कथन और अभिव्यक्ति की चिंगारी कब एक आंदोलन, दंगा, राष्ट्रीय अथवा अंतरराष्ट्रीय बहस अथवा विवाद का हिस्सा बन जाए, कोई बुद्धिमान, विवेकशील और वैज्ञानिक भी नहीं बता सकता, तो थोड़ा इसका भी विवेचन करते चलें। सबका अपना मत और विश्वास होता है, लेकिन हम अपने से अधिक दूसरों पर नजर रखते हैं। फलाँ का मत और विश्वास ऐसा है और ऐसा है तो क्यों और कैसे है ? कुछ लोग इस जन्म में ही विश्वास नहीं करते तो पिछले जन्म में क्या करेंगे। कुछ लोग पिछले जन्म से बाहर ही नहीं निकलते, चक्कर लगाए जाते हैं, क्या गलत हुआ, उसी को ठीक करने में ये जन्म सफल कर लेते है। कुछ लोग तो किसी बात पर ही विश्वास नहीं करते, इतिहास, धर्म, संस्कृति, राष्ट्र, शहर, गाँव, घर, परिवार, सगे-संबंधी-मित्र सब इनके लिए

संदिग्ध हैं। ये उदारवादी, प्रगतिवादी, वैज्ञानिक सोच से संपन्न सेक्युलर श्रेणी के लोग हैं। अपनी पूँछ पर ज्ञान का तेल डालकर अज्ञान की लंका को भस्म करने हेतु सदैव तत्पर रहते हैं।

किराए का व्यापार सरल है। किसी के पास किराए पर देने लायक कुछ होना चाहिए, उसका मालिक और बेचारा किराएदार। ये त्रियक किराए के महल के तीन खंभे, किराए की संस्कृति के संवाहक, वाहन के चक्के हैं। आज के समय में किराया पर सबकुछ मिल जाता है। पूजा-पाठ के लिए पंडित, प्रवचन के लिए ज्ञानी, दंगे-फसाद के लिए लठैत तो सदा से ही प्रतिष्ठित हैं, व्यापार के लिए दुकान, सरकार के लिए राजनीतिक पार्टी, गली के नेता, मंच के लिए कवि, सामाजिक उत्थान के लिए कार्यकर्ता, माँ-बाप, भाई-बहन, मित्र, रहने के लिए मकान, मकान के लिए फर्नीचर, फर्नीचर के लिए चादर, तकिया। कहाँ तक गिनाएँ, किराए की पहुँच शरीर से लेकर आत्मा-परमात्मा तक है। बस आपको इसकी सही पहचान होनी चाहिए। किराए के इस विराट रूप से परिचय के बाद हम अपना ध्यान मात्र किराए के मकान पर ही केंद्रित करेंगे, जब कहानी से काम चल जाए, तो उपन्यास का क्या काम। कविता की कमनीयता के आगे महाकाव्य भी मुग्ध हो जाता है। सार के आगे विस्तार भी झुक जाता है। भक्त के आगे भगवान् भी विवश हो जाते हैं।

मकान मालिक दुनिया का सबसे खुशनसीब, शहंशाह, जिल्ले इलाही (ईश्वर), सिकंदर, स्वयंभू और स्वेच्छाचारी किस्म का प्राणी होता है। वह प्राचीन अथवा मध्यकालीन सोच की तरह ईश्वर द्वारा किराए की प्रथा को चलाए रखने के लिए भेजा हुआ देवदूत है। उसका मूड ग्रह और तारों की चाल के ऊपर, उसके मुँह से निकला हुआ शब्द ही कानून और उसका निर्णय अंतिम निर्णय होता है। भगवद्गीता में भगवान् श्रीकृष्ण अपने विविध रूपों की चर्चा करते समय यह कहना भूल गए कि निवास की सनातन व्यवस्था में मकान मालिक तेरा सखा स्वयं मैं हूँ और किराएदार तू यानी कि अर्जुन, हालाँकि यह ज्ञान मकान मालिक को सदा से रहा है और वह अपने अर्जुन अर्थात् किराएदार के मार्गदर्शन के लिए कटिबद्ध है।

किराया की प्रक्रिया भी अनोखी है। किराए की जानकारी लोग अपने घर के बाहर लगा देते हैं टू-लेट। बहुत समय तक मैं सोचता रहा कि टू और लेट के बीच आई लिखना भूल गए। यह भी सोचता रहा कि यह बताना आवश्यक क्यों लगा होगा। संभवतः यह बताना चाह रहे होंगे कि उस मकान के लोगों को खुले में नहीं जाना पड़ता। आजादी के इतने सालों में इतनी तरक्की तो बनती है। बहुत बाद में मेरे एक विनम्र, समझदार और शुभचिंतक मित्र ने मुझे बताया कि उसका अर्थ है कि वह मकान किराए के लिए उपलब्ध है। किसी व्यक्ति में विनम्रता, समझदारी और शुभचिंतन एक साथ विरले ही मिलते हैं, विशेषकर मित्रों में, लेकिन वह आम मित्रों में नहीं था। दूसरा कोई होता तो तपाक से कहता—तुम्हें इतना भी नहीं पता। खैर, मैंने सोचा था कि किराए जैसा व्यापार तो हिंदी में हो ही सकता था। मेरी दृष्टि में किराए का मकान बहुत ही साधारण चीज हुआ करता था। मेरी समझदारी और मैं बहुत कच्चे थे दोनों। वैसे हिंदी का प्रयोग साधारण मामलों अथवा व्यवहार में तो होता नहीं। अंग्रेजी सर्वग्राही है और सर्वमान्य भी। भारत के कोने-कोने में इसे पढ़ने-लिखने-समझनेवाले भरे पड़े हैं।

कुछ लोग विज्ञापन भी देते हैं हमारा मकान किराए के लिए खाली है, साथ में संपर्क फोन और पता सब दे देते हैं। यह ऊपरी आय (भ्रष्ठाचारवाली नहीं) का एक माध्यम है। इस कारण कुछ मकान मालिक घर का बड़ा हिस्सा भी किराए पर दे देते हैं। बड़ा हिस्सा ही देते हैं, बराबरी का दरजा नहीं। किराएदार सदैव कन्या का पिता ही बना रहता है—करबद्ध, विनीत, अपमान के अवसर पर भी ओंठों पर मुसकान की रेखा, ऐसा ही कुछ चित्र उभरकर आता है किराएदारों का। यह कोरी कल्पना नहीं, सच का साया और मकान मालिक के दर्प का दर्पण है। मकान और टू-लेट की तख्ती देखकर किराएदार की बाँछें खिल जाती हैं। वह दरवाजा खटखटाता है और अगर हुई तो घंटी भी बजा देता है। कोई कामवाला या कामवाली, चपरासी या उनके अभाव में घर का छोटा बच्चा बाहर आकर पूछता है, फिर कुरसी आगे खिसका देता है। कहता कुछ भी नहीं। भावी किराएदार के भला क्या मुँह लगना अथवा लगाना। समय बीतने लगता है।

किराएदार कल्पना में खो जाता है। उसका होनेवाला मकान मालिक कैसा होगा, मूँछवाला या बिना मूँछ का, चश्मा पहनता है कि नहीं, धोती-कुर्ता-पाजामाधारी अथवा पैंट-शर्टवाला, घर में और कौन-कौन होंगे, आदि। कितने विचार आ रहे हैं, जा रहे हैं और वह उनकी तरंगों पर डूबता-उतराता, पैर हिलाता मकान मालिक के दर्शन की आकांक्षा में तल्लीन बैठा है। खिड़की का परदा कभी हिल जाता है, तो कोई चेहरा झाँकता है, लेकिन इसके पहले कि कुछ पता चले, सब तिरोहित हो जाता है। बहुत समय बीते एक आदमी बाहर आता है। प्रतीक्षा की कठिन घड़ी पूर्ण होती प्रतीत होती है। किराएदार अपनी कुरसी छोड़ उठता हुआ हाथ जोड़ देता है। मकान मालिक गंभीर मुद्रा में किराएदार को अपादमस्तक घूरता हुआ बैठ जाने की अनुमति दे देता है। किराएदार और मकान मालिक आज एक-दूसरे के आमने सामने हैं। यह एक ऐतिहासिक घड़ी है, लेकिन मकान मालिक का दरजा और रुतबा हमेशा बरकरार रहेगा। यह दृश्य मुगले आजम अकबर और शहजादे सलीम, अकबर और अनारकली, सिकंदर और पृथ्वीराज चौहान की याद दिला जाए, तो यह आपका उत्कृष्ट इतिहासबोध है। जो रिश्ता मालिक और मजदूर का, समर्थ और मजबूर का, जमींदार और बँटाईदार का, थानेदार और उचक्के का, न्यायाधीश और अपराधी का, शेर और बकरी का अथवा चाकू और गाजर का, वही मकान मालिक और किराएदार का।

पहला सवाल आता है, बुलंदी के किले से कि आपको मकान के बारे में कैसे पता चला? जैसे उन्हें स्वयं पता नहीं कि मकान के बाहर तख्ती लटक रही, अखबार में विज्ञापन और अगल-बगल के पड़ोसियों से लेकर दूर-दराज के मित्र-रिश्तेदारों तक किराएदार खोजने की गुहार भी।

दूसरा सवाल आता है, इसके पहले कहाँ रहते थे और क्यों रहते थे? किराएदार का ऐसा कोई स्पष्ट इतिहास नहीं हुआ, तो वह संदिग्धता के घेरे में आ जाता है। अगर आपने अब तक का सारा जीवन किराए के मकान में गुजारा हो तो मकान मालिक मन ही मन प्रफुल्लित हो उठता है और साथ में आश्वस्त भी, हालाँकि वह प्रगट नहीं करता।

तीसरा सवाल घर में और कौन-कौन हैं ? इतने सवाल एफ.आई.आर. दर्ज कराते वक्त भी नहीं पूछे जाते। थानेदार की केस में अभिरुचि नहीं हुई, तो वह शिकायतकर्ता को बैरंग वापिस भी भेज देता है, लेकिन मकान मालिक के थाने में सवालों के सावन में सारोबार होना भी किराएदार का सौभाग्य ही है। अगर सवाल कम पूछे गए तो पत्ता पहले ही साफ समझिए, जैसा कि नौकरी के लिए साक्षात्कार में प्रचलित मिथ (अवधारणा) है कि अगर साक्षात्कार लेनेवाले ने प्रश्न पूछ-पूछ कर आपका बैंड बजा दिया हो तो सफलता की गारंटी बढ़ जाती है। वैसे यह बात और है कि कई बार बैंड बजता ही जाता है, लेकिन दुलहन (नौकरी) नसीब नहीं होती। वैसे घर मैं कौन-कौन वाला प्रश्न बहुत नाजुक है। पहली बात तो घर की परिभाषा क्या है, आपका स्वयं का अपना घर, माता-पिताजी का घर, गाँव का घर, खास गाँव आदि-आदि। आप अकेले हैं, वहाँ तक तो ठीक है, लेकिन आप जो कुँआरे हुए तो किराए का मकान तो दहेज में ही मिल पाएगा। यहाँ यह स्पष्ट करना चाहिए कि लिंगों के आनुपातिक असंतुलन के कारण आज अगर लड़के को लड़की मिल जाए, यही बहुत है। अब तो लड़कों के लिए तीज जैसा कोई व्रत करने का समय आ गया है। कुँआरे को किराए का मकान क्यों नहीं मिल सकता, इसका कारण कोई मकान मालिक ठीक-ठीक नहीं बताता। वह वार्त्तालाप को वहीं समाप्त कर आपको कहीं और जाने के लिए कहकर स्वयं अंतर्ध्यान हो जाता है, जैसे श्री सत्यनारायण प्रभु साधु बनिए को तेरा वचन सत्य हो, कहकर अंतर्ध्यान हो जाते हैं। आप अगर सौभाग्यशाली हुए तो वह आपको अपने दुश्मनों के नाम बता सकता है। दुश्मनी भी वह पड़ोसीवाली नहीं, बल्कि संगीन अथवा खानदानी। यह भी हो सकता है कि उसके दुश्मनों में कई की अनेकानेक कन्याएँ हों, यह सब आपके अपने भाग्य का खेल, कुछ भी पूर्वानुमान अथवा आकलन मूर्खता होगी। कुछ तो ऊपरवाले के भरोसे छोड़ेंगे ?

आपका अगर परिवार हुआ, तो अगला प्रश्न होगा कि बच्चे कितने हैं, छोटे तो नहीं, फिर सबकी आयु, लिंग और कद पूछे जाएँगे। यह भी हो सकता है कि स्कूल से चरित्र प्रमाण-पत्र लाना पड़ जाए, बच्चे छोटे हुए तो

मुश्किल, जवान हुए तो मुश्किल, बूढ़े तो खैर नहीं होते बच्चे, नहीं तो वह भी मुश्किल। किराए का मामला है भाई साहब, कोई दिल्लगी नहीं।

अगले सवाल आपके माता-पिता, आयु, उनके जीवन-चरित, उनके वर्तमान और भविष्य में निवास के ठिकानों से संबंधित होंगे। अगर वे आपके साथ अभी नहीं रहते, लेकिन भविष्य में साथ रहने आ सकते हैं, तो उसका स्पष्टीकरण आवश्यक हो जाता है। उसके बाद प्रश्न आता है सीमित, पर व्यावहारिक कि पत्नी साथ रहती है कि नहीं, नहीं तो क्यों (हाँ तो क्यों नहीं पूछा जाता), अगर नहीं तो कब साथ रहने आनेवाली है, आदि-आदि.। मकान मालकिन का पदार्पण अगर तब तक हो गया तो कुछ और प्रश्न पूछे जा सकते हैं—चूल्हा-चौका, दाई-नौकर, बरतन-बासन, धोबी, दूधवाला आदि अन्यथा इन सबको अगले राउंड (पाली) के लिए रखा जाता है। इसके बाद आपके मित्र और दूरस्थ संबंधियों के बारे में जानकारी माँगी जाती है।

अंत में प्रश्न आता है कि आप स्वयं कौन हैं, क्या करते हैं और जो करते हैं, वह सब कब तक करते रहेंगे। किराए का घर चाहिए तो क्यों और कब तक और कितने समय के लिए चाहिए। आपकी नौकरी स्थानांतरणवाली तो नहीं और अगर है, तो कितने-कितने समय पर होता है, अतीत, वर्तमान और भविष्य के सभी छुए-अनछुए पल, आदि-आदि। अगर आप जानते हैं तो कितना जानते हैं और अगर नहीं पता तो कितना नहीं पता और क्यों नहीं पता। नौकरी सरकारी है अथवा निजी है, आमदनी अच्छी, औसत अथवा कामचलाऊ, दुर्बल अथवा टिकाऊ आदि। एक-एक प्रश्न का उत्तर किराएदार के रूप में आपकी उम्मीदवारी की तरफ बढ़ाते एक-एक पग की तरह है। आप एक साथ पास भी हो रहे हैं और फेल भी। आपके उत्तर सही हैं अथवा गलत, पसंद और नापसंद किसी भी प्रकार की प्रतिक्रिया (फीडबैक) आपको नहीं दी जा रही है। मकान मालिक अचल, अविकल, निर्विकार और निर्द्वंद बैठा है आपके सामने। आपकी धड़कनें एक-एक प्रश्न के साथ उछाले मार रही हैं। आप अटकलों के सुनामी में डूबते-उतराते हाथ पैर मार रहे हैं। कभी लगता है कि किनारा मिल गया और कभी लगता है कि दिल ही नहीं पूरा

शरीर भी डूब गया है। आपको मूर्छा भी आ सकती है। इस बीच पानी का एक गिलास भी आ सकता है। चाय अथवा शीतल पेय की संभावना नगण्य है। नमकीन और मिठाई, आप सोच क्या रहे हैं, किराए का मकान खोजने चले हैं कि लड़के की सगाई करने? सोच पर आप नियंत्रण करना ही चाहते हैं कि मकान मालिक उठ खड़ा होता है। वह हाथ नहीं मिलाता और न ही नमस्कार करता है। वह सब तो आपकी जिम्मेवारी है। इतना कहकर आप पर एहसान करता है कि आप कल आकर मिलिए। कोटिशः बधाइयाँ! कितनों को तो यह अवसर भी नहीं मिलता।

आपके प्रस्थान के बाद मकान मालिक के घर पर विस्तृत और गुप्त मंत्रणा होती है, जैसे मित्र राष्ट्र पराजित राष्ट्रों का भविष्य तय करते थे। पद-प्रतिष्ठा-पैसा, सब किराए की राशि तय करने में सहायक हैं। किराएदार ऊँचे पद और पैसेवाला है, साथ ही भलेमानस भी तो अधिक किराया लूट लेने में हर्ज ही क्या है। अगले दिन किराएदार धड़कते दिल को लिये फिर उपस्थित होता है अपने भाग्योदय की आशा के साथ। नियमानुसार मकान मालिक प्रतीक्षा कराने के बाद प्रगट होकर किराए पर मकान देने का पुरस्कार किराएदार को दे देता है। हाथ तब भी नहीं मिलाता, नमस्कार सामनेवाला ही करता है। किराएदार रुँधे गले और नम आँखों के साथ अपने सौभाग्य को सराहता हुआ मकान मालिक के पैर ही बस छू नहीं लेता, झुकता तो वह अवश्य ही है। झुकने का तो अब समय आ ही पहुँचा है।

मकान मालिक साथ-ही-साथ लंबी हिदायतें देता है। लिखित रूप में नहीं, बोला हुआ तो कभी भी बदला जा सकता है। सर्वप्रथम और सर्वप्रमुख कि किराया माह की पहली तिथि को देय होगा। सूरज टरै या टरै चंद्र, चाहे आए आँधी या तूफान अथवा धरती ही अपने अक्ष पर क्यों न घूमना बंद कर दे तो भी किराया देय की तिथि आगे बढ़ाई नहीं जा सकती। किराएदार आतिथेय का सौभाग्य सदा-सदा के लिए खो देगा अर्थात् आपके यहाँ अतिथि नहीं आ सकते और अगर आ गए तो मकान मालिक के यहाँ हाजिरी पहले लगेगी, ताकि पता रहे कि वे कब आए और कब गए, हालाँकि इस बंधन अथवा

सीमा का सदुपयोग किराएदार भलीभाँति करना चाहता है। वह संभावित अतिथि को पहले ही आगाह कर देता है कि उसका मकान मालिक इसकी अनुमति नहीं देता और इस तरह अत्यातुर आगंतुक को अतिथि में अवतरित होने से रोक देता है।

आपके बच्चे अब मकान मालिक के थाने में कैद ही समझिए। घर आने-जाने से लेकर, खेलने-कूदने और संगी-साथी बनाने तक में मकान मालिक की सहमति आवश्यक है। आप माता-पिता से भी ऊपर काका की भूमिका में मकान मालिक नजर आता है और जरूरत पढ़ने पर दादाजी भी बन सकता है। बाग-बगीचा और चारदीवारी की सुरक्षा बच्चों की व्यक्तिगत जिम्मेदारी होगी। मकान मालिक के बच्चों के साथ संपर्क खेल-कूद तक तो ठीक है, लेकिन उसके आगे एक सौ प्रतिशत प्रतिबंधित है। आपके बच्चे, लड़का या लड़की कोई भी हो, अगर उसकी मकान मालिक के बच्चे के साथ मित्रता हो भी गई, तो उससे ऊपर प्रेम जैसे अपराध के बारे में सोचे भी नहीं। मकान मालिक के बच्चों के अफेयर उनके निजी मामले हैं, लेकिन किराएदार के बच्चे किसी ऐसे अपराध में संलिप्त पाए गए तो किराए का मकान खाली कर देना पड़ेगा। बात सुनने में अच्छी नहीं लगती, लेकिन किराए के नियमों को स्पष्ट कर देना मकान मालिक अपना चरम दायित्व समझता है।

बड़े-बड़े नगरों में पगड़ी की रस्म भी है। पगड़ी से यहाँ तात्पर्य साल भर का अग्रिम किराया अथवा बहुत ही मोटी राशि से है। अब किराएदार जब अपनी पगड़ी ही मकान मालिक के श्रीचरणों में समर्पित कर चुका है, तो उसके आगे राशि क्या चीज है। किराएदार हँसी-खुशी कुछ भी कुरबान करने को तैयार है। किराए का मकान कोई मामूली चीज तो है नहीं।

कभी-कभार कोमल हृदयवाली मकान मालकिन के स्नेह के कारण कुछ कुँआरों को भी मकान किराए पर मिल जाता है। यह भी हो सकता है कि मकान मालिक-मालकिन की कई कुँआरी लड़कियाँ भी हों। यह अनहोनी घटना भी कभी-कभी घट जाती है। यह सब किराएदार के व्यक्तित्व और चरित्र पर निर्भर करता है। किराए के इतिहास में एकाध बार ऐसा होते देखा

गया है। हालाँकि यह मधुर संबंध बहुत ही क्षणिक हो सकता है। जैसे ही कुँआरे किराएदार के मित्र उसके यहाँ पधारें और पधारें भी क्यों नहीं, उन्हें लड़कियों की गंध लाख छुपाने के बाद भी मिल जाती है, तो फिर किराएदार को एक-आध चेतावनी, धमकी और फिर मकान खाली करने का नोटिस एक ही दिन के अंदर मिल जाते हैं। किराएदार के मित्र हैं कि जाते-जाते, हाथ हिलाते और फिर मिलने के बारे में पूछते-बताते अघाते नहीं और कुँआरा किराएदार मन-ही-मन भावी संकट के उमड़ते-घुमड़ते बादल के नीचे बिना सुरक्षा की कोई छतरी लिये ईश्वर से प्रार्थना कर रहा है। आज बजरंगबली से लेकर गणपति तक, भोले शंकर से वासुदेव तक, माँ सरस्वती से लेकर दुर्गा-काली तक के जितने भी सुरक्षा कवच अथवा मंत्र हैं, जो कठिनता से स्मरण में आते हैं, उनका अंदर-ही-अंदर मौन रहकर जाप किया जा रहा है। उधर मकान मालिक के घर की सारी खिड़कियाँ एक-एक कर बंद होने लगती हैं। फिर कुँआरे किराएदार, जो पहले ही आशंकित था, के दरवाजे पर अतीत की स्नेहिल माता स्वरूपा मकान मालकिन काली-कराली के रूप में प्रगट हो जाती हैं। आगे के संवाद में अगर आपकी अभिरुचि हो भी तो इस मर्मांतक दृश्य का पटाक्षेप करने में लेखनी की गरिमा और भलाई दोनों है।

किराएदार के कर्तव्यों को कोई अंत नहीं। अधिकारों के बारे में बात करने का कोई अर्थ नहीं। किराएदार को किराए के मकान का पूरा-पूरा ध्यान रखना चाहिए फर्श से लेकर छत तक, दीवाल से लेकर नल तक, रसोई से लेकर बगीचे तक, कहीं भी किसी का बाल भी बाँका नहीं होना चाहिए। किराए के मकान की दीवार का प्लास्टर झर नहीं सकता, रंग उतर नहीं सकता, नल चू नहीं सकता और रसोई से धुआँ उठ नहीं सकता। आप गाना गा नहीं सकते, बाजा बजा नहीं सकते, नाच नहीं सकते, रेडियो-टेलीविजन भी तो समाचार तक ठीक है, लेकिन फिल्म और गाने? आप किराएदार हैं, मनोरंजन की बात सोच भी कैसे सकते हैं। बगीचा में फूल नहीं खिला, आसमान से बादल नहीं बरसा, धूप नहीं हुई, छाया नहीं फैली, यह सब आपके ही आभामंडल (औरा) का परिणाम हो सकता है। किराएदार सिगरेट नहीं पीता, दारु तो

बहुत ऊपर की चीज है। अगर अकेले में छुप के ऐसा कर भी लिया (बाथरूम में सिगरेट और रसोई में दारू) तो मकान मालिक तक गंध कहीं से भी पहुँच सकती है। फिर तो आपकी कक्षा (क्लास) लगने ही वाली है।

किराएदार को राजनीति से कोई लेना-देना नहीं होना चाहिए। अधिक-से-अधिक वह अपने मकान मालिक की पसंद की पार्टी को समर्थन दे सकता है। विरोधी दल के प्रति किसी प्रकार का झुकाव किराएदार के रूप में अपने आपको हाशिए की तरफ धकेलने की तरह है। किराएदार की अपनी कोई मौलिक सोच नहीं हो सकती। मकान मालिक की सोच ही उसकी (किराएदार की) अपनी सोच है और उसकी हाँ में हाँ मिलाना उसका परम कर्त्तव्य।

किराएदार के बच्चे को मेधावी होना चाहिए। कुछ ज्यादा ही मेधावी है, तो उन्हें मकान मालिक के बच्चों को ट्यूशन पढ़ाना चाहिए और वह भी मुफ्त में। मकान मालिक के बच्चों की मेधा का कोई मानक नहीं। वह मेधावी भी हो सकता है और आवारा भी, उसकी क्लास अलग है और उसकी तुलना किराएदार के बच्चे से नहीं की जा सकती। कहाँ राज भोज और कहाँ गँगू तेली।

मकान मालिक अगर कहीं बाहर गया हो तो सारे घर की जिम्मेदारी किराएदार की हो जाती है। अगर घर के अंदर आने का एक ही प्रवेशद्वार हुआ, तो धोबी से लेकर माली तक, बिजलीवाला से लेकर फोनवाला तक, दाई-नौकर से लेकर चपरासी तक, सबके आने पर दरवाजा खोलना उसका कर्तव्य है। किराएदार अगर सब्जी लाने जाए तो मकान मालिक से पूछ लेना और ले आना भी उसी का कर्तव्य है। फोन, बिजली, पानी का बिल चाहे किराएदार की स्वयं की जिम्मेवारी ही क्यों न हो, पर बिल कम रखना भी उसका कर्तव्य है। रात के दस बजे बिजली बुझ जानी चाहिए, बाथरूम से नल चलने की आवाज नहीं आनी चाहिए, फोन और गाना-बजाना तो निषिद्ध है ही।

अमेरिका में भी किराएदार की स्थिति कमोबेश वैसी ही है। अंतर थोड़ा है, तो इतना कि यहाँ किराए की बड़ी-बड़ी कंपनियाँ होती हैं। सबकुछ लिखित रूप में होता है। लिखित रूप में भी सभी शर्तें कंपनियों के हित

में ही होती हैं। जो कहीं कानून आड़े आ भी जाए, तो तब का तब देखेंगे, वाली मानसिकता भी प्रचुरता में देखने को मिलती है। पालतू कुत्ता-बिल्ली-चिड़िया-साँप कुछ भी रखने के लिए अनुमति लेना अनिवार्य है और उसके लिए अतिरिक्त राशि हर महीने देनी होती है। एक तो किराएदार पालतू प्राणी, ऊपर से एक और पालतू रखने का शौक, मूल्य तो चुकाना ही पड़ेगा। अधिकार और कर्तव्य भारत से बहुत भिन्न नहीं। किराए के मामले में अमेरिका और भारत का साम्य चौंकानेवाला लग सकता है, भले आर्थिक, सामरिक और विदेश स्तर पर कोई ताल-मेल हो न हो। चलिए कहीं तो साम्य है। किराए के मामले में अमेरिकी सौ कदम आगे है। घर का सारा सुख और सुविधाएँ किराए पर उपलब्ध हैं, फर्नीचर, टेलीविजन, कर, खेल-कूद, क्लब सब आप किराए पर ले सकते हैं, यहाँ तक कि अमेरिकी सरकार का सारा ऋण भी दूसरे देशों के कंधे पर ही है। किसी के कंधे पर बंदूक रखकर शिकार करना यहाँ की महत्त्वपूर्ण आर्थिक नीति है। वैसे भी कंधा और बंदूक किराए पर देनेवाले उतारू हों तो शिकारी को घर बैठे शिकार मिल जाता है। मैनहट्टन, न्यूयॉर्क सहित बहुत से महानगरों में किराए का मकान प्रतिष्ठा का चिह्न भी है। जितना महँगा किराया, उतनी ऊँची प्रतिष्ठा। जितनी ऊँची ईमारत, उतना ही अधिक किराया। फ्लैट अगर शहर के दर्शन करा दे अथवा सागर अभिमुख हुआ तो किराया बढ़ जाता है। फ्लैट जितनी ऊँचाई पर, उतना ही अधिक उसका किराया। हों भी क्यों नहीं, कीमतें आसमान छू रही हैं, वाली कहावत ऐसे ही थोड़ी हैं।

अंत में, ईश्वर के अतिरिक्त लेखक ही एकमात्र समदर्शी प्राणी रह गया है इस सृष्टि में। मकान मालिक की महानता का विवरण बहुत ही श्रद्धा और धैर्य से आपने शुरू से अंत तक सुना, पर किराएदार की करामात सुने बगैर किरायाकांड के इस सर्ग के वाचन और श्रवण का महात्म्य फलदायी नहीं होगा। कहते हैं कि ऊपरवाला सबका हिसाब रखता है, हर क्रिया की प्रतिक्रिया होती है, धरती है तो आसमान भी है और फूल संग काँटे भी हैं। इसी क्रम में कुछ किराएदार भी अपनी कलाबाजी से मकान मालिक को मात

दे देते हैं। सभी किराएदार एक जैसे नहीं होते। मार्क्सवाद भले किराएदार के पक्ष में मशाल जला ले, लेकिन कुछ किराएदार अपनी एक तीली से मकान मालिक के सारे मनसूबों को ढेर करने में सफल होते हैं। तू डाल-डाल और मैं पात-पात। मकान मालिक शर्त रखता है कि आपको कम-से-कम इतने दिन-महीने-साल रहना पड़ेगा, तो किराएदार मकान को अपना ही बनाने की ठान लेता है, लाख कहने पर भी खाली नहीं करता। छोड़ता नहीं, वहाँ तक तो ठीक है, पर किराया भी नहीं देता। अब जब मकान को ही अपना बना बैठा तो किराया किस बात का। खुद तो रहता है, साथ में चार को और रख लेता है। धमकी देने से पहले ही धमकाकर चला जाता है, यहाँ तक कि मकान मालिक को कहता है कि अगर उसके साथ रहना पसंद नहीं तो रहने को कोई और घर ढूँढ़ ले। मकान मालिक सिगरेट हाथ नहीं लगाता और वह उसके सामने धुएँ के छल्ले उड़ाता है। मित्रों के आने की शिकायत पर मकान मालिक की कन्या से मित्रता कर बैठता है। किराएदार से लेकर दामाद और अंततः जमाईराज बनने का संत्रास मकान मालिक अकेले ही झेलता है। धीरे-धीरे मकान मालिक खुद को किराएदार के रूप में बदलते देख रहा है, लेकिन वह विवश है, लाचार है। प्रभु से प्रार्थना भी नहीं कर पा रहा। उसे एक-एक पुराने शरीफ किराएदार सपने में आ-आकार हाथ जोड़े विनती कर रहे हैं। आधी रात को वह चिल्ला पढ़ता है। हाथ से लगकर लैंप गिर जाता है। पानी की सुराही उलट जाती है। दिल धड़कने की जगह दहलता रहता है। नींद नहीं आती है। भूख भी नहीं लगती। साँसें फूलने लगी हैं। अँधेरा ही अँधेरा चारों ओर छाने लग रहा है। ऐसे में वह टटोलता है, कहाँ गए वे दिन जब अच्छे-अच्छे किराएदार थे। आज कोई उन्हें एक बार उनसे मिलवा दे तो वह अपने किए की माफी माँगकर चैन की नींद सो जाए, संभव हो तो सदा के लिए भी।

□

नाम

हर नाम के पीछे काम हो, आवश्यक नहीं, लेकिन आपका नाम हो तो काम यों ही हो जाता है। नाम बड़े दर्शन छोटे, इस कहावत को नाम की महिमा का भान तक नहीं। जिसका नाम हो, उसके दर्शन छोटे हो ही नहीं सकते। 'ब्रांड' भी कोई चीज है। हर क्षेत्र में, वह चाहे राजनीति, उद्योग, शिक्षा, विज्ञान, प्रौद्योगिकी, सरकार, साहित्य-कला हर जगह नाम का बोलबाला है।

नेता गली में पैदा होता है। फिर मुहल्ला वार्ड, शहर, राज्य होते हुए दिल्ली पहुँच जाता है। इसके पीछे उसका नाम बड़ा होता जाता है। एक बार जो नेता नामी हो जाए, तो वह नेताजी कहलाने लगता है। जिसका जितना बड़ा नाम, उसके उतने चाहनेवाले, जिन्हें प्यार से लोग चम्मच बुलाते हैं। कुछ नामी नेता पार्टी के भी ऊपर होते हैं। वे अपना कद जानते हैं, यहाँ तक कि वे सुविधानुसार पार्टी भी बदल लेते हैं। निष्ठा की नई परिभाषा गढ़ देते हैं। उनके दम पर पार्टी चुनाव लड़ती है। वे जो सोचते हैं और बोलते हैं, वही पार्टी का घोषणा-पत्र (मैनिफेस्टो) हो जाता है। उनके आगे छोटे-बड़े नेता गौण हो जाते है। कार्यकर्ताओं को तो वैसे भी कोई नहीं पूछता। कार्यकर्ता का कर्तव्य लोगों के बीच जाना होता है, पार्टी के संदेशों को पहुँचाना और उनके बीच काम करना होता है। उन सबके ऊपर नेताजी के लिए सभाएँ करना और भीड़ जुटाना सर्वोपरि है। कार्यकर्ता दही जमाते हैं और नेताजी ऊपर की मलाई पर हाथ साफ करते हैं। कार्यकर्ताओं के स्तर पर अधिकार

जैसा कुछ भी नहीं होता। अगर कुछ होता है, तो बस एक उज्ज्वल भविष्य, उसकी चाह और संभावना। हाँ, वे सपने देख सकते हैं कि एक दिन वे भी नेताजी बन सकते हैं। नेताजी का नाम है, उनके बल पर पार्टी चुनाव लड़ रही है, इसलिए उन्हें किसी भी क्षण ताव खाने का अधिकार है, भीड़ को भेड़ और कार्यकर्ताओं को चरवाहा समझने का अधिकार है, कभी किसी को फटकारने का अधिकार है, यहाँ तक कि किसी को अगर धकिया भी दें तो लोग उसे अपने कंधे पर पड़े वरदहस्त की तरह लेते हैं। गाली तो वैसे आशीर्वाद है ही। कार्यकर्ता यह सब देख और समझ रहे हैं, क्योंकि उन्हें भी तो एक दिन नेताजी बनना है। यही प्रशिक्षण तो तब काम आएगा। आज जो नेताजी बने हैं, वे भी तो कभी एक कार्यकर्ता रहे होंगे, उनके कंधे पर भी कितने नेताजी के वरदहस्त पड़े होंगे, कितने आशीर्वाद मिले होंगे। ऊँचाई पर कोई ऐसे ही नहीं पहुँचता। एक ही रास्ता है वहाँ पहुँचने का। सब जगह की तरह वहाँ भी अपवाद है। कुछ लोगों को इन रास्तों पर चलना नहीं होता। वे नेताजी के रूप में ही पैदा होते हैं। अभिमन्यु की तरह सारा ज्ञान वे गर्भ से लेकर ही धरती पर अवतरित होते हैं। वे देवपुत्रों के वंशज होते हैं। उन्हें यह पद विरासत में मिल जाता है। छिटपुट कार्यकर्ता से लेकर बड़े-बड़े नेता (नेताजी रैंक वाले नहीं) तक बचपन से उन्हें उस पार्टी के राजकुमार के रूप में देखने लगते हैं, उन्हें बस प्रतीक्षा होती है कि किस दिन उनका राज्याभिषेक होगा और यह देखकर अपने नयन को कृतार्थ करेंगे। जनतांत्रिक विश्व में राजतंत्र का धुआँ आज भी यहाँ-वहाँ, जहाँ-तहाँ तथा यदा-कदा उठता ही रहता है।

अगर राजनीतिक दल चुनाव जीत गया, तो सारा श्रेय वे नेताजी स्वयं अपने सर ले लेते हैं। चुनाव की लड़ाई के अगुआ वे ही तो थे। सरकार बनाने का दावा ठोंक मंत्रिमंडल के नेता अपने को घोषित कर देते हैं। चुन-चुन कर अपने हित मित्रों को मंत्रिमंडल में सेवा का अवसर देते हैं। उनके मंत्री से लेकर संतरी तक, उनके नाम पत्थरों पर लिख राष्ट्र के भविष्य का पुल बनाने में लग जाते हैं। अगर जो दल चुनाव हार गया और वह भी बुरे

तरीके से तो नेताजी सारा ठीकरा कार्यकर्ताओं के मत्थे फोड़ देते हैं, यहाँ तक कह देते हैं कि यह दल मेरे और मेरे नाम के लायक ही नहीं है। अपने समर्थकों द्वारा बहुत मनुहार होने लगे तो आत्ममंथन के लिए तैयार हो जाते हैं। आत्ममंथन अपना तो बिल्कुल नहीं दल और उसकी कार्यप्रणाली का निरीक्षण और जाँच-पड़ताल अवश्य कर लेते हैं। कभी तो दल को तोड़कर संगी-साथियों के साथ एक नया दल ही बना लेते हैं। अगर अवसर मिले तो दल भी बदल लेते हैं और कभी-कभी तो विजेता दल के साथ हो लेते हैं। अगर वहाँ नेताजी वाला रैंक न भी मिले तो भी चलता है। नेताजी तो वे बन ही लेंगे एक न एक दिन। भूमि उर्वर हो तो पेड़ पर फल आ ही जाते हैं।

नेताजी अपने दल के निरंकुश और स्वेछाचारी सेवक हैं। कहीं दबे स्वर में भी कोई विद्रोह अथवा विरोध का स्वर सुनाई देता है, तो वे पूर्ण सतर्कता और सक्षमता से निबट लेते हैं। उनके निजी जासूस जनता से लेकर कार्यकर्ता, यहाँ तक कि विश्वस्त और निकट नेता तक की खबर उन तक नियमित पहुँचाते रहते हैं। कभी-कभी तो आधी रात को दल और सरकार के नीतिगत उलटफेर के तहत निर्णय ले विद्रोहियों को निलंबित कर अथवा निकाला दे देते हैं। राष्ट्र और दल से ऊपर वे अपने को ही मानते हैं। बाकी सभी तो नीचे और बहुत ही नीचे। जो उनके चरण से लिपटे रहे, वे दल में बने रहे, जो उनके कंधे तक आ पहुँचे, वे बाहर चले गए। सिर तो ऐसे भी उनका इतना ऊँचा है, जहाँ परिंदा भी पर नहीं मार सकता, आदमी तो क्या चीज है।

उद्योग-धंधे में नाम को ब्रांड कहते हैं। नाम का बड़ा भाई। तो यहाँ कंपनी का नाम और उसके उत्पाद का नाम अथवा दूसरे शब्दों में ब्रांड दोनों की महता अपरंपार है। कंपनी पहले तो आपना नाम हासिल करती है उत्पाद के माध्यम से नहीं, प्रचार-प्रसार-विज्ञापन के माध्यम से। इसके लिए कंसल्टेंट बहाल करती है, जिसका काम कंपनी के नाम को रोशन करना होता है। अपने जादू की छड़ी से वह अगर टोपी से खरगोश निकाल सकता है, तो वह कंपनी को बिना उत्पाद के भी आसमान में बिठा सकता है। कहा भी

है कि बेचने के लिए आपके पास उत्पाद की आवश्यकता नहीं। जहाँ लोग खरीदने के लिए अधीर-व्याकुल हो रहे हों, वहाँ वे कुछ भी खरीद लेंगे, बस आप बेचने के लिए बाजार में आइए तो सही। कंसल्टेंट का यही काम होता है। फिर एक बार कंपनी का नाम हो जाए, तो वह कुछ भी बनाए-बेचे सब ब्रांड हो जाता है। साबुन-तेल से लेकर कार-राकेट तक ब्रांड का ही बोलबाला है, अंदर भले ही चाहे जितना घोटाला हो। शैंपू से भले आपके बालों के झड़ने की झड़ी लगी हो, कुकर की भले बंद होने लगी सीटी हो, साबुन से भले आपकी त्वचा उतरने लगी हो, टूथब्रश और पेस्ट से भले आपके दाँत के अवशेष ही बचे हों, कपड़े भले आपको काटने लगें, कार की हिचकियाँ सताने लगें, दो-पहिए डराने लगे, दवाइयाँ एक रोग दबाने में चार उगाने लगे, लेकिन अगर वे ब्रांड थे और हैं तो आपको उँगली उठाने का कोई अधिकार नहीं। लोक और समाज का भय भी तो है। लोग कहेंगे कि लो इन्हें ब्रांड सूट ही नहीं करता।

''रहिमन निजमन की व्यथा मन ही राखो गोय।
सुनि इठिलईहें लोग सब, बाँटी न लईहें कोय''।

ब्रांड के मारे भी जब ब्रांड को नहीं छोड़ते तो आप क्यों अभिमन्यु बनने पर उतारू हैं। भले लोग घर में देसी चीजों का इस्तेमाल करते हों, लेकिन लोक-समाज में चर्चा ब्रांड की ही करते हैं। ब्रांड का एक और बड़ा भाई इंपोर्टेड यानी आयातित है। बाहरी हमेशा बड़ा होता है। अतिथि इसलिए देव माना जाता है। घर का जोगी जोगरा, आन गाँव का सिद्ध। घर की मुरगी भी दाल बराबर होती है। इत्र-फुलेल से लेकर साबुन-तेल, स्कूटर-कार से लेकर हवाई जहाज, शिक्षा-दीक्षा से लेकर संस्कृति तक, भाषा से लेकर विज्ञान-कला तक, संविधान से लेकर विदेशनीति तक, सब में इंपोर्टेड की झलक कभी तो साक्षात नकल के रूप में और कभी-कभी तो ज्यों-की-त्यों मिल जाएगी। लोग यह देख-सुनकर, पाकर धन्य हुए जा रहे हैं। आज जो आयातित है, वही मानक है।

शिक्षक पहले पढ़ाता है, फिर एक-एक दिन उसका नाम हो जाता है। शिक्षक को यह पता लग जाता है। अब वह अपनी गुरुता के भरोसे ही चलने लगता है। अब पढ़ाने में उसका मन उतना नहीं लगता। उसका नाम है, तो उसका निज का आश्रम भी। वहीं वह अपना निज का ज्ञानदान (ट्यूशन) शुरू कर देता है। शिष्य हैं कि हाँफे-दौड़े चले आ रहे हैं, साथ में अपने संगी-साथी भी ला रहे हैं। उनसे अधिक उनके माता-पिता चिंतित हैं। शिक्षक अपना पूरा सामर्थ्य स्वयं के ट्यूशन में झोंक दे रहा है। ज्ञान तो ज्ञान है, वह विद्यालय में बाँटे अथवा अपने संस्थान में। यहाँ सरस्वती के साथ-साथ लक्ष्मी अधिक कृपा बरसा रही हैं। विद्यालय में तो लक्ष्मी के हाथ बँधे हैं, फिर कृपा लेनेवाले की लंबी कतार भी तो है। स्थिति यह भी है कि अगर विद्यालय और स्वयं के आश्रम में एक का चुनाव करना पड़ जाए तो वह निश्चिंत है कि विद्यालय और उसका नाता अब अपनी पूर्णता पर आ पहुँचा है। समय के साथ शिक्षक को शिक्षा के क्षेत्र में उत्तम योगदान के लिए राष्ट्रपति पुरस्कार मिल जाता है। इसी की तो कमी थी। रातोरात शिष्यों का सैलाब उमड़ पड़ता है। शिक्षा की नौका अब मोटरचालित जहाज का रूप ले लेती है। शिक्षक उसका कप्तान है। शिक्षा का अभियान और भी वेग और सामर्थ्य से जारी है, लेकिन यह सब उसके निज के आश्रम में। विद्यालय तो अब वह टहलने निकल जाया करता है अपने राष्ट्रपति-पुरस्कार प्राप्त दर्शन देकर कृतार्थ करने।

डॉक्टर कॉलेज से निकलकर पहले अपने वरिष्ठ के साथ काम करते हुए अनुभव प्राप्त करता है। इसके लिए वह हर दिन अपनी आहुति देता है। बिना बलिदान के वरदान भी कहाँ मिलता है। धीरे-धीरे ही सही, वह अपने पैरों पर खड़ा हो जाता है। एक दिन किसी गली अथवा चौराहे पर अपनी कुटिया खोल लेता है। बीमार कभी घटते तो हैं नहीं। वह उनकी सेवा में लग जाता है, कभी मुफ्त में तो कभी कम पैसों में। बड़े-बड़े नामी डॉक्टर अधिक पैसे लेने के लिए तो बैठे ही हैं अभी। कच्चे अनुभव के आधार पर एक आध केस में लोग परलोक भी सिधार जाते हैं। जाते-जाते डाक्टर का

इह-लोक में नाम बिगाड़ जाते हैं, लेकिन डॉक्टर निर्विकार भाव से सेवा दिए जा रहा है। भूल-चूक लेनी-देनी तो व्यापार का हिस्सा है। धीरे-धीरे कभी अनुभव अर्जित करके तो कभी अनुकूल परिस्थति यथा नामी डॉक्टर के अभाव में उसका भी नाम हो जाता है एक दिन। फिर तो बीमारों की कतार कुटिया से लेकर सड़क तक लग जाती है। डाक्टर के दर्शन दुर्लभ हो जाते हैं। अब सहायक का ही सहारा है। नाम के पीछे काम नदारद, लेकिन अगर नाम है, तो आपको जो मिल रहा है, उसी से काम चलाना पड़ेगा।

साहित्य-कला में नाम की महिमा कुछ अधिक ही है। चित्रकार का नाम है तो चित्र को कोई नहीं देखता। यह चित्रकार भी खूब देखता और समझता है। ऐसे-ऐसे चित्र बनाता है कि जिसे समझने-समझाने का दायित्व कला-समीक्षकों पर या फिर कलाप्रेमियों पर ही है। टेढ़ी-मेढ़ी लकीरों से लेकर रंगों के चहबच्चों-धब्बों तक में लोग कला को निहार-निहारकर गद्गद हो रहे हैं। लाखों-कड़ोरों में लेन-देन हो रहा है। बड़े-बड़े संग्रहालयों, धनाढ्यों के निजी बैठकखाने अथवा संकलनों और होटलों की शान में चार चाँद लग रहे हैं। कला अब आम लोगों की समझ के बाहर है। इसलिए अब ऐसे आर्ट को अमूर्त कला का नाम दिया गया है। कलाकार भी सृष्टि के सारे मूर्त को अमूर्त बनाने में लगे हैं। अब नाम है, तो वे कुछ भी कर दें अथवा कह दें, लोग हाथोहाथ ले लेते हैं। उनके कहने की शैली भी ऐसी अमूर्त है कि वे ही समझते हैं या फिर उनके प्रायोजक, समीक्षक अथवा दलाल। खैर, वे तो चल ही नहीं, बल्कि दौड़ रहे हैं, आगे आपकी मरजी। आप उन्हें धिक्कारें, निहारें अथवा साथ हो लें।

साहित्य में नाम हर नवांकुर का सपना है। तोतली बोली से लेकर कविता के नाम पर ठिठोली तक, साहित्य पढ़ाने से लेकर रिझाने तक, कहानी से लेकर उपन्यास तक, नाटक से लेकर आलोचना तक नाम ही नाम हैं। कुछ नाम ऐसे हैं, जिनके ऊपर कुछ भी नहीं, साहित्य भी नहीं। वे जो रच दें, वही साहित्य है, जो कह दें, वह सत्य है और जो चुप हो जाए तो सृष्टि की साँस अटक जाए। उनका अपना अखाड़ा है, जहाँ रात-दिन उनके

दिशा-निर्देश पर दंगल होते रहते हैं। पूरी दुनिया से हर तरह के पहलवाल वहाँ दाव-पेच सीखने आते हैं। एक बार उनका वरदहस्त पड़ जाए तो वे निहाल हो जाते हैं। एक दिन पारंगत होकर वे अपना अखाड़ा खोलेंगे, उनका अपना नाम होगा, यही उनका सपना है।

□

अंतरराष्ट्रीय आंदोलन प्राइवेट लिमिटेड

जब तक आंदोलन है, तब ही जीवन है। जिस दिन यह रुका, जीवन का धागा टूटा। मनुष्य के जीवन में आंदोलन का महत्त्व शाश्वत है। मानव के विकास में जितना योगदान आंदोलन का है, उतना आविष्कारों का भी नहीं। जितने लक्ष्य आंदोलन ने साधे, जितने किले इसने फतह किए, उतने अर्जुन और सिकंदर मिलकर भी नहीं कर पाते।

आधुनिक युग में आंदोलन के बिना एक पत्ता भी नही हिलता, बिजली नहीं आती, नल से पानी नहीं टपकता, स्कूल और कॉलेज में प्रवेश नहीं मिलता, पढ़ाई तो अकल्पनीय है, साहब आफिस नहीं आता, कर्मचारी फाइल नहीं बढ़ाता, कार्पोरेशन वेतन नहीं बढ़ाता, मंत्री को चुनाव के पहले का किया वादा याद नहीं आता, सरकार को अपना घोषणा-पत्र याद नहीं रहता, विपक्ष को अपना कर्तव्य पता नहीं लगता, आदि-आदि। यह सूची तो एक सार है। आंदोलन की इतनी महिमा है कि उसका बखान एक महाकाव्य का रूप ले लेगा। हरि अनंत, हरि कथा अनंता।

आंदोलन कभी बहुत सूक्ष्म तो कभी अति विशाल होता है। आंदोलन हमारे रग-रग में, घर-घर में, गली-गली में, नगर-नगर में, देश-विदेश में, धरती-आकाश में, अमीर-गरीब में, अंतरिक्ष में, सुबह-शाम में, दिन-रात में। जित देखो उत् श्याम बसा है।

आंदोलन की इसी सर्वव्यापकता, सार्वभौमिकता और अपरिहार्यता को दृष्टि में रखते हुए 'अ. आ. प्रा. लि' यानी अंतरराष्ट्रीय आंदोलन प्राइवेट

लिमिटेड की संकल्पना और संस्थापना हुई थी। आज इसकी अपार लोकप्रियता, अबाध उपयोगिता, जनमानस में गहरी पैठ के कारण इसका दिन दूना, रात चौगुना प्रचार-प्रसार-विस्तार होता गया। इसकी शाखाएँ चारों दिशाओं में फैल गईं। आज आलम यह है कि आंदोलन करानेवालों की कतार लगी है, हमारे कार्यालय के बाहर। हमें हमेशा हमारे सामर्थ्य से अधिक काम मिला। उससे बढ़कर मान-सम्मान मिला। हमें कभी-कभी विश्वास नहीं होता। आशातीत सफलता ऐसी ही होती है। आंदोलन के धंधे से बड़ा आज कोई धंधा नहीं। इससे अधिक प्रतिष्ठित कोई प्रतिष्ठान नहीं। इससे अधिक कहीं कोई लाभ नहीं। इससे बढ़कर जनता का कोई शुभचिंतक नहीं।

चलते-चलते हम आपको हमारी संस्था के बारे में बताते चलें। हम हर तरह के आंदोलन के संचालन में सक्षम हैं। हमारे कर्मचारी अति अनुभवी एवं प्रशिक्षित हैं। धरना-प्रदर्शन, भूख हड़ताल, अनशन में हमें विशेषज्ञता हासिल है। कोई माँग पूरी करानी हो, सरकार, सार्वजनिक अथवा निजी स्तर पर, हमारे पास इसका 'टोटल सोल्युशन' यानी पूर्ण समाधान है।

आपकी समस्या का पूर्ण निराकरण ही हमारा लक्ष्य है। हम शुरू-शुरू में हर काम को ले लेते थे, लेकिन अब काम के चयन में विशेष सावधानी बरतते हैं। इसके लिए हमारा एक पूरा विभाग है। हम हर काम को बहुत ही प्रोफेशनल (पेशेवर) स्तर पर करते हैं। आप जब भी कोई समस्या अथवा आंदोलन का आइडिया लेकर आते हैं, तब विशेषज्ञता के आधार पर हमारी पूरी एक टीम आपके साथ मिल-बैठकर, सूक्ष्म विश्लेषण के बाद पूरी योजना बनाती है। इस कारण हम सफलता की पूरी गारंटी देते हैं।

हमारी कार्य प्रणाली अंतरराष्ट्रीय मानकों को पूरा करती है। हमारा 'बिजनेस मॉडल' सामान्य व्यापार से एकदम अलग है। अन्य व्यापार में जब तब मंदी आती-जाती रहती है, वहीं हमारे यहाँ बिजनेस शुरू से सदैव उछाल पर ही रहा है। आंदोलन की जितनी जरूरत आम जनता को और आज है, उससे कम खास आला कमानों को नहीं।

यह तो असंभव है कि आप आंदोलन से सर्वथा अपरिचित हों, फिर भी

आपको एक क्रैश कोर्स यानी कि द्रुत प्रशिक्षण की आवश्यकता हो सकती है। आंदोलन कई स्तर पर किए जाते हैं—व्यक्तिगत, पारिवारिक, सामाजिक, राष्ट्रीय व अंतरराष्ट्रीय। एक व्यक्ति की फाइल कहीं रुकी पड़ी है, तो वह व्यक्तिगत आंदोलन का मामला है। पति-पत्नी अथवा माता-पिता और बच्चे के बीच की टकराहट पारिवारिक स्तर के आंदोलनों की माँग करता है। अब आप यह न सोचें की यह पारिवारिक मामला है तो बाहरी हस्तक्षेप की क्या आवश्यकता। कभी-कभी तो लोग राष्ट्रीय व अंतरराष्ट्रीय मामलों को चुटकी में सुलझा लेने में सिद्धहस्त होते हैं, लेकिन व्यक्तिगत अथवा पारिवारिक मामलों में फिसल जाते हैं। ऐसे में हमारी जैसी संस्थाओं की भूमिका महत्त्वपूर्ण हो जाती है। समाज आज उतना ही जटिल है, जितना कि हमारे शरीर की छोटी आँतें। इसका ओर और छोर दोनों ही लापता हैं। ऐसे में आंदोलनों की माँग दिन दूनी, रात चौगुनी बढ़ चली है। अब तो राष्ट्रीय त्योहारों की तरह राष्ट्रीय समस्याओं की भी लंबी कतारें हैं। एक सुलझाओ तो चार खड़ी हो जाती हैं। कई बार तो सुलझानेवाले समस्याओं को सहलाने में इतने लीन हो जाते हैं कि उनको यह अनुमान ही नहीं रहता कि कहाँ शुरू और कहाँ खतम। वैसे भी समस्याओं को बनाए रखने में जितना मजा है, उतना सुलझाने में कहाँ! बुद्धिमानों ने कहा भी तो है, जो मजा सफर में है, वह मंजिल में कहाँ! देखते-देखते कोई समस्या कब अंतरराष्ट्रीय रूप ले लेती है, किसी को खबर भी नहीं लगती। वैसे भी कुछ समस्याएँ जन्मजात अंतरराष्ट्रीय होती हैं, जैसे पर्यावरण। अब धरती और आकाश को, जल और वायु को, ग्रह और तारों का कोई राष्ट्रीय रखवाला तो है नहीं। इनसे जुड़ी समस्याएँ अपने आप अंतरराष्ट्रीय हो जाती हैं। कुछ समस्याएँ जब जवान होती हैं, तो उन्हें अंतरराष्ट्रीय होने का अवसर मिल पाता है। उदाहरण के तौर पर आतंकवाद को ही ले लीजिए। जब तक यह भारत उपमहाद्वीप अथवा मध्य-पूर्व तक सीमित था, तब तक इसे अंतरराष्ट्रीय कहलाने का सौभाग्य नहीं मिला था। अब जैसे ही यह अमेरिका और योरोप में फैला, पलक झपकते ही अंतरराष्ट्रीय हो गया। बॉलीवुड का कोई अभिनेता अथवा अभिनेत्री जैसे

ही हॉलीवुड में कदम रखता है, वैसे ही वह सफलता के शिखर पर पहुँच जाता है, भले ही उसकी भूमिका घड़ी भर दिख जाने अथवा मुसकरा भर देने की ही क्यों न हो। अब आस्कर, एमी अथवा ग्रैमी में नामांकित हो जाना ही जन्म सफल हो जाने के लिए पर्याप्त है। उन पुरस्कारों को पा जाना तो कई जन्मों के लिए सफलता के परम सोपानों का प्राप्त हो जाना तो है ही। भले कहनेवाले जो भी कहते रहें।

आंदोलनों की परंपरा सनातन है। भगवान् को पाने के लिए भी भक्ति का आंदोलन करना पड़ता है। भक्त खाना-पीना त्याग देता है। इसे आप भूख हड़ताल भी कह सकते हैं। ईश्वर की खोज में वह कभी-कभी वन में चला जाता है। उसे आप प्रस्थापन भी कह सकते हैं, जैसे कि किसी विशेष आंदोलन के लिए हम विशेष स्थान की खोज करते हैं। अब सविनय अवज्ञा चंपारण में और नील का आंदोलन दांडी में तो नहीं हो सकता। अब यह बात और है कि ईश्वर तो हर जगह है, वन में जाने की क्या आवश्यकता? तो यह बात महात्मा बुद्ध को दस साल के कठोर तप के बाद मिले ज्ञान से ही पता चली। आज लोग यह भी सोचते हैं कि स्वयं तो उन्होंने ज्ञान वन में रहकर प्राप्त किया, पता नहीं उनकी बातों में आकर हम वन न जाकर इस संसार में भटकते ही न रह जाएँ। भगवान् को प्रसन्न करने के लिए भीड़ की बड़ी आवश्यकता होती है। यही कारण है कि आजकल जगह-जगह गुरुओं की कतार खड़ी है और उनके अनुयाइयों की बाढ़ आई है। आंदोलन में भी भीड़ की बड़ी भूमिका होती है। अकेला चना भाड़ नहीं फोड़ता। यह बात और है कि भाड़ जब फूट जाता है, तब चना तो बिखर जाता है और उसे बाद में कोई पूछता तक नहीं। हर आंदोलन का एक नेता होता है। कहते भी हैं कि बिना नेतृत्व के लोगों का समूह भीड़ के सिवा कुछ भी नहीं। यह बात और है कि भीड़ से सिद्ध भोगों पर अधिकार मात्र नेता का रह जाता है। बिना आंदोलन के भगवान् भी नहीं मिलते। भक्त की जिद के आगे भगवान् भी एक दिन झुक जाते हैं और प्रगट हो जाते हैं। यह वही क्षण है, जिस दिन सरकार अथवा अफसर आंदोलन को देखते हुए बात करने को तैयार हो जाते

हैं। अंतर सिर्फ इतना है कि भगवान् दर्शन दे देते हैं और बोलते हैं कि जो इच्छा है, वह वर माँग लो, लेकिन धरती के भगवान् एक कठिन आंदोलन के एवज में मात्र बात करने को प्रगट होते हैं, माँग पूरी करने अथवा कुछ भी देने के लिए नहीं। इसका कारण भी है कि की भगवान् भोले हैं। उनको ठग लेना सरल है। धरती के भगवान् चतुर, बुद्धिमान और तपे-तपाए हैं। उनको टोपी पहनाना इतना आसान नहीं। इसका एक कारण यह भी है कि उन्हें ऐसे आंदोलनों का बहुत व्यापक अनुभव है। अब भगवान् इतने अनुभव कहाँ से लाएँ। यही कारण है कि कालांतर में हमारी जैसी संस्थाओं को यह सेवा देने का चलन आया।

अब आपको हम अपने कर्मचारियों की दक्षता और सेवाओं के बारे में जानकारी दे दें। हमारे कर्मचारी अपनी कर्तव्य परायणता और दक्षता के लिए प्रसिद्ध हैं। विभिन्न सेवाओं और उनकी आवश्यकताओं को लेकर विभिन्न विभाग बने हैं। उदाहरण के तौर पर भूख-हड़ताल, अनशन, बंद, पदयात्रा, धरना-प्रदर्शन, बहिष्कार, आदि। भूख-हड़ताल एक विशेष प्रकार का आंदोलन है और यह एक खास लक्ष्य की प्राप्ति के लिए किया जाता है। हमारे लोग इसमें विशेष रूप से प्रशिक्षित हैं। उनके पास सालों-दशकों का अनुभव है। दूसरे लोग जब भूख-हड़ताल पर जाते हैं तो वे प्रायः असफल रहते हैं, क्योंकि उनसे सही चयन में चूक हो जाती है। हमारे लोग आपको झट से बता देंगे कि किस लक्ष्य के लिए कौन सा आंदोलन उपयुक्त है। भूख हड़ताल के विशेषज्ञ यह जानते हैं कि कब और कितनी अवधिवाली भूख हड़ताल की आवश्यकता होगी। उसका समुचित आयोजन और प्रचार-प्रसार बहुत ही आवश्यक है। किस बिंदु पर जाकर हमें बातचीत के लिए तैयार हो जाना चाहिए। यह ठीक वैसे ही है, जब लोहा गरम हो, तभी हथौड़े की चोट पड़नी चाहिए। आम आंदोलनकर्ता यहीं पर प्रायः चूक जाते हैं और इस तरह या तो आंदोलन असफल हो जाता है अथवा जान चली जाती है। एक व्यापक अनुभव बहुत ही आवश्यक है। कुछ दृष्टांत ऐसे भी मिले हैं, जब अनुभवहीन आंदोलनकारी छल से भूख हड़ताल के दौरान परदे के पीछे भोजन-पानी भी

कर लेते हैं। भूख एक मानवीय दुर्बलता है, लेकिन ईमानदारी और निष्ठा भी कोई चीज होती है। इस तरह के व्यवहार आंदोलन के लक्ष्य और परिणाम के लिए अत्यंत अनिष्टकारी हैं। हमारे पास दो दिन से लेकर दो-चार महीने तक भूखों रहनेवाले हड़ताली हैं। जैसी जरूरत, वैसे लोगों को हम नियुक्त करते हैं। वेश-भूषा और लुक अथवा बाह्यदृष्टि की भी बड़ी भूमिका होती है। हमारे लोग एकाधिक भाषा में धाराप्रवाह बोल सकते हैं। देश-विदेश की मीडिया से बात करने का उनका पुराना अनुभव है। यहाँ तक कि जान-पहचान भी है। इस आधार पर रिपोर्टिंग भी मनोनुकूल और समयानुकूल हो जाती है। अगली पार्टी भी मीडिया की रिपोर्टिंग के आधार पर ही बातचीत अथवा अगले कदम का निर्णय लेती है। हमारी तो व्यापक नेटवर्किंग भी है। कौन जाने जिस विभाग, व्यक्ति और संस्था से आपकी टक्कर है उनसे हमारे संबंध वैसे ही मधुर हों तो थोड़े-बहुत हीले-हवाले, नाटक और प्रदर्शन के बाद आपका आंदोलन सफल हो जाए। यहाँ तक कि भूख-हड़ताल से पहले और बाद में भी मीडिया से बातचीत और तालमेल का हम ध्यानपूर्वक प्रबंध करते हैं। पिछले पचास वर्षों की सैकड़ों भूख-हड़तालों की सौ-प्रतिशत सफलता के रहस्य के पीछे इस प्रकार की दक्षता और कला ही तो है।

बंद एक प्रकार का कलात्मक विरोध है। जैसे श्रेष्ठ कला का उद्‌भव आकस्मिक होता है, कविता, महान् कलाकृति आदि, सबका उद्‌भव आकस्मिक अथवा एक फ्लैश के साथ होता है। अब कोई कवि यह नहीं कहता कि उसने अमुक कविता वर्षों के चिंतन के बाद लिखी है। सभी यही कहते हैं कि कविता अपने आप चली आती है, बड़े कवि तो विशेषकर। माइकेल एंजेलो और लिओनार्दो द विंसी के बारे में यह उनके विरोधियों ने अफवाह फैला दी कि उन्हें वर्षों अपनी कलाकृतियों पर काम करना पड़ा था। शाहजहाँ के ताजमहल के बारे में इतिहासकारों ने ऐसे ही गलतफहमियाँ फैला रखी हैं। इतिहासकार और उनमें भी मार्क्सवादी, जो कह दे, वही इतिहास और वही प्रामाणिक सच हो जाता है। खैर, बंद के आयोजन का निर्णय बहुत ही आकस्मिक होता है। कहीं किसी के मन को ठेस लगी, उसने बंद का ऐलान

कर दिया। पहले तो राजनीति और धर्म ही को ठेस लगा करती थी, अब तो सबकुछ नाजुक हो चला है। साहित्य, खेल, पर्यावरण, समुदाय, समाज, आर्थिक-सामाजिक संगठन आदि। अब अभिव्यक्ति की आजादी का मतलब यह थोड़े है कि आप अपने मन की बात कह दें। जरा मुँह खोला नहीं कि कोई-न-कोई आहत होकर रहेगा। बस हो जाता है बंद का आह्वान। हमारे पास इसके लिए 24-7 विभाग है। हम आनन-फानन में इसका आयोजन करा देते हैं। लाठी लिये, काला चश्मा लगाए, बड़ी-बड़ी मूँछोंवाले, गमछा ओढ़े जींस-पैंट धारी हमारे कर्मचारी जब शहर-शहर और गली-गली में बंद करने उतरते हैं, तो लोग पूरी श्रद्धा के साथ दुकानों के शटर अपने आप गिरा देते हैं। स्वंत्रता संग्राम के समय से ही हमने यह अद्‍भुत कला सीखी है। उस समय तो हम पराधीन थे, तब तो बंद का आयोजन और पालन इतनी तत्परता और श्रद्धा से किया करते थे और अब तो अपना देश आजाद है। बंद की आजादी भी तो आजादियों में से एक है। रही बात हमारी, तो वैसे तो यह हमारा व्यवसाय है, लेकिन इसे हम अपना कर्तव्य ही मानकर करते हैं। आज इस समुदाय ने बंद कराया, तो कल विपरीत समुदायवाले कराएँगे, यह तो तय है और इसके लिए हमें तैयार रहना पड़ता है। अब देश आजाद है, इसका यह अर्थ थोड़े ही है कि हम सब एक हो गए। हम एक न पहले थे और हम न आगे होंगे। दुनिया एक होती है तो होने दें। बंद का सिलसिला कभी-कभी हफ्तों चलता है। हमारे ऊपर इतना काम आ जाता है कि हमारे लोग कई रातों तक लगातार बिना सोए, बिन थके कर्तव्य पालन में लगे रहते हैं। बंद के दौरान लाखों-करोड़ों के कारोबार का नुकसान हो जाता है। एक महान् उद्‍देश्य के लिए ऐसा मामूली नुकसान क्या चीज है। बिना नुक्सान के, बिना कुछ गँवाए किसी को कुछ हासिल हुआ है क्या! एक बात है कि भले धर्म, जाति, राजनीति, साहित्य, खेल, पर्यावरण, समुदाय, समाज, आर्थिक-सामाजिक संगठन आदि के मामले में एकता कहीं दूर-दूर तक न दिखाई दे, लेकिन बंद करने-कराने के मामले हमारी सेवा, हमारी विश्वसनीयता को लेकर सब एकमत हैं। यह हमारे संस्थान के लिए गर्व का विषय है।

यही कारण है कि हमें टी.वी., रेडियो, अखबार, शहर-शहर, गली-गली, ऊँचे-ऊँचे विज्ञापनों के होर्डिंग का सहारा नहीं लेना पड़ता। हमारा काम ही हमारी पहचान है और अच्छे उत्पाद को विज्ञापनों की आवश्यकता नहीं होती, यह तो बड़े-बड़े ज्ञानियों और गुरुओं ने कहा ही है।

जब विवेकानंद और गांधीजी ने भारत में पदयात्रा की थी, तो उनका उद्देश्य भारत और भारत के लोगों को समीप से देखने-समझने का था। ऐसा ही पुस्तकों में लिखा है, लेकिन अब हर पाठ को नए कोण से समझा जा रहा है। उन पर बहस हो रही है। लोग कही, लिखी और सुनी बातों को ज्यों-का-त्यों नहीं ले रहे। नई व्याख्या यह कहती है कि विवेकानंद एक नितांत-एकांत की खोज में निकले थे और वह उन्हें मिला भी। वह आज विवेकानंद रॉक के नाम से जाना जाता है। परमहंसजी ने उन्हें कहा भी था कि ज्ञान तो बंगाल के गाँव में मिल जाएगा, लेकिन विवेकानंद उनकी बातों में न आकर वैज्ञानिक तरीके से किसी ऐसे स्थान को ढूँढ़ना चाहते थे। वैज्ञानिक सोच तो यही कहता है कि बिना स्वयं के अनुभव के किसी की बातों में मत आना। खैर यह तो गुरु-शिष्य का आपसी मामला है। रही बात गांधीजी की तो उन्हें वैसे भी यात्रा का बहुत शौक था। दक्षिण अफ्रीका में भी यात्रा के दौरान उन्हें गाड़ी से फेंक दिए जाने का कष्ट उठाना पड़ा। वे अपने अधिकार को लेकर अड़ गए थे, जबकि उन दिनों अड़ना सिर्फ कुछ देशों को शोभा देता था। वे देश सभ्य, सुसंस्कृत और विकसित थे और यही सिखाने-बाँटने वे दूसरे देशों की यात्राओं पर गए थे। अब कुछ लोग उस प्रक्रिया को प्रसारवाद या उपनिवेशवाद का नाम देते हैं, लेकिन मूल में बहुजन हिताय बहुजन सुखाय की भावना ही थी। वे न आते-जाते तो दुनिया के कितने हिस्से पिछड़े ही रह जाते। वैसे यह सब पुनर्जागरण के कुछ ही समय के बाद उपजे मानवतावाद और सर्व कल्याणावाद के कारण हुआ, अन्यथा उनकी हालत भी पहले लँगोट और लोटाधारियों सरीखी ही थी। विकास का चक्र जो न कराए। खैर, गांधीजी भी घूम-घूमकर आनेवाले आंदोलनों के उद्गम, पथ और निर्दिष्ट की खोज पर निकले थे। आज उनके ही नक्शेकदम पर कितने नेता और समाजसेवी

आए दिन पदयात्रा पर निकल पड़ते हैं। कई बार तो पदयात्रा पर निकलने के बाद वे निर्धारित करते हैं वे किस कारण निकले हैं।

टी.वी. अखबारवाले सामने न आएँ तो पता भी न चले कि वे कहाँ से निकल कहाँ पहुँच गए। वह तो टी.वी.-अखबारवालों की कृपा है कि मुहल्ले-शहर के लोग जान जाते हैं कि कोई नितांत लोकल नेता अथवा कार्यकर्ता आज कुछ करने निकल पड़ा है, लेकिन हमारी कार्य प्रणाली अलग है। हम पहले लक्ष्य निर्धारित करते हैं, पिछली सभी पदयात्राओं का अध्ययन-मनन कर उनसे सीखते हैं, समुचित योजना को रूप देने और विधिवत उद्घोषणा, पूजा-अर्चना और फूल-माला-चादर ओढ़ाने के बाद ही कैमरे की चमक और रिपोर्टरों से घिरे होकर निकलते हैं। आप नेता की तरह दिखें, इसका हम पूरा-पूरा खयाल रखते हैं। फिर तो भीड़ जुटाना तो हमारा काम है ही। पदयात्रा के रास्ते शबरियों से लेकर समर्थकों तक, बजानेवालों से लेकर गानेवालों तक, आम से लेकर खास तक का प्रबंध हमारे जिम्मे होता है। पदयात्रा के अंतिम पड़ाव तक आते-आते आपका आंदोलन राष्ट्रीय-अंतरराष्ट्रीय टी.वी. चैनलों तक, आपके समर्थक और विरोधियों तक के ध्यानाकर्षण और चर्चा में न आ जाए, तो हमारी सेवा के बदले पैसे वापसी की पूरी गारंटी।

धरना-प्रदर्शन आंदोलन का एक प्राचीन रूप है। जब राक्षसों के प्रकोप से धरती दबती जा रही थी, तो धरती माँ गौ के रूप में ब्रह्माजी के पास गई थी, अपने ऊपर राक्षसों द्वारा किए जा रहे प्रकोप के निराकरण हेतु प्रार्थना करने। हालाँकि ऐसा शास्त्रों में वर्णित है। हमारे शास्त्र शिष्ट तरीके से चीजों को पेश करते आए हैं। सही भी है, लेकिन मूल कथा है कि धरती माँ धरना देने गई थी और दावा किया था कि जब सृष्टि की रचना आप यानी ब्रह्माजी करते हैं, तो यह उनका दायित्व बनता है कि धरती पर होनेवाले उपद्रवों को वे ही शांत करें। वर्तमान में भी समस्या कितनी ही पुरानी हो, उसको सुलझाना वर्तमान सरकार का काम है। विशेषकर अगर वह भारी बहुमत से आई हो। घोटाले चाहे पिछली सरकार के कार्यकाल में हुए हों, कार्रवाई का जिम्मा तो वर्तमान सरकार का ही बनता है। बाजार गोते खा-खाकर तलहटी

में चाहे चिरनिद्रा में लीन हो, उसको जगाने, हिलाने-डुलाने और ऊपर लाने का दायित्व वर्तमान सरकार का ही है। सच भी है, पुरानी सरकार हार गई तो बात वहीं खतम हो गई। रात गई, बात गई। खैर, धरती माँ के धरना-प्रदर्शन को देखकर और समस्या को अपनी क्षमता से बड़ी जानकर ब्रह्माजी ने धरती के साथ समझौता कर लिया, यहाँ तक कि अन्य देवी-देवताओं को भी अपने में मिला लिया और चल पड़े विष्णुलोक। रास्ते में नारदजी को भी संवाददाता के रूप में अपने साथ ले लिया। पहुँचते ही विष्णुजी ने भाँप लिया कि पालनकर्ता का कार्यभार लिया है, योगनिद्रा में लीन रहने से अधिक दिन काम नहीं चलेगा। धरने के पहले दिन ही आश्वासन दे दिया कि देवकी के गर्भ से कृष्णावतार लेकर राक्षसों का संहार करेंगे। कोई समय-सीमा (टाइम लाइन), कोई विस्तृत रूप-रेखा, कुछ भी न बताया। धरती माँ भोली और गौ और भी भोली। भुलावे में आ गई। अपना आंदोलन वापस ले लिया। हालाँकि ऐसा करने के लिए ब्रह्माजी और अन्य देवताओं ने भी दबाव बनाया होगा। वे तो अनित्य, अमर यानी मंत्रिमंडल के स्थायी सदस्य थे। यह उनका दायित्व बनता है कि हाई कमान के निर्देशों का अक्षरशः परिपालन हो और ऐसा हुआ भी। धरती धरने-प्रदर्शन से वापस हटी नहीं कि सबकुछ पूर्ववत् हो गया। धर्म की हानि होने लगी, कदाचार बढ़ने लगे, यज्ञ-होम में विघ्न पड़ने लगे, लेकिन धरती ने तो अपना आंदोलन वापस ले लिया था। वह अगर फिर कुछ आंदोलन करती तो समझौते का उल्लंघन माना जाता और उलटे मामला उसके विरुद्ध चल सकता था। धरती माँ प्रतीक्षा करती रही। धरती जो धारण करती है, उसको धैर्य का परिचय देना ही पड़ता है। अब आज जनता को ही ले लीजिए। एक बार सरकार को बहुमत में ले आए तो पाँच साल तक धैर्य रखना ही पड़ेगा। वह तो भला हो क्षेत्रीय पार्टियों का और खंडित जनादेश का कि आए दिन सरकार को मध्यावधि चुनाव का मुँह देखना पड़ता है और जनता के धैर्य को टटोलने का अवसर पूर्णावधि से पहले ही मिल जाता है। जहाँ चाह, वहाँ राह। मेरे विचार से संविधान में एक संशोधन लाना ही चाहिए आम जनहित के लिए भारी अथवा स्पष्ट बहुमत दिलानेवाले चुनावी परिणामों

को निरस्त माना जाए, ताकि खंडित जनादेश से मिले जनहित को संरक्षण मिल सके, लेकिन यहाँ दो तकनीकी अड़चनें है—एक तो ऐसा संभव बहुमतवाली सरकार ही को करना होगा, दूसरा जनहित को पुनर्परिभाषित करना होगा। महान् लक्ष्य के सामने अड़चनें तो सदैव आती ही हैं। भाग्य पर भरोसा हो तो कभी भी कुछ भी हो सकता है!

लेकिन हमारे साथ यह सब अलग तरीके से होता है। आप अपनी कहें और योजना हमारी पहले से तय होती है। किसके पास धरना-प्रदर्शन के लिए जाना है, कितने को जुटाना है, कैसे शक्ति प्रदर्शन करना है, प्रेस-मीडिया, जन-जागरण सब हमारी दक्ष कार्यप्रणाली के हिस्से हैं। सफलता की गारंटी की बात अब दोहराने जैसी है। इसलिए हर तरह के आंदोलनों के लिए एक ही नाम पर्याप्त है अंतरराष्ट्रीय आंदोलन प्राइवेट लिमिटेड। आज ही आजमाइए। अपना काम हमारे हाथ में देकर, अपने-अपने घर जाइए, निश्चिंत होकर सो जाइए। नींद नहीं आए तो टी.वी. के सामने बने रहिए। एक दिन विज्ञापन का परदा उठेगा और सच और सफलता का सूर्या उगेगा। जय हिंद! जय वसुधा!!

□□□